J.J.Schurr

VERHEXT & ZUGEBISSEN

Bibliografische Information der Deutschen Nationalbibliothek:
Die Deutsche Nationalbibliothek verzeichnet diese Publikation in
der Deutschen Nationalbibliografie; detaillierte bibliografische
Daten sind im Internet über http://dnb.dnb.de abrufbar.

Herstellung und Verlag:
BoD- Books on Demand, Norderstedt
Foto für Cover: 123rf.com Subbotina

ISBN- 978-3-7528-6034-4
Deutsche Erstausgabe 2018

KAPITEL 1

„Bist du sicher, mein Schatz, dass du das tun willst?"

„Ja, Mama, das bin ich. Glaube mir, es ist besser so. Es wird Zeit, dass ich mich weiter in die Welt hinauswage, als nur von Varengeville-sur-Mer bis Paris und wieder zurück. Da kommt es mir gerade recht, dass die Familie Dubois meine Dienste nicht länger benötigt", versuchte ich meine Mutter zu beruhigen.

Ich hatte die vergangenen Jahre als Kindermädchen bei der Familie Dubois in Paris gearbeitet. Dazu lebte ich unter der Woche dort und verbrachte meine Wochenenden zu Hause. Doch inzwischen waren ihre beiden Jungs aus dem Kindsalter herausgewachsen und zu jungen Männern herangereift. Deshalb kamen sie sehr gut ohne ein Kindermädchen an ihrer Seite zurecht. Ich vermisste Jules und Clément, wusste aber, dass der Abschied zu meinem Beruf dazugehörte.

Als gelernte Erzieherin hätte ich mich zwar ebenso in einem Kindergarten anstellen lassen können, um dort den Rest meines Lebens zu arbeiten, doch selbst dort wurde man auf kurz oder lang von seinen Schützlingen verlassen. Spätestens dann, wenn sie eingeschult wurden. Zudem hatte so ein Stellungswechsel als privates Kindermädchen durchaus seine Vorteile. Denn dadurch bekam ich ein bisschen was von der Welt zu sehen. Auch wenn sich die Welt bei mir bis jetzt nur auf Frankreich selbst beschränkt hatte. Das würde sich jedoch jetzt ändern.

„Aber du könntest doch noch etwas länger suchen. Es

wird doch sicher auch einen Job in unserer Nähe geben. Du musst doch nicht gleich das erstbeste Jobangebot annehmen. Zudem noch eins, das auf der anderen Seite des Ärmelkanals liegt", jammerte meine Mutter weiter.

„Jetzt lass deine Tochter doch ihren Weg gehen, Emma", schaltete sich meine Tante Louanne ein. „Sie ist ein großes Mädchen, welches mit fast dreißig sicherlich ohne uns zurechtkommt."

Meine Mutter begann zu schniefen und murmelte: „Die Zeit ist viel zu schnell vergangen und mein kleines Mädchen einfach zu schnell groß geworden."

Tröstend zog ich sie in meine Arme und hielt sie für einen Moment fest umschlungen. Dabei atmete ich den vertrauten Duft nach Kräutern ein, der ihr grundsätzlich anhaftete.

Meine Mutter, Emma Moreau, war eine sogenannte Heilerin. Sie beherrschte die Kunst Tinkturen, Salben und andere heilende Mixturen herzustellen, die sie gezielt gegen Krankheiten und allerlei Gebrechen einsetzte. Sie war bei uns bekannt für ihre gut wirksamen, pflanzlichen Heilmittelchen und daher sehr gefragt. Doch ihre größte Gabe war die des Heilens selbst. Es war ihr möglich einfach die Hand aufzulegen und Krankheiten zu absorbieren und somit zu heilen. Voraussetzung war jedoch, dass es sich nicht um tödliche Erkrankungen handelte, denn den Tod auszutricksen war selbst uns Hexen nicht möglich. Hatte Gevatter Tod erst einmal seine knochigen Hände nach einer Person ausgestreckt, waren selbst Hexen wie meiner Mutter die Hände gebunden. Dazu kam, dass sie beim Anwenden ihrer Gabe auf der Hut sein musste, weil aufgrund des Unverständnisses niemand wissen durfte, dass wir Hexen waren. Die Erkenntnis, dass meine ganze Familie aus Hexen und Hexern bestand, würde für Aufsehen sorgen, was wir um jeden Preis verhindern wollten. Ein weiteres Problem am Heilen bestand darin, dass es meine Mutter eine Menge Kraft kostete und sie danach selbst immer sehr geschwächt war. Ihr Körper musste die absorbierte Krankheit verarbeiten, was je nach Schwere der Krankheit Stunden oder auch Tage dauern konnte. Aus diesem Grund wand sie diese Gabe nur mit Bedacht und im äußersten Notfall an.

Ich seufzte. Auch ich würde meine Familie sehr vermissen. Doch andererseits war ich auch ganz froh, mal etwas Abstand zu unserem verrückten Haufen zu bekommen. Wir lebten alle gemeinsam in Varengeville-sur-Mer und mit allen meinte ich alle. Meine Mutter besaß ein altes Landhaus, jenes am Ortsrand des verschlafenen Dorfes in der Normandie direkt am Ärmelkanal lag. Das bewohnte neben mir, meiner Mutter und meiner ledigen Tante Louanne noch meine Tante Zoé, die als einzige liiert war, mein jüngerer Bruder Gabriel und mein Onkel Hugo, der sich vor Jahren von seiner ersten Frau hatte scheiden lassen, nachdem er sie mit dem Gärtner des Nachbarn im Bett erwischt hatte. Sie alle waren Verwandte mütterlicherseits.

Mein Vater, der als Waise ohne Eltern und Geschwister in einem Waisenhaus aufgewachsen war, starb vor einigen Jahren bei seinem liebsten Hobby, dem Segeln. Er war in einen heftigen Sturm geraten und darin ums Leben gekommen. Als normal Sterblicher, ohne besondere Fähigkeiten, wie wir Hexen sie besaßen, hatte er keine Chance gehabt zu überleben und konnte nicht einmal mehr tot geborgen werden. Das Meer hatte ihn einfach verschluckt, als wäre er ein Teil von ihm.

Nach diesem tragischen Unglück, zogen die Geschwister meiner Mutter zu uns, um uns unter die Arme zu greifen. Heute wäre das zwar nicht mehr nötig, aber sie waren trotzdem geblieben. Schließlich waren wir eine Familie, die sich sehr liebte, auch wenn wir uns manchmal gegenseitig auf den Keks gingen. Doch ich wage zu behaupten, dass das in jeder Familie hin und wieder der Fall war.

Der Aufruf, der aus den Lautsprechern hallte, bewegte mich dazu, mich von meiner Mutter zu lösen.

„Es ist so weit, ich muss los, sonst fährt der Zug noch ohne mich nach England."

„Pass auf dich auf, meine Kleine, und melde dich, wenn du angekommen bist", bat sie und küsste mich liebevoll auf die Wange.

„Das werde ich machen. Versprochen."

„Jetzt mach mal Platz, Emma, du beanspruchst Chloé mal wieder für dich ganz allein", nörgelte meine Tante und drängte ihre Schwester zur Seite, um mich ebenfalls ein letztes Mal zu umarmen.

Vom Rest meiner Familie, hatte ich mich bereits am Vorabend verabschieden müssen, da es ihnen durch ihre Arbeit unmöglich gewesen war, mich zum Bahnhof nach Coquelles bei Calais zu begleiten, wo ich in den Eurostar steigen und die Distanz zwischen Frankreich und England überbrücken würde. Doch so war es meiner Ansicht nach besser, sonst wären am Bahnhof vermutlich noch mehr Tränen geflossen.

„Lass es dir gut gehen und sag mir Bescheid, wie die

Männer in England so sind. Wenn es sich lohnt, komme ich dich besuchen und wir machen die Gegend unsicher", gab sie kund und küsste mich herzhaft auf die Wange, bevor sie sich wieder von mir löste.

Ich begann zu lachen. „In Ordnung, Tante Louanne, aber versprich mir, dass du nicht wieder anfängst, alle Männer im Umkreis von einem Kilometer mit einem Liebeszauber zu belegen."

„Ach, kommt schon", brummte sie und warf genervt ihre Arme in die Luft, weil meine Mutter ebenfalls zu lachen begann. „Das war ein Versehen und das wisst ihr ganz genau. Der Zauber war nur für Henry gedacht gewesen. Dass dieser blöde Zauberspruch so stark ist, dass er alle Männer im Umkreis von einem Kilometer miteinschließt, konnte ich doch nicht ahnen", verteidigte sie sich zum gefühlt hundertsten Mal.

Meine Tante Louanne war eine Meisterin auf dem Gebiet der Zaubersprüche. Doch keine Hexe lernte je aus. Auch sie nicht, denn nach diesem missglückten Liebeszauber musste sie sich zwei Wochen in unserem Haus verstecken. Alle Männer, die sich zu diesem Zeitpunkt, als sie den Zauber aussprach, im Radius von einem Kilometer befunden hatten, waren hinter ihr her gewesen wie Hunde hinter einer läufigen Hündin. Ich will erst gar nicht wissen, zu wie vielen Ehestreitigkeiten es deshalb gekommen war. Schließlich hatten in diesem Zeitraum alle Männer ein Desinteresse an ihren eigenen Frauen. Wir rechneten schon mit einem Ansturm von wütenden Frauen vor unserem Haus, doch der blieb glücklicherweise aus. Erst nach zwei Wochen war die Wirkung des Zaubers soweit verflogen, dass sich Louanne wieder auf die Straße trauen konnte, was für uns alle eine große Erleichterung war. Mit dieser Geschichte zogen wir meine Tante bis heute immer wieder gerne auf, was sie uns nie wirklich krummnahm.

„Deshalb spielt man nicht mit der Liebe", maßregelte sie meine Mutter und sah sie tadelnd von der Seite an.

„Danke, Schwesterherz", gab Louanne mürrisch zurück. „Ich habe meine Lektion daraus gelernt. Ihr braucht mich nicht ständig daran zu erinnern."

„Tja, wer den Schaden hat, braucht für den Spott nicht zu sorgen", piesackte ich sie, schenkte ihr ein Lächeln und wandte mich schließlich endgültig ab.

„Nur kein Mitgefühl, Mädchen", rief sie mir noch hinterher, doch ich hörte an ihrer Stimme, dass auch sie selbst gegen das Lachen ankämpfen musste, das diese Erinnerung heraufbeschwor.

So war das, in der Familie Moreau. Wir nahmen fast alles mit Humor, denn wir vertraten die Ansicht, dass Humor den Alltag, der hin und wieder doch sehr anstrengend war, um vieles leichter machte. Zudem war Lachen ja angeblich gesund.

Mit meinem Koffer in der Hand und die Reisetasche geschultert, lief ich zum Entwertungsautomaten, steckte meine Fahrkarte hinein, zwängte mich durch das Drehkreuz und bahnte mir meinen Weg durch die Menschen, um den Zug zu erreichen. Noch ein letztes Mal blickte ich zurück, um mir die Personen einzuprägen, die mir alles bedeuteten.

Meine Tante hatte ihr blondes Haar zusammengebunden und kramte in ihrer engen Jeans nach einem Taschentuch, welches sie an ihre Schwester weiterreichte. Auf dem engen, rosa Shirt, das Louanne heute trug, war eine Hexe zu sehen, die auf einem Besen ritt. Darüber stand *Vollbluthexe!* Zum Glück war niemandem klar, dass dies der Wahrheit entsprach.

Meine Mutter nahm das Taschentuch entgegen, um der Flut, die sich aus ihren smaragdgrünen Augen drängte, entgegenzuwirken. Sie und ich glichen uns wie ein Ei dem anderen. Ich hatte das gleiche rubinrote, lange Haar, das in seichten Wellen über meine Schultern fiel. Dieselben auffällig grünen Augen und auch die schlanke Figur mit Kurven an den richtigen Stellen hatte ich von ihr geerbt.

Zur Zeit der Hexenverfolgung wären wir schon allein für unser Aussehen auf dem Scheiterhaufen gelandet. Doch glücklicherweise mussten wir dies heute nicht mehr fürchten, da niemand mehr an Hexen glaubte und so auffällige Haar- oder Augenfarben nichts Besonderes mehr waren. Die meisten dachten vermutlich, meine Haare seien gefärbt und ich würde Kontaktlinsen tragen, was aber nicht der Fall war. Alles an mir war von Mutter Natur so vorbestimmt, beziehungsweise durch die Gene meiner Eltern. Das einzige was mich von meiner Mutter unterschied war das Alter, welches ihr nur anhand von kleinen Lachfalten an den Augen anzusehen war.

Ich hob ein letztes Mal die Hand und formte mit meinen Lippen ein *Ich hab euch lieb*, während die beiden winkten und mir Handküsschen zuwarfen. Schweren Herzens wandte ich mich ab, lief weiter über den Bahnsteig und stieg in den Eurostar.

Nachdem ich mein Gepäck verstaut hatte, nahm ich auf dem freien, mit blauem Polsterstoff bezogenen Sitz, direkt am Fenster Platz und sah auf den Bahnsteig hinaus. Menschen mit Gepäckstücken huschten umher und auch Mitarbeiter des hiesigen Bahnhofs waren hier und da zu sehen, die geschäftig ihren Aufgaben nachgingen. Die Türen des Zugs schlossen sich und nur Sekunden später setzte sich der Eurostar in Bewegung, um mich mit rasanter Geschwindigkeit nach England zu bringen.

Ich nutzte die Fahrzeit im Zug und sah mich um. Mein Abteil war nicht besonders voll. Das war nur in der Hauptsaison der Ferien der Fall. Doch diese neigten sich bereits dem Ende zu. Bei uns in Frankreich waren die Sommerferien bereits vorbei und in England würde die Schule ab nächster Woche wieder starten. Somit saßen ein paar Pendler, eine Mutter mit ihrem Kind und nur wenige Touristen im Abteil. Der hochmoderne Zug war vorbildlich sauber. Der Duft von Kunststoff und Polsterstoff, angereichert mit dem Geruch nach männlich-markantem Parfüm, welches von dem Herrn, der vor mir saß, zu stammen schien, lag in der Luft. Ich rümpfte meine Nase und wünschte, der gute Mann hätte am Morgen einmal weniger auf sein Parfümfläschchen gedrückt, um nicht zu riechen, als hätte er darin gebadet.

Entspannt lehnte ich mich in meinem Sitz zurück und schloss für eine Weile die Augen.

Seit den frühen Morgenstunden war ich auf den Beinen, um rechtzeitig meinen Zug zu erreichen. Zweieinhalb Stunden hatte die Fahrt von meinem zu Hause nach Calais gedauert. Dagegen war die Fahrt durch den Eurotunnel, für die der Zug gerade einmal fünfunddreißig Minuten benötigte, ein Klacks.

Mir ging einiges durch den Sinn, denn in Kürze würde

ich meinem neuen Arbeitgeber und seiner fünfjährigen Tochter gegenübertreten. Ich war im Internet auf die Anzeige gestoßen, in der der alleinerziehende Vater ein Kindermädchen für seine Tochter gesucht hatte. Auf den ersten Blick schien dieser Job perfekt. Das Gehalt war angemessen, die Anforderungen die gestellt wurden für mich kein Problem und die Sonderbedingungen akzeptabel, weshalb ich mich sofort per E-Mail beworben hatte. Nur einen Tag später bekam ich bereits eine Antwort und zu meiner Überraschung eine sofortige Zusage. Die Sonderbedingungen bestanden daraus, dass ich sofort anfangen sollte bei ihnen zu arbeiten und dass ich mit ihnen im selben Haushalt wohnen müsse, um im Notfall immer verfügbar zu sein. Etwas mulmig war mir schon, angesichts der Tatsache, dass ich mit einem fremden Mann und dessen Kind in einem fremden Land in ein und demselben Haus leben sollte. Da ich aber eine Hexe war, wäre es kein Problem mich in gegebenem Fall zu verteidigen, wovon ich hoffte, dass es nicht nötig sein würde. Doch das würde sich bald zeigen und ich könnte sehen, ob wir miteinander zurechtkämen. Sollte Gegenteiliges eintreten, wäre da noch die vierwöchige Probezeit, auf die ich mich berufen dürfte. Ich hätte das Recht ohne weiteres sofort wieder nach Hause zu fahren und mir etwas anderes zu suchen, was mich etwas beruhigte. Schließlich hatte ich kein Interesse daran mit jemandem unter einem Dach zu leben mit dem ich nicht zurechtkam.

Als der Zug seine Geschwindigkeit drosselte, schob ich meine Gedanken beiseite und öffnete meine Augen. Ich war in England angekommen und würde bald erfahren, ob mein neuer Job dem entsprach was ich hoffte oder nicht. Ich schnappte mir mein Gepäck, stieg aus dem Zug und lief Richtung Ausgang. Auf meinem Weg dorthin stoppte ich noch an einer Reihe von Snackautomaten, wo ich mir einen Kaffee gönnte zu dem ich das belegte Brötchen aß, das ich mir als Proviant eingepackt hatte.

Vor dem Bahnhof ging ich schnurstracks auf den Taxistand zu, der sich in unmittelbarer Nähe befand, um mir für meine letzte Etappe ein Taxi zu leisten.

Vom Bahnhof bis nach Denton, einem kleinen Dorf in der Nähe von Canterbury, waren es nur circa fünfzehn Kilometer. Da erschien mir die Wahl eines Taxis die angenehmste, anstatt mich mit dem schweren Gepäck abzumühen, nach dem richtigen Bus zu suchen, mit jenem dann dorthin zu fahren und dann die letzten Meter noch zu Fuß das Haus der Familie Williams zu suchen. Nein, danke! Da opferte ich liebend gern die paar Pfund, die mich die Fahrt mit dem Taxi kosten würde.

Ich bewegte mich auf das erste Taxi in der Reihe zu und war froh, dass ich ganz gut Englisch sprechen konnte, um mich hier problemlos verständigen zu können.

„Guten Tag, Miss", begrüßte mich der ältere Herr mit Brille und Halbglatze. Er nahm mir mein Gepäck ab, um es im Kofferraum zu verstauen.

„Guten Tag", antwortete ich höflich, stieg in das typisch schwarze Auto und machte es mir auf dem Rücksitz bequem.

Einen Augenblick später schob sich auch mein Fahrer hinter das Steuer, wandte sich mir zu und fragte: „Wohin soll es gehen?"

Ich zog einen kleinen Zettel aus meiner Hosentasche,

worauf ich mir die Adresse der Familie Williams notiert hatte, und zeigte sie dem Fahrer.

„Könnten Sie mich bitte zu dieser Adresse bringen?"

„Selbstverständlich!", versicherte er mir etwas verwundert und startete den Motor.

Den Zettel schob ich wieder zurück in meine Hosentasche und sah aus dem Fenster zu meiner Rechten.

„Und, machen Sie hier Urlaub?", wollte der Herr von mir wissen, wohl um etwas Konversation zu betreiben.

„Nein, ich habe hier einen Job gefunden", erklärte ich und riss meinen Blick von den vorbeihuschenden Häusern los.

Er nickte verstehend. „Für eine Französin sprechen Sie sehr gut Englisch", lobte er mich, setzte den Blinker, bog ab und fuhr stadtauswärts.

„Vielen Dank, aber woher wissen Sie, dass ich aus Frankreich komme?", hakte ich verdutzt nach.

„Ihr Akzent hat Sie verraten", meinte er und warf mir über den Rückspiegel einen freundlichen Blick zu. „Sie verbergen ihn zwar sehr gut, doch ich fahre so viele Touristen durch die Gegend, dass ich ein Gehör dafür entwickelt habe."

„Muss ein interessanter Job sein, wenn man auf so viele unterschiedliche Menschen trifft", gab ich meine Vermutung preis, woraufhin er nur mit den Schultern zuckte.

„Es gibt Tage an denen ich meinen Job liebe und welche an denen ich ihn hasse. So, wie es wohl bei jedem ist", antwortete er und fügte hinzu: „Darf ich fragen, was Sie beim Williams-Anwesen wollen?"

„Dort werde ich arbeiten", erwiderte ich und sah wie

er entsetzt die Augen aufriss. „Kennen Sie die Familie Williams?", wollte ich wissen.

„Nicht persönlich, doch man hat schon einige Geschichten über sie gehört. Ich an Ihrer Stelle, würde dort nicht arbeiten wollen und vielleicht sollten Sie es sich auch noch einmal durch den Kopf gehen lassen."

Verwirrt zog ich die Stirn kraus und beugte mich meinem Gesprächspartner etwas entgegen. „Ach ja, was für Geschichten werden denn erzählt?", hakte ich nach.

Nicht, dass ich auf das Gerede von fremden Leuten etwas gab. Manche Menschen waren dazu geboren sich Geschichten zusammenzuspinnen und sich über andere Personen das Maul zu zerreißen. Vermutlichen haben sie nichts Besseres zu tun und diese Freizeitbeschäftigung zu ihrem Hobby erkoren. Doch rein aus Neugierde wollte ich schon hören, was der Fahrer zu erzählen hatte. Zudem war es immer vernünftiger, auf alles Unvorhergesehene vorbereitet zu sein. Und sei es nur das dumme Gerede von irgendwelchen Leuten.

„Man erzählt sich, dass dort unheimliche Dinge vorgehen. Es wird gemunkelt, dass Mr. Williams immer wieder Leute mit zu sich nimmt, die er von der Straße aufliest. Doch wenn sie einmal das Haus betreten haben, kommen sie nie wieder heraus. Niemand hat die Menschen je wiedergesehen."

Ich musste ein Lachen unterdrücken, schließlich wollte ich nicht unhöflich sein. Doch die Aussage, es würde dort Menschen verschwinden, war doch zu lustig.

„Ach wirklich, das ist ja seltsam", brachte ich deshalb mühselig hervor und biss mir auf die Unterlippe, um mich im Zaum zu halten.

„Ja, aber das ist noch nicht mal das Schlimmste", fuhr er fort.

Innerlich stöhnte ich auf. Noch schlimmer, na prima.

„Er soll vor ein paar Jahren seine Frau ermordet haben."

Wow, schoss es mir durch den Kopf. Warum zum Teufel war ich nicht mit dem Bus gefahren? Ach ja, mein Gepäck und meine Faulheit. Na toll, das hatte ich jetzt davon. Ich saß in dem Taxi eines Mannes, der auf das irre Gerede der Einheimischen einging.

Schon zu Zeiten der Hexenverfolgung waren es genau solche Dinge gewesen, die dazu geführt hatten, dass Unschuldige in Gefangenschaft landeten. Viele von ihnen hatte man gefoltert. Andere fanden den Tod durch Enthauptung, den Strick oder den Scheiterhaufen. Ich meine, man muss sich mal vorstellen, wie engstirnig die Menschen damals waren und was für Auswirkungen das hatte. Man schätzt, dass während dieser ganzen Zeit in Europa rund drei Millionen Menschen der Prozess gemacht wurde und man zwischen vierzig- bis sechzigtausend Menschen hinrichtete und das nur aufgrund von Gerede, Unverständnis gegenüber Unbekanntem und manchmal auch durch falsche Beschuldigungen. Nur weil man einen Groll gegen einen anderen hegte und das die einfachste Art war, die verhasste Person loszuwerden. Hierfür setzte derjenige einfach ein paar abstruse Geschichten in die Welt, feuerte diese mit Hilfe anderer weiter an und schon war die Kacke am dampfen. Natürlich gab es tatsächlich Hexen, das wusste ich besser wie jeder andere, doch wir waren nicht böse. Wir hatten keinen krummen Rücken, auf unserer Schulter saß kein schwarzer Rabe und wir verspeisten auch keine kleinen

Kinder zum Abendessen. Doch die Menschen hatten kein Verständnis, für etwas, das sie nicht kannten, oder ihnen unerklärlich schien. Deshalb war es auch an uns Hexen, nach den Vorkommnissen von Mitte des fünfzehnten bis Mitte des achtzehnten Jahrhunderts, uns ins Verborgene zurückzuziehen und dort zu bleiben. Wir hatten uns seit dieser Zeit angewöhnt, uns nicht mehr der Öffentlichkeit Preis zu geben und dadurch unsere Existenz zu schützen. Nur die engsten Vertrauten wurden in das Geheimnis eingeweiht. Das Privileg, den eigenen Nachwuchs in Sachen Hexenkunst zu unterrichten, lag alleinig bei den eigenen Familienmitgliedern. Sie lehrten schon die Allerkleinsten mit allem, was es zu wissen gab. Zudem erzählte man ihnen die grausamen Geschichten von damals, um ihnen vor Augen zu führen, was geschehen könnte, wenn sie ihre Gabe frei ausleben würden.

Genau aus diesem Grund musste ich auch an mich halten, um den Mann am Steuer nicht anzuschreien, ob er verrückt sei, über jemanden, den er nicht persönlich kannte, solche Behauptungen zu verbreiten. Denn schließlich erzählte er nur weiter was er selbst aufgeschnappt hatte. Doch dazu kam ich nicht mehr, denn im nächsten Moment hielt er an und meinte: „Wir sind da, Miss."

Ich sah mich um und konnte kaum glauben, was ich hier sah. Sprachlos tastete ich nach dem Türgriff und wollte aus dem Wagen steigen, doch der Fahrer hielt mich prompt zurück.

„Nehmen Sie es mir nicht übel, Miss, aber ich möchte hier ungern aussteigen. Es wäre mir sehr recht, wenn Sie Ihr Gepäck selbst aus dem Kofferraum holen könnten."

Ein abfälliges Schnauben entglitt mir, während ich meinen Geldbeutel aus meinem smaragdgrünen Blazer zog, der so toll mit meiner Augenfarbe harmonierte, und dem Mann sein Geld reichte. Mit einem kurzen Dank und einer schnellen Verabschiedung stieg ich aus, lief nach hinten, öffnete den Kofferraum und hievte meine Sachen heraus. Kaum hatte ich den Kofferraum wieder geschlossen, drückte der Kerl doch tatsächlich auf das Gaspedal und fuhr mit Karacho davon. Mich hingegen ließ er hustend und prustend in einer Wolke aus Staub zurück.

KAPITEL 2

Die Staubwolke lichtete sich und ich bekam meinen Hustenanfall unter Kontrolle. Verärgert stellte ich mein Gepäck neben mir ab, klopfte mir den Staub von meinem Lieblingsblazer und fluchte in meiner Muttersprache vor mich hin.

War das denn die Möglichkeit, einen Fahrgast so zu behandeln, nur weil man die Hose gestrichen voll hatte? Zumindest konnte man dies glauben, denn er war so schnell von dannen gefahren, als sei der Leibhaftige höchstpersönlich hinter ihm her.

Kopfschüttelnd, griff ich erneut nach meinem Koffer, schulterte meine Reisetasche und hob den Blick, um meine Umgebung zu inspizieren.

Ich würde von mir behaupten, dass es nicht oft vorkam, dass es mir die Sprache verschlug, doch dies war einer jener Momente. Durch die Ablenkung des Gesprächs mit dem Taxifahrer, war mir nicht aufgefallen, dass wir von der Straße abgebogen und auf einen hell geschotterten Weg gefahren waren. Dieser hatte uns zu einem prächtigen Herrenhaus geführt, welches so groß war, dass man vermutlich ein Hotel darin hätte eröffnen können. Das aus hellem Stein gemauerte Haus, schien aus einem Haupthaus und einem Ost- und Westflügel zu bestehen. Am linken und rechten Ende des Hauptgebäudes reckten sich turmförmige Erker gen Himmel. Die vielen Sprossenfenster des Hauses wurden von dunklem Holz gehalten. Aus dem mit dunklen Ziegeln eingedeckten Dach, ragten mehrere Schornsteine heraus. Die Fassade war mit Figuren versehen, die aus demselben Stein gehauen worden waren wie der Rest des Hauses. So wachten mehrere Gargoyles auf steinernen Dachvorsprüngen. Auf der Höhe der ersten Etage waren vier menschliche Skulpturen zu sehen, die ebenfalls auf kleinen Vorsprüngen standen. Zwei auf der linken und zwei auf der rechten Seite des Eingangs. Ich konnte erkennen, dass es sich pro Seite jeweils um eine männliche und eine weibliche Figur handelte. Über dem riesigen, aus massivem Holz gefertigten, doppeltürigen Eingang, prangte ein großes Wappen, auf dem ein Drache abgebildet war, vor dessen Brust sich zwei Schwerter kreuzten, dass es so aussah, als wolle er in die Schlacht ziehen. Um diesen Eingang zu erreichen, musste man über eine steinerne, breite Treppe mehrere Stufen erklimmen. Das dazugehörige massive, steinerne Geländer wurde am oberen und unteren Ende zu jeder Seite von bunt bepflanzten Steintrögen flankiert.

Immer noch völlig überwältigt, lief ich langsam die Stufen empor und blieb vor der gewaltigen Tür stehen. Zögerlich setzte ich meinen Koffer ab und atmete tief durch. Wo zum Teufel war ich hier gelandet? Sollte das wirklich das Haus der Familie Williams sein? Als sich in meinen Gedanken das Wort Haus formte, musste ich ein hysterisches Kichern unterdrücken. Das wirkte auf mich nicht wie ein Haus, sondern eher wie ein Palast.

Um noch etwas Zeit zu schinden, wand ich mich von der Tür ab und sah mir das Grundstück an, das ich von meiner erhöhten Position nun noch besser überblicken konnte. Wohin ich auch spähte waren bunte Blumenbeete zu sehen. Hier und da standen Heckentiere in den verschiedensten Formen. Mein Blick blieb an einem besonders außergewöhnlichen Exemplar hängen. Einem Einhorn. Echt jetzt, schoss es mir durch den Kopf, ein Einhorn? Nicht, dass ich was gegen Einhörner hatte, aber auf dem Dach Gargoyles und im Garten Einhörner? Wie gegensätzlich war das denn?! Hinter den Beeten strahlte das saftige Grün des Rasens und durch all das schlängelte sich der Weg, über den ich hergebracht worden war.

Erneut versuchte ich mich zu sammeln, indem ich tief durchatmete und mich noch ein paar Sekunden von den Sonnenstrahlen streicheln ließ, bis ich mich endlich der Tür zudrehte, um meinem neuen Arbeitgeber gegenüberzutreten. Ich fand nirgends eine Klingel, nur ein großer, gusseiserner Türklopfer in Form eines Drachenkopfes hing in der Mitte der Tür. Langsam hob ich die Hand, um zu klopfen, ließ sie dann aber doch wieder sinken.

Was würde mich hinter dieser Tür erwarten? Natürlich war das nicht mein erster Job als Kindermädchen und es fehlte mir bestimmt auch nicht an Selbstbewusstsein, doch wem solch ein Anwesen gehörte, der musste einer gewissen Sorte von Menschen angehören. Jene, für die nur Geld im Vordergrund stand. Solche, die sich nur mit Ihresgleichen abgaben und unsereins als Unterschicht betrachteten. Wollte ich für so jemanden wirklich arbeiten? Jemand für den ich mit ziemlicher Sicherheit nichts weiter darstellte, als eine mickrige Angestellte, die jederzeit ersetzbar und nicht mal den Dreck unter dem Fingernagel wert war.

In meinem letzten Job bei der Familie Dubois war ich

sehr herzlich behandelt worden. Man hatte mich nach kürzester Zeit zur Familie gezählt und mich immer mit Respekt behandelt. Doch es beschlichen mich eindeutige Zweifel, ob dies hier ebenfalls der Fall sein würde. Plötzlich sah ich Mr. Williams vor meinem inneren Auge aufblitzen. Er stand in Bundfaltenhose, Lackschuhen und einem Polohemd vor mir und schenkte mir ein gehässiges Grinsen. Sein sehr unsympathisches Gesicht wurde durch die Geheimratsecken an seinem leicht ergrauten Haaransatz noch betont. Die tiefen Falten, die seinen Gesichtsausdruck verstärkten, ließen darauf schließen, dass er wohl nicht viel zu lachen hatte, sondern immer so böse und gehässig dreinschaute wie er es gerade tat.

Jetzt geht wirklich die Fantasie mit dir durch, ermahnte ich mich im Stillen, als ich spürte, wie sich ein ungutes Gefühl in mir breitmachte und stieß frustriert die Luft aus. Das konnte ja wirklich heiter werden. Doch da ich jetzt schon mal hier war, würde ich mir den Job und die dazugehörigen Menschen auch genauer ansehen. Gedanklich klammerte ich mich dabei an meine vier-wöchige Probezeit, die mir im Notfall dazu verhelfen würde, mich von heut auf morgen wieder vom Acker zu machen.

Somit hob ich erneut die Hand, um den Türklopfer zum Einsatz zu bringen, als auch schon beim ersten Laut die Tür geöffnet wurde. Ich stand einer rundlichen, kleinen Frau gegenüber. Ihr weißes Haar hatte sie zu einem Knoten gebunden und unter ihrer weißen Arbeitsschürze trug sie eine braune Hose mit einer gleichfarbig abgestimmten Bluse. Sie schenkte mir ein freundliches Lächeln.

„Ich hatte mich schon gefragt, wie lange Sie noch hier

draußen herumstehen wollen, bevor Sie sich entscheiden zu klopfen", meinte sie und streckte mir zur Begrüßung ihre Hand entgegen. „Sie müssen Mrs. Moreau sein. Mias neues Kindermädchen."

„Ja, die bin ich. Tut mir leid, ich war von den ganzen Eindrücken etwas überwältigt", erklärte ich mein Zögern und erwiderte ihre Geste.

„Sie brauchen sich nicht zu entschuldigen. Sie sind nicht die erste Person, die etwas länger braucht, bis sie den Türklopfer betätigt. Das Anwesen der Familie Williams ist ja auch beeindruckend. Ich bin Anora Davies, die Köchin, aber nennen Sie mich einfach Nora, wie es hier alle tun. Kommen Sie doch herein", bat sie höflich und trat einen Schritt zurück, um mir Platz zu machen.

Ich schob den Riemen meiner Tasche in eine angenehmere Position, griff nach meinem Koffer und trat ein.

„Warten Sie, Mrs. Moreau, ich nehme Ihnen Ihren Koffer ab", meinte Nora und machte einen Schritt auf mich zu.

„Bitte einfach nur Chloé", bat ich und fügte hinzu: „Das ist nicht nötig. Ich schaffe das schon. Er sieht schwerer aus als er in Wirklichkeit ist", schwindelte ich, um zu vermeiden, dass sich die nette Frau mit meinem schweren Koffer abmühen musste.

„In Ordnung, Chloé, wie du möchtest", erwiderte sie und schloss hinter mir die Tür.

Ich stand in einem riesigen Raum - oder sollte ich besser Halle sagen - dessen Decke so hoch sein musste wie das Haus im Gesamten. In der Mitte hing ein gigantischer Kronleuchter, von dem hunderte von Kristalltropfen herabhingen und das einfallende Licht im Glanz eines

Regenbogens reflektierten. Die Decke selbst war mit wunderschönen Malereien verziert. Kleine Engel tollten auf flauschigen Wolken umher, während ein paar andere auf Instrumenten musizierten. Der Blauton der Decke setzte sich in den Wänden fort. Nur die darin eingearbeiteten Säulen hatten ihren natürlichen, hellen Ton behalten. Der Boden war mit einem royalblauen Teppich ausgelegt. In der Mitte des Raums wand sich eine freischwebende, dunkle Massivholztreppe in den ersten Stock des Hauses. Als ich diese musterte, entdeckte ich sie. Hinter den Geländerstreben im ersten Stock saß mein neuer Schützling und musterte mich kritisch.

„Ich hoffe, du hattest eine angenehme Reise."

„Ja, danke", erwiderte ich mit einem kurzen Blick zu Nora und sah dann wieder zu dem kleinen Mädchen am Treppengeländer.

Ihr braunes, langes Haar war zu beiden Seiten ihres Kopfes zu Zöpfen geflochten. Aus ihren blauen Augen sah sie zu mir herab, während sich ihre kleinen Hände unsicher an das Geländer klammerten.

„Und du musst die kleine Mia sein", sprach ich sie vorsichtig an, um sie mit der Situation nicht zu überfordern.

Nora drehte den Kopf, um zu sehen, wo Mia sich aufhielt. „Mia, komm her und begrüße dein neues Kindermädchen", wies Nora sie an.

Zögerlich erhob sich die Kleine aus ihrer sitzenden Position und kam langsam die Treppe herunter. Ihre Finger spielten dabei nervös mit dem Stoff ihres pinkfarbenen, langärmligen und knöchellangen Kleides. Mit gesenktem Haupt blieb sie schweigend vor mir stehen.

Um es ihr leichter zu machen, ging ich vor ihr in die

Hocke und hob ihr meine Hand entgegen. „Hallo Mia, ich bin Chloé."

Sie griff meine Hand und murmelte ein leises Hallo.

„Mia, ich habe dir schon tausendmal gesagt, dass es unhöflich ist, sein Gegenüber nicht anzusehen", wies Nora die Kleine zurecht.

„Lass nur", setzte ich dagegen. „Ich war in Mias Alter auch etwas schüchtern. Das ist überhaupt nicht schlimm und gibt sich irgendwann."

Als wäre sie über meine Worte überrascht, hob Mia den Kopf und sah mich an. Ich erkannte eine gewisse Neugierde in ihren Augen und war mir sofort sicher, dass ich mit Mia gut zurechtkommen würde.

„Dann werde ich dir jetzt mal dein Zimmer zeigen. Folge mir bitte", bat mich Nora und lief auf die Treppe zu.

Ich erhob mich, schnappte meinen Koffer und lief ihr hinterher, um nach ein paar Schritten festzustellen, dass Mia unschlüssig an Ort und Stelle stehen geblieben war. Deshalb hielt ich in meiner Bewegung inne, warf ihr einen Blick über die Schulter zu und fragte sie lächelnd: „Kommst du mit?"

Als hätte sie nur darauf gewartet, erwiderte sie mein Lächeln, holte mich ein und lief mit mir zusammen hinter Nora her.

„Du wirst die einzige Angestellte sein, die im selben Teil des Hauses wohnt, wie Mr. Williams und seine Tochter. Mr. Williams ist es wichtig, dass du für seine Tochter in greifbarer Nähe bist. Außerdem lässt sich Mr. Williams entschuldigen, dass er während deiner Ankunft nicht anwesend sein kann. Leider ist er geschäftlich verhindert und wird sich dir zu einem späteren Zeitpunkt vorstellen."

„Schon in Ordnung", keuchte ich.

Wir hatten die Treppen hinter uns gelassen und durchquerten einen langen Gang mit etlichen Türen. Im Gegensatz zur Eingangshalle, war hier alles in dunklen, warmen Rottönen gestaltet. An den Wänden hingen aus Ölfarbe gefertigte Portraits von Frauen und Männern vergangener Zeit, die von barocken, goldenen Rahmen geziert wurden.

„Das hier ist der Ostflügel des Hauses", erklärte mir Nora. „Dieser ist alleinig der Familie Williams und deren Gäste vorbehalten. Für Gäste dient dieses Stockwerk. Die Familie bewohnt die obere Etage."

Wir erreichten eine weitere Treppe, über die wir in die obere Etage gelangten, deren Flur dessen Vorgänger glich.

Nora blieb vor einer Tür am Ende des Ganges stehen und öffnete sie. „Das hier ist dein Zimmer. Solltest du etwas brauchen, musst du es nur sagen."

Ich ging hinein und machte große Augen. Dieses Zimmer war ein Traum aus Pastelltönen. Die großen Fenster mit Blick auf das herrliche Anwesen, ließen jede Menge Licht in das geräumige Zimmer. Das herrliche Himmelbett stand auf einem Podest und war wie die restlichen Möbel im sizilianischen Stil. Das Weiß der Möbel ergänzte sich hervorragend mit den freundlichen, hellen Farben der sonstigen Einrichtung und verschaffte dem Ganzen eine weibliche Note. Ein angenehmer Duft nach Blumen lag in der Luft, der wohl auf den bunten Blumenstrauß auf dem Tisch vor dem Sofa zurückzuführen war.

„Durch die Tür zu deiner Linken gelangst du ins Bad. Die Tür zu deiner Rechten ist die Verbindungstür zu Mias Zimmer", kommentierte Nora. „Ich lasse dich jetzt allein, damit du auspacken und dich frisch machen kannst. Abendessen gibt es um sechs. Wir Angestellten essen in der Küche. Diese findest du, wenn du zurück in die Eingangshalle läufst und durch die Tür gehst, die sich in der Wand hinter der Treppe befindet."

Ich nickte verstehend.

„Los Mia, lassen wir Chloé noch ein bisschen allein, damit sie sich von ihrer Reise erholen kann", meinte Nora und hob Mia auffordernd die Hand entgegen. Mias Miene verriet jedoch, dass sie nicht sehr begeistert von dem Vorschlag zu sein schien.

„Mia stört mich nicht und ich bin auch nicht besonders müde. Wenn sie möchte, kann sie gerne hierbleiben", bot ich darum an und schenkte Mia, die immer noch neben mir stand, ein Lächeln.

Mia erwiderte mein Lächeln und meinte mit leiser Stimme: „Das würde ich gern. Darf ich Nora?"

„Also schön", gab sie nach. „Ich muss mich sowieso um das Abendessen kümmern und wenn du nicht durch meine Küche geisterst, komme ich wesentlich schneller voran." Mit diesen Worten wandte sie sich ab, verließ das Zimmer und schloss hinter sich die Tür.

„Dann werde ich mal meinen Koffer auspacken", verkündete ich und schleppte diesen, zusammen mit meiner Reisetasche, zu meinem zukünftigen Bett. Dann schlüpfte ich aus meinem Blazer und ließ ihn achtlos zu Boden fallen, da er nach der Staubdusche vor dem Haus sowieso in die Wäsche musste.

Mia lief mir nach, kletterte ebenfalls auf das Bett und machte es sich auf der zart geblümten Tagesdecke bequem. Während ich meine Sachen auspackte und verstaute, versuchte ich Mia besser kennenzulernen, da sie immer noch recht schweigsam war.

„Du hast ein sehr schönes Kleid an", begann ich, um ein Gespräch zum Laufen zu bringen. „Trägst du gerne Kleider?"

„Ja", gab sie prompt zurück. „Weißt du, ich spiele am liebsten Prinzessin und als Prinzessin trägt man Kleider."

„Da hast du recht. Eine Prinzessin in Hosen ist unvorstellbar", stimmte ich ihr zu und eilte zwischen Bett und Schrank hin und her, um meine Kleidung zu verstauen.

„Mein Papa hat mir sogar ein Diadem geschenkt. Magst du es mal sehen?"

„Klar, gerne."

Sie kletterte vom Bett, flitzte zur Verbindungstür, die sie eilig aufstieß und verschwand in ihrem Zimmer. Nur Sekunden später stand sie mit Stolz erhobenem Haupt vor mir und strahlte mich an. Auf ihrem Kopf thronte ein kleines Diadem, das mit bunten Glassteinchen verziert war.

„Wow, Sie sehen wunderschön aus, eure Majestät", meinte ich überschwänglich.

Sie kicherte und fragte: „Spielst du nachher mit mir Prinzessinnen?"

„Aber klar. Doch zuerst muss ich noch meine Sachen fertig auspacken."

Zufrieden über meine Aussage, nahm sie wieder ihren Posten auf meinem Bett ein.

„Nora hat erzählt, dass ihr in Frankreich Frösche und Schnecken esst. Stimmt das?"

Mit einem Lächeln erwiderte ich: „Frösche und Schnecken gelten bei uns tatsächlich als eine Delikatesse. Doch ich muss zugeben, dass ich selbst nie eins dieser Gerichte versucht habe und es auch in Zukunft nicht vorhabe."

Mia verzog angewidert das Gesicht. „Das ist ja sowas von ekelig. Man isst doch keine schleimigen Schnecken und Frösche."

„Ganz meiner Meinung", stimmte ich lachend zu. „Was isst du denn gern?"

„Also, am allerliebsten esse ich Süßigkeiten, aber mein Papa lässt mich nur ab und zu welche essen. Er sagt, sie wären ungesund. Das find ich doof, weil sie doch so lecker sind."

„Da kann ich dich verstehen, muss deinem Vater aber dennoch recht geben. Gesund sind sie wirklich nicht. Doch ab und zu braucht jeder mal etwas Süßes. Was wäre das Leben ohne Süßigkeiten?! Eine schreckliche Vorstellung."

Ich schnappte meine Kosmetikartikel, um sie ins Bad zu bringen.

Vielleicht hätte ich damit rechnen sollen, dass es sich nicht um ein gewöhnliches Bad handeln würde. Dennoch war ich nicht auf den Anblick vorbereitet, der sich mir bot. Ebenso wie alles andere, was ich bisher gesehen hatte, konnte man auch diesen Raum keinesfalls als gewöhnlich bezeichnen. Der weiße Marmor auf dem Boden und den Wänden, glänzte im Duett mit den goldenen Armaturen. Neben einem großen Waschtisch, einer ebenerdigen Dusche und einer Toilette, was mir durchaus genügt hätte, gab es noch ein Bidet und eine freistehende Badewanne. Wie alle anderen Annehmlichkeiten in diesem Bad, strahlte auch die Wanne in glänzendem Weiß und war überwältigend schön.

Ich räumte meine Sachen in das gläserne Regal neben dem Waschtisch und ging zurück ins Schlafzimmer. Nachdem ich alles verstaut hatte, öffnete ich das Seitenfach meiner Reisetasche und zog ein in buntes Papier gewickeltes Päckchen hervor.

„Schau mal Mia. Ich habe dir ein kleines Geschenk mitgebracht."

Ihre Augen wurden groß und begannen vor Freude zu strahlen.

„Oh, danke!", rief sie aufgeregt. „Darf ich es gleich aufmachen?"

„Aber selbstverständlich", versicherte ich und setzte mich zu ihr aufs Bett.

Ungeduldig riss sie das Papier in kleine Fetzen und beförderte den kleinen, handgehäkelten Teddy ans Tageslicht. „Der ist aber schön", sagte sie und drückte ihn an ihre Brust. „Dankeschön!"

„Gern geschehen. Die mache ich in meiner Freizeit. Ist ein Hobby von mir."

„Wirklich? Du kannst Plüschtiere machen?", hakte sie verblüfft nach.

„Man nennt sie eher Häkeltiere, aber ja, das kann ich. Meine Mama hat mir das Häkeln beigebracht und da ich irgendwann keine Lust mehr hatte, nur Schals und Mützen zu häkeln, habe ich begonnen Tiere zu häkeln."

„So eine Mama hätte ich auch gerne", flüsterte sie und ließ den Kopf hängen.

Tröstend legte ich meinen Arm um ihre Schultern und fragte vorsichtig: „Wo ist deine Mama?"

„Sie ist bei den Engeln", antwortete Mia. „Papa sagt, sie ist wenige Wochen nach meiner Geburt gestorben."

„Oh, das tut mir sehr leid. Wenn du dir noch ein bestimmtes Kuscheltier wünschst, dann kannst du es mir gerne sagen und ich mache es dir", versuchte ich sie von diesem traurigen Thema abzulenken, was funktionierte.

„Wirklich?"

„Klar doch!"

„Oh, ja! Machst du mir ein Einhorn? Weißt du, so eins wie in unserem Garten steht. Jack, unser Gärtner, hat das für mich geschnitten, aber ich hätte so gerne eins zum Kuscheln", erklärte sie mir.

Ich musste schmunzeln, denn nun wusste ich, warum ein Busch in Form eines Einhorns vor einem Haus stand, das Gargoyles auf dem Dach hatte.

„Natürlich mache ich dir ein Einhorn", versprach ich ihr.

„Ein ganz großes?"

„Mal sehen, was ich tun kann. Aber du musst dich ein bisschen gedulden, denn ich muss erst einmal Wolle kaufen."

Mia nickte aufgeregt und schmiegte sich für einen Moment in meinen Arm, was mich sehr freute. Die erste Hürde des Annäherns war somit gemeistert, denn Mia schien sich in meiner Gegenwart schon viel wohler zu fühlen.

Plötzlich hörte ich ein Geräusch und einen Sekundenbruchteil später die Stimme eines Mannes.

„Mia, mein Schatz, wo bist du?"

„Ich bin hier Papa, bei Chloé." Mia sprang aufgeregt vom Bett und rannte zu der Tür die in ihr Zimmer führte, als auch schon ein Mann darin erschien, in dessen Arme sie sich kichernd stürzte.

Verdammt! war das nächste, was durch meine Gedanken schoss. Wenn das wirklich Mias Vater war und somit mein neuer Arbeitgeber, hatte ich mit meiner Vorstellung von jenem völlig danebengelegen.

Der Mann, der seine Tochter liebevoll an sich drückte, war einen ganzen Kopf größer als ich und höchstens Mitte dreißig. Seine Augen waren fast so dunkel wie sein kunstvoll zerzaustes, tiefschwarzes Haar. Er trug eine lässige Jeans, die bereits an manchen Stellen etwas abgewetzt war. Diese hatte er mit weißen Sneakers und einem gleichfarbigen Shirt kombiniert. Während er Mia auf die Arme hob, zeichneten sich darunter seine Muskeln ab. Ein leichter Bartschatten lag auf seinen eklatanten Gesichtszügen und das Lächeln, das er seiner Tochter zuwarf, war einfach nur zum Niederknien.

Ich schluckte schwer und musste dabei feststellen, dass mein Mund ebenso wie meine Kehle plötzlich völlig ausgetrocknet war. Was hätte ich jetzt für ein Glas Wasser gegeben. Dieser Mann war einfach so umwerfend, dass ich meinen Blick nicht abwenden konnte.

Noch nie in meinem Leben, hatte es einer des anderen Geschlechts geschafft, mich so aus der Ruhe zu bringen. Natürlich gab es hier und da mal einen Verehrer. Auch zum ein oder anderen festen Freund hatte ich es gebracht. Doch leider stellte sich immer recht schnell heraus, dass es einfach nicht der richtige war. Vielleicht war dies ja ein allgegenwärtiges Hexenproblem. Denn schließlich war auch der Rest meiner Familie Single. Mein Onkel Hugo hatte mit seiner Frau einen Fehlgriff gelandet, meine Mutter hatte nach dem Tod meines Vaters nie wieder einen anderen lieben können und der Rest unserer

Familie, mit Ausnahme von Tante Zoé, war ebenfalls erfolglos, bei der Suche nach der großen Liebe.

Es war zum grün und blau ärgern. Da traf ich auf einen Mann, der mir beim ersten Aufeinandertreffen den Atem raubte und es handelte sich um meinen zukünftigen Arbeitgeber. Noch bescheidener hätte es für mich wohl nicht laufen können. Daher appellierte ich an meinen gesunden Menschenverstand und versuchte nicht mehr weiter darüber nachzudenken. Mr. Williams war für mich tabu und würde es immer sein. Thema erledigt! Das redete ich mir zumindest ein.

Nachdem Mia ihren Vater ausgiebig umarmt hatte, meinte sie fröhlich: „Schau, Papa, das ist Chloé und sie hat mir einen Teddy geschenkt."

Das war das erste Mal, dass sich unsere Blicke trafen und ich hatte das Gefühl, in seinen Augen zu versinken. Er sagte kein Wort. Starrte mich einfach nur an und ich tat es ihm gleich. Die kleine Stimme in meinem Kopf mahnte mich, den Blickkontakt zu unterbrechen, doch ich war wie gebannt und konnte ihr einfach nicht folgen. Ich fühlte mich wie versteinert und das Einzige, was wichtig erschien, war der Blick in Mr. Williams dunkle und geheimnisvollen Augen.

***

Luke war wie gefesselt von dem Anblick dieser Frau, die er seither nur von einem Foto kannte, welches ihr in keiner Weise gerecht wurde. Eigentlich hatte er Mrs. Moreau gar nicht einstellen wollen. Doch die vergangenen Jahre hatten gezeigt, dass er, wenn es um die Auswahl der Kindermädchen für seine Tochter ging, immer die falschen ausgesucht hatte - zumindest laut Aussage seiner Tochter. Für ihn hingegen waren immer die Qualifikationen im Vordergrund gestanden. Gleich danach das Alter, denn er hatte immer Frauen eingestellt, die schon ein gewisses Alter besaßen und somit langjährige Erfahrung auf ihrem Gebiet. Doch in den letzten zweieinhalb Jahren, war es Mia gelungen, jede einzelne davon zu vergraulen. Jedes Mal, wenn er Mia gefragt hatte, warum sie das tat, entschuldigte sie dies damit, dass sie die Frau nicht gemocht hätte. Aus diesem Grund hatte Luke nach dem letzten Fehlschlag zugestimmt, dass seine Tochter nun selbst ein Kindermäd- chen auswählen dürfe, in der Hoffnung, dass es dieses Mal von Dauer sein würde. Doch nun stand er hier und wusste, dass er einen gewaltigen Fehler begangen hatte. Die Augen dieser Frau waren wie schillernde Edelsteine. Das Haar glich einem Strom aus Blut, welcher sich in seichten Wellen über ihre Schultern ergoss. Die helle Haut ließ ihre zartroten Lippen noch verführerischer wirken. Und dann waren da noch diese Kurven. Durch das hautenge, ausgeschnittene, weiße T-Shirt drängten sich ihre weiblichen Rundungen. Der flache Bauch ging in eine enge Jeans über, die mit einem wohlgeformten Po und schlanken Beinen ausgefüllt war. Ihre helle Haut lockte ihn, mit seinen Fingern darüber zu gleiten, um zu testen, ob sie sich so weich anfühlte wie sie aus der Entfernung aussah. Dazu kam ihr Duft nach süßen, reifen Pfirsichen, den er selbst über die Distanz der wenigen Meter, die zwischen ihnen lagen, wahrnehmen konnte. Diese Frau war eine Augenweide und ihm schossen augenblicklich etliche Gedanken durch den Kopf, was er jetzt mit ihr tun könnte, wenn sie alleine wären. Deshalb war Luke auch dankbar dafür, als Mia ihn in die Realität zurückholte.

***

Erst Mia schaffte es, uns aus unserer Starre zu lösen. „Papa, hast du gehört, was ich gesagt habe?" Sie wedelte mit dem Teddy vor seinem Gesicht herum.

Mr. Williams blinzelte ein paarmal und erwiderte dann: „Entschuldige Süße, ich war in Gedanken. Der Teddy ist wirklich toll. Ich hoffe, du hast dich dafür bedankt."

„Ja, hab ich", versicherte sie ihrem Vater.

Er nickte zufrieden, setzte Mia ab und trat auf mich zu.

Ich versuchte mich zu sammeln, stand vom Bett auf und kam ihm auf halber Strecke entgegen.

„Hallo Mrs. Moreau, ich bin Luke Williams, Mias Vater. Es freut mich, Sie kennenzulernen."

„Die Freude ist ganz meinerseits", erwiderte ich und reichte ihm zur Begrüßung meine Hand.

Schlagartig wurde mir klar, dass ich das nicht hätte tun sollen. Sofort, als sich unsere Hände berührten, stieg eine unglaubliche Hitze in mir auf. Sie schien von ihm zu kommen und mich von Grund auf in Besitz zu nehmen. Vor Überraschung riss ich die Augen auf und zog meine Hand blitzschnell zurück. Zugleich wurde mir klar, wie unhöflich das wirken musste, weshalb ich schon zu einer Entschuldigung ansetzte, biss mir jedoch auf die Lippe, als ich sah, dass er selbst völlig perplex auf seine Hand starrte.

Was zum Teufel war hier eigentlich los? Ich war zwar

eine Hexe und konnte mit vielen ungewöhnlichen Dingen umgehen, doch das hier war selbst mir eine Nummer zu hoch. Woher war eben diese Hitze gekommen und was roch hier plötzlich so gut. Ich sog die Luft ein und musste zu meinem Entsetzen feststellen, dass es Mr. Williams war, der einen leichten männlichen Duft verströmte, der mich regelrecht lockte. Verdammt, hatte er Pheromone benutzt um sich einzuparfümieren oder warum verspürte ich so ein heftiges Verlangen danach, mich an ihn zu schmiegen.

„Chloé, magst du dir mal mein Zimmer ansehen und wir wollten doch Prinzessinnen spielen und wir könnten auch noch Verstecken spielen. Papa, machst du auch mit? Bitte!", bettelte Mia und hatte uns auch schon an den Händen genommen, um uns in Richtung Kinderzimmer zu ziehen.

Mr. Williams reagierte, nahm sie erneut auf den Arm und meinte: „Mia, Mrs. Moreau ist heute erst angekommen. Zudem gibt es in einer halben Stunde Abendessen. In dieser Zeit würde ich gerne noch ein paar Dinge mit Mrs. Moreau besprechen."

„Aber sie hat gesagt, dass sie mit mir noch spielt", quengelte Mia und zog einen Schmollmund.

„Mia, was hältst du denn davon, wenn du jetzt alles hinrichtest, was wir zum Spielen brauchen, während ich mit deinem Vater spreche, und wir nach dem Abendessen noch ein wenig spielen", schlug ich vor und hoffte, dass Mr. Williams damit einverstanden war.

„Au ja! Darf ich, Papa?", rief sie aufgeregt.

„Also gut. Wenn es Mrs. Moreau nichts ausmacht, dass sie dich Quälgeist heute schon an der Backe hat, habe ich nichts dagegen", stimmte er zu.

„Ich bin kein Quälgeist, ich bin eine Prinzessin", protestierte Mia und stemmte ihre kleinen Fäuste empört in ihre Hüfte.

Ich lachte auf und versicherte: „Ich mache das gern. Wenn eure Hoheit nun alles für uns vorbereiten würde?"

Er stellte Mia auf den Boden, die sogleich nach nebenan flitzte. „Sie können gut mit Kindern", stellte er fest, nachdem wir allein waren und schlenderte zu dem apricotfarbenen Sofa, das zusammen mit zwei Sesseln und dem kleinen Holztischchen, auf dem der Blumenstrauß stand, die Mitte des Raumes einnahm.

„Ich liebe meinen Job und ebenso Kinder. Vermutlich liegt es daran, dass mir das so leicht von der Hand geht", gab ich zurück.

Er nickte verstehend und wies auf das Sofa. „Lassen Sie uns doch Platz nehmen, Mrs. Moreau", schlug er vor und ließ sich selbst auf einem der Sessel nieder.

„Bitte nennen Sie mich einfach nur Chloé", bat ich und tat wie mir geheißen. Ich versuchte mich entspannt zu geben, auch wenn mir die Vorkommnisse von eben immer noch durch meine Gedanken spukten. Doch darüber würde ich mir später den Kopf zerbrechen. Jetzt hieß es erst einmal Contenance bewahren, um meine Professionalität zur Geltung zu bringen.

„In Ordnung, Chloé. Ich weiß nicht, was Ihnen Nora schon alles mitgeteilt hat, aber ich fange mal mit den Dingen an, die mir persönlich wichtig sind. Mia ist mein Ein und Alles. Leider kann sie zu einem kleinen Monster mutieren, wenn ihr etwas nicht in den Kram passt. Deshalb bitte ich Sie, mich aufzusuchen, falls es Probleme gibt."

„Ach, ich bin mir sicher, dass es keine Probleme geben wird", antwortete ich resolut.

Mr. Williams stieß frustriert die Luft aus und sagte: „Das dachten Ihre acht Vorgängerinnen auch."

„Acht?", wiederholte ich verwundert, woraufhin er nur müde nickte.

„Wie Sie ja schon wissen, werden Sie in diesem Zimmer wohnen. Direkt gegenüber ist mein Zimmer. Ansonsten befinden sich auf diesem Stockwerk noch mein Arbeitszimmer, eine Bibliothek, ein Wohnzimmer und eine Küche. Haben Sie bitte keine Scheu, diese Räume mitzubenutzen mit Ausnahme meines Arbeitszimmers, was sich wohl von selbst versteht. Auch Mia hat in diesem Zimmer nichts verloren. Es befindet sich die erste Tür links, am Anfang des Flurs."

„Natürlich! Das ist sehr nett. Danke!"

„Das Stockwerk unter uns beinhaltet Gästezimmer, die nur selten genutzt werden. Der Westflügel dient alleinig meinen anderen Angestellten. Das Haupthaus beinhaltet noch einen großen Salon, die Großküche, ein Speisezimmer, einen Wintergarten und ein Kaminzimmer. Auch diese Räumlichkeiten dürfen gerne von Ihnen betreten werden. Draußen finden Sie außer dem Garten, noch die Stallungen. Das Grundstück ist vierhundert Hektar groß. Passen Sie also bitte auf, dass Sie Mia nicht aus den Augen verlieren. Ich bin des Tags mit meiner Arbeit beschäftigt, weshalb Sie mich hier kaum antreffen werden. Zu dieser Zeit müssen Sie sich ununterbrochen um Mia kümmern. An den Abenden und den Sonntagen werde ich mich die meiste Zeit um meine Tochter kümmern. Jedoch wird es durch meine Arbeit hier und da kleinere Ausnahmen geben. Deshalb wollte ich auch, dass Sie hier wohnen." Er machte eine kurze nachdenkliche Pause bevor er hinzufügte: „Ich denke, das war von meiner Seite erst einmal alles. Haben Sie noch Fragen?"

„Ja. Besucht Mia irgendwelche Aktivitäten und ab wann wird sie zur Schule gehen?"

„Nein, Mia hält sich ausschließlich hier auf und ihre schulische Ausbildung beginnt erst nächstes Jahr. Dafür habe ich bereits einen Privatlehrer engagiert, der sie unterrichten wird."

Ich wusste nicht so recht, wie ich auf das gesagte reagieren sollte, weshalb ich meine Meinung erst einmal für mich behielt. Ein kleines Mädchen ohne Kontakt zu anderen Kindern aufwachsen zu lassen, hielt ich für schlichtweg falsch. Doch meiner Ansicht nach, war es noch zu früh, um Mr. Williams darauf hinzuweisen, dass dieser Punkt seiner Erziehung vielleicht nicht der allerbeste war. Schließlich war ich erst heute hier angekommen. Mich nun schon in seine Erziehung einzumischen, wäre wohl etwas unverschämt.

„Dann hätte ich fürs Erste nur noch eine Frage. Ich würde nachher gerne meine Familie anrufen, um Bescheid zu geben, dass ich gut angekommen bin, wenn das in Ordnung wäre."

„Selbstverständlich. Das Telefon befindet sich im Wohnzimmer. Dieses liegt hinter der Tür, gleich neben Mias Zimmer", erklärte er mir.

„Danke!"

„Nichts zu danken. Falls sonst noch Fragen aufkommen, können Sie jederzeit auf mich zukommen."

„Das werde ich", versicherte ich mit einem Lächeln.

„Gut! Dann werde ich jetzt mal Mia holen, damit wir essen gehen können. Nora hasst es, wenn man zu spät zum Essen erscheint."

„Gut zu wissen", erwiderte ich und erhob mich zeitgleich mit Mr. Williams.

Er rief nach Mia, die einen Augenblick später ins Zimmer gerannt kam. Gemeinsam liefen wir nach unten, wo sich unsere Wege trennten. Ich steuerte die Tür an, die sich hinter der Treppe befand, während Mr. Williams und Mia den Weg zum Speisezimmer einschlugen, welches rechts von der Treppe lag.

„Lassen Sie es sich schmecken", meinte Mr. Williams noch mit einem Blick über seine Schulter und war, bevor ich etwas antworten konnte, verschwunden.

KAPITEL 3

Als ich die Küche betrat und mir die angenehmen Essensgerüche in die Nase stiegen, begann mein Magen augenblicklich zu rumoren. Ich hatte zwar ausreichend gefrühstückt und mir am Bahnhof von Folkestone meinen kleinen Reiseimbiss gegönnt, doch das war schon so lange her, dass dessen Wirkung bereits völlig verflogen war und ich nun merkte, wie groß mein Hunger inzwischen geworden war.

In der Küche entdeckte ich sogleich Nora, die an einem großen Herd hantierte. Nun war mir auch klar, warum Mr. Williams dies als Großküche bezeichnete, denn außer dem großen Herd, an dem man für eine ganze Kompanie hätte kochen können, gab es noch eine riesige Arbeitsfläche und einen gemauerten Steinofen zum Backen. Etliche Schränke und Regale reihten sich aneinander. Dort wo ich freie Einsicht hatte, entdeckte ich kupferfarbene Töpfe und Pfannen. Dazu noch jede Menge Geschirr. Die ganze Kücheneinrichtung war aus hellem Naturholz und Edelstahl in höchster Qualität. Auf dem Fensterbrett standen frische Kräuter aller Art und reckten sich dem letzten Tageslicht entgegen. Auf der gegenüberliegenden Seite des Raumes, stand ein großer, massiver Holztisch, der von Stühlen eingekreist war, die bereits zum größten Teil belegt waren.

Ein junger Mann entdeckte mich als erster. „Hallo, du bist sicher Chloé. Komm her und setz dich zu uns", meinte dieser freundlich. Sein dunkelblondes, wild gelocktes Haar stand wirr vom Kopf ab und die grüne Arbeitskleidung wies Schmutzspuren auf. „Ich bin Jack, der Gärtner", stellte er sich vor und hob mir die Hand entgegen.

„Ich hoffe, du hast deine Hände gewaschen", rief Nora ihm zu, während ich auf ihn zuging.

„Jawohl Ma'am!", salutierte er gespielt und grinste dabei frech.

„Hallo! Ja, die bin ich", bestätigte ich seine Vermutung.

„Setz dich einfach irgendwohin, wo es noch Platz hat", wies Nora mich an, weshalb ich mich einfach auf den freien Platz neben Jack sinken ließ.

„Schön dich kennenzulernen. Wir waren schon alle sehr gespannt, wen Mia sich ausgesucht hat", meinte eine junge Frau mit wasserstoffblonden kurzen Haaren, die mir gegenübersaß. Sie war komplett in schwarz gekleidet und warf mir durch ihre Brille einen neugierigen Blick zu.

„Das ist Anna", erklärte Jack.

„Wie meinst du das, wen Mia ausgesucht hat?", wollte ich von ihr wissen.

„Nachdem Mia jedes Kindermädchen vergrault hat, überließ Mr. Williams ihr die Wahl. Ich bin übrigens Linus und kümmere mich um die Pferde", mischte sich ein Mann ein, der in meinem Alter sein musste. Sein hellbraunes, schulterlanges Haar hatte er hinter die Ohren gestrichen. Ungeniert ließ er den Blick aus seinen grauen Augen interessiert über meine Gestalt gleiten.

„Das heißt, ich habe Mia meine Anstellung zu verdanken?", hakte ich verblüfft nach und nahm die Schale mit Kartoffeln entgegen, die Jack mir reichte.

„Ja, so könnte man sagen", bestätigte dieser. „Das sind

übrigens noch Barry und Charles, die für Reparaturen zuständig sind. Elena und Cher gehören wie auch Anna zum Putztrupp. Gordon macht mit mir zusammen den Garten und Prudence, die wir alle nur Prue nennen, geht Nora in der Küche zur Hand", fügte er hinzu und stellte mir somit den Rest der Runde vor. Ich nickte jedem zur Begrüßung kurz zu und folgte dann der Aufforderung meines Magens, mir endlich Kartoffeln auf den Teller zu schaufeln.

Nora gesellte sich nun ebenfalls zu uns und packte mir im Vorbeigehen ein Stück Fleisch auf den Teller, das sie auf einer Platte mit zum Tisch brachte.

„Du wirst dich bestimmt schnell hier einleben und wenn du etwas brauchst oder wissen willst, dann frag einfach einen von uns", versicherte sie mir und lächelte mir aufmunternd zu.

„Das ist wirklich sehr nett von euch. Danke!", gab ich zurück und griff nach der Soße, denn was waren Fleisch und Kartoffeln ohne einen kräftigen Klecks Soße.

Das restliche Abendessen verlief recht schweigsam. Alle schienen von ihrer Arbeit hungrig zu sein und fielen über ihr Essen her. Nur das leise klappern von Besteck auf Geschirr war zu hören. Nachdem alle aufgegessen hatten, räumten wir gemeinsam den Tisch ab, während Prue sich auf den Weg machte, um den Tisch der Familie Williams abzuräumen. Dann zerstreuten sich auch schon alle. Nur Nora und Prue blieben in der Küche zurück, um diese noch in Ordnung zu bringen. Ich selbst machte mich auf den Weg in Mias Kinderzimmer. Schließlich hatte ich noch ein Versprechen einzulösen.

Wie vermutet traf ich sie dort an. Zusammen mit ihrem

Vater saß sie auf einem kleinen, weißen Kinderstuhl und hantierte mit dem bunten Teeservice, das sie auf dem passenden Tischchen vor sich aufgebaut hatte. Der Raum war ein typisches Mädchenzimmer mit Himmelbett und verspielten weißen Holzmöbeln, die im Kontrast zu dem rosafarbenen Teppich und der passenden Wandfarbe, jedes Mädchenherz hätte höherschlagen lassen. Doch am meisten beeindruckte mich der Anblick des gutaussehenden Mannes, der unzufrieden auf dem winzigen Stuhl umherrutschte, der etliche Nummern zu klein für ihn war, und dankend die kleine Teetasse seiner Tochter annahm. Dieser Anblick war liebreizend und witzig zugleich.

„Chloé, komm, ich habe Tee für uns gemacht", rief Mia, als sie mich entdeckte.

Mit einem Lächeln im Gesicht lief ich auf das Tischchen zu und musste feststellen, wie Mr. Williams mich mit seinem Blick fixierte. Hatte ich etwa noch Essensreste im Gesicht, von denen ich nichts wusste? Ich versuchte mir nicht anmerken zu lassen, wie nervös mich sein Blick machte, und versuchte mich auf seine Tochter zu konzentrieren, die mir auffordernd eine Tasse entgegen hob.

✳✳✳

Luke konnte nicht anders, als diese wunderschöne Frau anzusehen, die auf den freien Platz zwischen ihm und seiner Tochter zulief. Sie war wie eine strahlende Erscheinung. Kaum hatte sie den Raum betreten, erfüllte sie ihn auch schon mit ihrem betörenden Duft. Ihr Lächeln brachte sein Herz aus dem Rhythmus und er musste sich räuspern, um seine Stimme wiederzufinden. „Dann werde ich die Damen nun alleine lassen", verkündete er und wollte sich von seinem viel zu kleinen Stuhl erheben, als Mia auch schon protestierte.

„Nein, du kannst jetzt nicht gehen. Wir müssen noch unseren Tee austrinken und du musst unser Prinz sein und du spielst abends immer mit mir."

Luke seufzte, hob die Teetasse an seine Lippen und trank den imaginären Tee seiner Tochter aus. „Siehst du, ich habe meinen Tee ausgetrunken. Zudem hast du jetzt Gesellschaft von Chloé. Ich muss noch etwas in meinem Arbeitszimmer erledigen. Ich komme wieder, wenn es für dich Zeit ist ins Bett zu gehen und sag dir gute Nacht." Ohne weiter auf die Proteste seiner Tochter einzugehen, stand er auf, warf Chloé einen letzten Blick zu und flüchtete aus dem Raum. Er brauchte dringend ein wenig Abstand von der Frau, die ihn völlig aus dem Konzept brachte. Deshalb verzog er sich in sein Arbeitszimmer und schloss hinter sich die Tür. Erschöpft ging er zu dem Stuhl, der hinter seinem Schreibtisch stand, ließ sich darauf sinken und atmete tief durch.

Was zum Teufel war hier los? Warum fühlte er sich von dieser Frau so angezogen? Sie war optisch eine absolute Augenweide, keine Frage, aber trotzdem hatte ihn noch nie eine Frau vom einen auf den anderen Moment so umgehauen. Nun lebte er schon so viele Jahrhunderte, hatte jede Menge unverbindlichen Sex gehabt, hier und da auch etwas mehr, und trotzdem war ihm nie eine Frau begegnet, die ihn so aus der Fassung brachte. Als sie sich berührt hatten, war da diese Hitze gewesen, die sich kaum beschreiben ließ. Es war nicht so, als würde man sich die Finger verbrennen, sondern eher als stünde man vor einem knisternden Kaminfeuer und würde die Hände der wohligen Hitze der Flammen entgegenstrecken, um die Wärme in sich aufzunehmen. Ja, er hatte für einen kurzen Moment das dringende Bedürfnis empfunden, sie in seine Arme zu reißen, um diese Hitze am ganzen Körper spüren zu können. Doch warum?

Luke presste für einen Moment die Finger auf seine Schläfen, als könnte diese Geste das Durcheinander in seinem Kopf in Ordnung bringen. Es war sinnlos sich überhaupt Gedanken zu machen. Chloé war das Kindermädchen seiner Tochter. Nicht, dass ihn das störte, aber wenn er sich mit ihr einließe und es dann doch nicht klappen würde, müsste er sich schon wieder nach einer neuen Kandidatin für Mia umsehen, was langsam mehr als lästig wurde. Daher legte er sie unter der Kategorie *tabu* ab.

Seufzend lehnte er sich zurück und rieb sich müde den Nacken. Da hatte er sich einen schönen Schlamassel eingebrockt. Das kam davon, wenn man seiner Tochter die Wahl des Kindermädchens überließ. Er hätte Chloé schon allein wegen ihres Alters nicht in Betracht gezogen. Schließlich vertrat er den Standpunkt: Je älter, desto erfahrener. Doch nun war das Kind schon in den Brunnen gefallen, wie man so schön sagte, und er musste versuchen, das Beste aus der Situation zu machen.

Um wieder einen klaren Kopf zu bekommen, erhob er sich, lief zu dem kleinen Kühlschrank, der in der hinteren Ecke des mit dunklem Holz vertäfelten Zimmers stand, öffnete ihn und holte einen Blutbeutel heraus. Durch einen leichten Stoß mit dem Fuß schloss er ihn wieder, ging zurück zu seinem Tisch und ließ sich wieder auf seinen Stuhl sinken. Auf seinem Schreibtisch türmten sich Unterlagen, während den Platz an den Wänden ein paar Regale einnahmen, die mit schweren Ordnern gefüllt waren. Ein Hirschkopf an der linken Wand sah erhaben über alles hinweg.

Ein Beutel Blut war genau das was Luke jetzt brauchte. Danach wäre er wieder bei Kräften und würde die Situation einfacher bewältigen können. Seine Fangzähne schoben sich bei dem Anblick der roten Flüssigkeit wie von selbst aus seinem Kiefer und er machte sich nicht einmal die Mühe diese Köstlichkeit in ein Glas zu gießen, sondern versenkte seine Zähne direkt in dem Beutel und trank.

***

Verwundert sah Chloé dem Mann hinterher, der aus dem Zimmer eilte und den Eindruck machte, als wäre er auf der Flucht. Da Mia mit weinerlicher Stimme zu quengeln begann, setzte sie sich auf den freien Stuhl neben ihr und versuchte sie zu beruhigen. „Hey, so schlimm ist es doch gar nicht, wenn dein Papa noch etwas zu tun hat. So kannst du mir in aller Ruhe dein Zimmer zeigen und wir spielen noch etwas Prinzessin."

„Aber er spielt abends immer mit mir", schniefte Mia enttäuscht.

„Das ist sicher nur eine Ausnahme. Bestimmt hat er morgen wieder Zeit für dich."

Ohne noch etwas zu erwidern, stellte Mia die kleine Teetasse aus Kunststoff, die sie immer noch in ihrer Hand hielt, vor mir ab, griff nach der Kanne und tat so, als würde sie Tee in die kleine Tasse gießen. Ich bedankte mich und wir setzten unser Prinzessinnen-Teekränzchen fort.

Als Mr. Williams in Mias Zimmer zurückkehrte, waren wir gerade damit beschäftigt, einer ihrer Barbiepuppen ein neues Outfit zu verpassen. Dazu hatten wir es uns auf dem Boden bequem gemacht. Ich musste meinen Kopf in den Nacken legen, um diese männliche Erscheinung, die neben mir aufragte, ansehen zu können.

Verflucht, warum sah er nur so gut aus und war kein hässlicher, alter Greis?! Das hätte es mir wesentlich einfacher gemacht, mich nicht zu ihm hingezogen zu fühlen.

„Zeit fürs Bett, Mia", gab er kund und ein Blick auf meine Armbanduhr verriet mir, dass es bereits halb acht war.

„Aber ich will noch spielen", widersprach sie gähnend.

„Na komm, Mia, wir können morgen weiterspielen. Jetzt bringen wir dich ins Bad, um dich zu waschen, und dann geht es ins Bett. Prinzessinnen brauchen ihren Schönheitsschlaf", erklärte ich ihr, stand auf und nahm sie bei der Hand.

„Also gut", lenkte sie ein, ließ sich von mir hochziehen und zog mich mit sich ins angrenzende Bad, das in Ausstattung und Optik dem meinem entsprach.

Als Mia damit fertig war sich zu waschen und fürs Bett umzuziehen und wir zurück in ihr Zimmer kamen, saß Mr. Williams auf ihrer Bettkannte. Die Decke war bereits zurückgeschlagen, was Mia dazu animierte ohne Aufforderung ins Bett zu krabbeln.

„Dann verabschiede ich mich mal und wünsche dir schöne Träume, Mia." Ich drehte mich schon um und wollte aus dem Zimmer gehen, als mich ihre müde Stimme zurückhielt.

„Warte, du musst mir noch eine Geschichte vorlesen."

Etwas verwundert mischte sich nun Mr. Williams ein. „Aber das mach ich doch immer?!"

„Ja, aber heute soll Chloé vorlesen", verlangte Mia und sah mich auffordernd an.

Unsicher sah ich zu Mr. Williams. Ich wollte ihr abendliches Ritual nicht stören, wollte aber ebenso wenig Mias Wunsch ausschlagen. Als er jedoch nickte und mir ein Lächeln schenkte, bei dem mir die Knie weich wurden, bewegte ich mich auf Mias Bücherregal zu und zog das Buch heraus, was mir zuerst ins Auge fiel. Mit dem Märchenbuch der *Froschkönig* lief ich zu ihr, machte es mir neben ihr gemütlich und begann zu lesen. Als ich die Stelle erreichte an der der Froschkönig sprach und ich dafür meine Stimme verstellte und die Backen aufblies, begann Mr. Williams unterdrückt zu lachen, was mich fragend aufblicken ließ.

„Tut mir leid", entschuldigte er sich augenblicklich, „aber das war bühnenreif. Noch nie habe ich gesehen, wie eine so hübsche Frau den Froschkönig nachahmt."

Hatte er mich eben als hübsch bezeichnet? Vermutlich stand mir die Verwirrung ins Gesicht geschrieben, die nicht auf den Grund seines Lachens, sondern auf die Tatsache, dass er mich angeblich hübsch fand, zurückzuführen war.

Mr. Williams wich meinem Blick aus und sah zu Mia. „Ich denke, wir können die Aufführung an dieser Stelle abbrechen. Die Prinzessin ist eingeschlafen."

Tatsächlich, Mia lag eingekuschelt da und schlief tief und fest.

„Wobei ich zugeben muss, dass ich bei der Performance gerne noch den Rest des Märchens gehört hätte", fuhr er fort.

Ich schob meine Verwirrung beiseite und musste nun selbst schmunzeln. „Märchen vorlesen ist eins meiner großen Talente", gestand ich und sah ihm dabei zu, wie er Mia führsorglich zudeckte. Vorsichtig erhob ich mich, stellte das Buch zurück auf seinen Platz im Regal und lief zu meiner Tür.

Er tat es mir gleich, nur, dass er die Tür die zum Flur führte ansteuerte. „Da gebe ich Ihnen Recht", stimmte er mir zu. „Das ist wirklich ein Talent, wenn auch ein außergewöhnliches." Dabei zuckten immer noch seine Mundwinkel. „Frühstück gibt es um halb acht. Ich wecke Mia um sieben", meinte er noch, bevor er mir mit einem letzten Lächeln eine gute Nacht wünschte, das Licht löschte und verschwand. Die Tür ließ er dabei eine Handbreit offenstehen, sodass ein schmaler Lichtstreifen vom Flur in Mias Zimmer fiel.

Ich wandte mich ebenfalls um und zog mich in mein Zimmer zurück. Der Tag war lang gewesen und mein Körper sehnte sich nach einer heißen Dusche und einer Mütze voll Schlaf. Zudem stand noch das Telefonat mit meiner Familie aus. Ich entschloss mich erst meine Familie anzurufen und dann zu duschen, weshalb ich in den Flur ging und das Wohnzimmer ansteuerte. Mr. Williams war nirgends zu sehen und da das Wohnzimmer im Dunkeln lag, als ich die Tür öffnete, tastete ich nach dem Lichtschalter und war nicht allzu sehr überrascht, als ich einen großen Raum vorfand, der im viktorianischen Stil glänzte. Die warmen Braun-, Rot-, und Grüntöne ließen es gemütlich wirken. Die wunderschönen, dunklen Möbel dagegen luxuriös und edel. Ein steinerner Kamin war in die Wand eingelassen. Schwere Vorhänge aus rotem Samt umrahmten die Fenster und die Decke war mit feinstem Stuck verziert. Ein leichter Duft von Möbelpolitur gemischt mit einem Hauch Zitrone lag in der Luft.

Einen Moment fragte ich mich, wie sich damals wohl die feinen Damen gefühlt hatten und wie ihr Leben in jenem Zeitalter gewesen sein musste, als ich das Telefon erblickte und mich daran erinnerte, warum ich hergekommen war. Es stand auf einem kleinen Beistelltisch neben dem Sofa, weshalb ich auf diesem Platz nahm, nach dem schnurlosen Hörer griff und die Nummer von zu Hause wählte. Es klingelte nur dreimal, bis ich auch schon ein Klicken in der Leitung hörte und Tante Zoé sich meldete.

„Hallo, ich bin es, Chloé. Ich wollte nur kurz Bescheid geben, dass ich gut angekommen bin."

„Chloé, schön, dass du dich meldest. Deine Mutter liegt uns schon den ganzen Tag in den Ohren, weil ihr kleines Baby jetzt in England lebt." Ihrer Stimme war zu entnehmen, dass sie etwas genervt war.

Im Hintergrund hörte ich auch schon die Stimme meiner Mutter, die aufgeregt fragte, ob ich das sei.

„Das tut mir leid, Tante Zoé, aber du weißt ja wie sie ist. Trotz, dass ich nächsten Monat dreißig werde, könnte man manchmal immer noch glauben, ich sei erst fünf."

„Wie recht du hast", lachte meine Tante. „Ich reiche dann mal lieber den Hörer weiter, bevor sie mir noch den Arm abreißt, um ans Telefon zu kommen. Tschüss Süße."

„Bis bald, Tante Zoé", erwiderte ich und hörte nach einem kurzen Rascheln die Stimme meiner Mutter.

„Chloé, na endlich. Ich hatte mir schon Sorgen gemacht. Warum rufst du erst jetzt an?"

„Hallo Mama, ich war bis eben mit meinem neuen Schützling beschäftigt."

„Was, heute schon? Aber du bist doch heute erst angekommen."

„Ja, aber sie hat mich gleich für sich beansprucht, was für mich kein Problem war. Mia ist wirklich zuckersüß. Du solltest sie sehen. Ich habe sie sofort ins Herz geschlossen."

„Das freut mich zu hören. Sind denn alle nett zu dir? Hast du ein anständiges Zimmer? Ist das Essen erträglich?"

„Ja, Mama, alles ist mehr als gut. Das Zuhause der Familie Williams ist sagenhaft schön, mein Zimmer ist der Wahnsinn und das Essen sehr lecker." Den gutaussehenden Mann, der mein neuer Arbeitgeber war und mich auf eine verwirrende Art und Weise nervös machte, ließ ich bei meiner Rede außen vor. „Mach dir also bitte keine Sorgen um mich. Es geht mir hier wirklich gut."

„Na schön, dann kann ich heute Nacht wenigstens beruhigt schlafen. Ich soll dich auch noch von den anderen grüßen."

„Danke, sag ihnen liebe Grüße zurück. Ich muss jetzt Schluss machen."

„Lass bald wieder was von dir hören", bat meine Mutter.

„Das mache ich. Hab dich lieb, Mama."

„Ich hab dich auch lieb. Pass gut auf dich auf, Chloé."

„Das werde ich", versicherte ich und legte dann auf.

Zurück in meinem Zimmer, gönnte ich mir endlich meine wohlverdiente heiße Dusche. Das warme Wasser entspannte meinen Körper und ich spürte die Müdigkeit, die nun auch mich übermannte. Deshalb putzte ich noch schnell die Zähne, zog mich aus, schlüpfte in ein weinrotes T-Shirt, das ich zum Schlafen missbrauchte und sank anschließend völlig erschöpft in das weiche Bett. Bevor ich in einen tiefen Schlaf sank, ließ ich meinen Tag noch einmal Revue passieren.

Im Großen und Ganzen konnte ich mich nicht beschweren. Trotz meiner ersten Zweifel, die aufgekommen waren, nachdem ich das Anwesen betreten hatte, fühlte ich mich hier wohl. Alle machten einen netten Eindruck, Mia war ein echter Schatz und auch ihr Vater war... Tja, was war ihr Vater eigentlich? Spontan fielen mir die Worte *heiß, charmant und verwirrend* ein. Wieder dachte ich an den Moment, als er mir die Hand gereicht hatte. Was war da nur geschehen? Oder hatte ich mir das vielleicht doch nur eingebildet? Doch warum hatte er dann selbst ebenfalls so verwundert auf seine Hand gestarrt? Und was war mit seinem Blick, der mich regelrecht gefangen gehalten hatte? Als ich an diesen Augenblick dachte und an all die damit einhergehenden Empfindungen, begann mein Herz wie wild zu schlagen. Verdammt, konnte es wirklich sein, dass ich mich zu Mr. Williams hingezogen fühlte? Kopfschüttelnd rief ich mich zur Ordnung. Das durfte nicht sein und würde auch nicht passieren. Er war mein Arbeitgeber und stand somit nicht weiter zur

Debatte. Zudem redete ich mir ein, dass das alles nur Einbildung gewesen war... oder ein dummer Zufall... oder was auch immer... weshalb es keinen Grund gab, sich weiter darüber Gedanken zu machen.

Erschöpft schloss ich meine Augen und gab mich meiner Müdigkeit endgültig hin.

KAPITEL 4

Mein Wecker klingelte mich um halb sieben in der Frühe aus den Federn. Frisch und erholt machte ich mich vorzeigetauglich und begrüßte kurz darauf Mia, die wie ein Wirbelwind um kurz nach sieben Uhr in mein Zimmer gestürmt kam. Sie trug noch ihr Nachthemd, das mit kleinen Kätzchen gepflastert war, und war schon am frühen Morgen kaum zu bremsen.

„Guten Morgen Chloé. Können wir jetzt weiterspielen?"

„Guten Morgen Mia", erwiderte ich lachend und steckte den zweiten Ohrring an den dafür vorgesehenen Platz an meinem Ohr und schloss ihn. „Das können wir bestimmt, aber zuerst solltest du dich anziehen und frühstücken."

„Nein, ich bleib in meinem Pyjama", widersprach sie prompt.

Bevor ich etwas erwidern konnte ertönte auch schon Mr. Williams Stimme aus Mias Zimmer.

„Mia, wo bist du? Du solltest doch ins Bad gehen und dich fertigmachen."

„Ich bin bei Chloé und bin schon fertig", schwindelte sie, was nicht unentdeckt blieb.

Mr. Williams erschien in der Tür und ich musste einmal mehr feststellen, wie gut er aussah. Heute trug er zu seiner dunklen Jeans ein schwarzes Hemd und schwarze Lederschuhe.

„Guten Morgen Chloé", begrüßte er mich.

„Guten Morgen Mr. Williams."

Als er Mia entdeckte, die es sich auf meinem Bett

bequem gemacht hatte, seufzte er: „Mia, du hast dich ja noch nicht einmal angezogen. Ich muss nach dem Frühstück zu einem Termin und habe keine Zeit für deine Spielchen."

„Ich will mich aber nicht anziehen. Ich bleib so wie ich bin", entschied sie und zupfte an meiner Tagesdecke herum.

Mr. Williams lief zu ihr, nahm sie bei der Hand und wollte sie mit sich ziehen, wogegen sie sich umgehend wehrte. Sie sträubte sich und stemmte sich mit aller Kraft gegen ihn, was seine Vorgehensweise zwar nicht unterbrach, aber zumindest verlangsamte.

Das war also das kleine Monster, von dem Mr. Williams gesprochen hatte, dachte ich und konnte mir ein Grinsen nicht verkneifen. Das war definitiv kein Monster, sondern ein kleines Mädchen, das gezielt seine Grenzen austestete.

Mr. Williams wollte sich soeben umdrehen, um das zappelnde Bündel auf den Arm zu nehmen, als ich mich einmischte.

„Mia, ich wollte heute eigentlich Wolle kaufen gehen und dachte, wir könnten das zusammen erledigen - vorausgesetzt dein Vater hat nichts dagegen - wenn du jedoch nicht angezogen bist, geht das nicht. Dann gehe ich später, wenn dein Vater zurück ist, ohne dich los."

Sofort kam Ruhe in die Rangelei und Mia sah mich mit großen Augen an. „Nach Canterbury?", fragte sie ungläubig.

„Na, das musst schon du mir sagen. Ich weiß nicht, wo man hier am besten Wolle bekommt."

„Oh ja, Papa, darf ich mit Chloé nach Canterbury?

Bitte, bitte, bitte."

Mr. Williams schien etwas überrumpelt, weshalb ich mein Wort an ihn richtete.

„Keine Angst, ich werde gut auf sie achtgeben und gegen Mittag sind wir wieder zurück."

„Ich weiß nicht so recht. Eigentlich mag ich es nicht besonders, wenn Mia das Grundstück verlässt."

Verwundert über seine Aussage blickte ich ihn fragend an. Er konnte doch Mia nicht ständig in diesem Haus einsperren. Was sollte das für einen Sinn haben?

„Oh bitte, Papa", quengelte Mia und sah ihn flehend an, den Mund zu einer süßen Schnute verzogen. So mancher Hundewelpe hätte sich von ihrer süßen und devoten Art etwas abschauen können.

„Also schön", stimmte er zu, wobei ich seiner Stimme entnahm, dass es ihm nicht leichtfiel. „Ich werde Linus sagen, dass er Sie und Mia hinbringen und wieder abholen soll, aber dann solltest du dich jetzt beeilen", wies er seine Tochter an, die ohne zu zögern in ihrem Zimmer verschwand. Er trat auf mich zu, zückte seine Geldbörse und zog ein paar Scheine heraus, die er mir reichte. „Hier, falls Mia unterwegs etwas haben möchte oder hungrig wird."

Ich nahm das Geld, nickte und ließ es in meiner Hosentasche verschwinden.

„Zudem muss ich Sie warnen. Die Leute in Canterbury reden nicht besonders gut über mich." Er senkte beschämt seinen Blick und steckte seine Geldbörse zurück in seine hintere Hosentasche.

„Das habe ich bereits mitbekommen. Doch keine Angst, ich bin jemand, der auf das Geschwätz anderer Leute nichts gibt. Ich bilde mir lieber meine eigene Meinung", beruhigte ich ihn.

Er riss seinen Kopf hoch und ich sah Entsetzen und Wut in seinen Augen. „Was haben Sie gehört?", wollte er sofort wissen. Seine Stimme klang bedrohlich und sein Blick fixierte mich.

Gerade als ich zu einer Antwort ansetzen wollte, kam Mia zurück ins Zimmer gerannt.

„Ich bin fertig. Können wir los?" Sie hatte ein blaues Kleid angezogen und versucht ihre Haare zu kämmen, was eher schlecht als recht aussah.

Da ich in Mias Gegenwart nichts über das verlieren wollte, was mir der Taxifahrer erzählt hatte, nahm ich die Kleine an der Hand und meinte: „Du warst aber schnell. Komm, ich mach dir deine Haare. Danach geht es runter, frühstücken und dann können wir los."

Mir war klar, dass es nicht die feine englische Art war, Mr. Williams einfach so stehen zu lassen, doch es lag mit Sicherheit auch in seinem Interesse, dass Mia solche Dinge nicht zu hören bekam, weshalb ich das Gespräch mit ihm einfach ein anderes Mal fortsetzen würde.

***

Wie von Mr. Williams veranlasst, brachte uns Linus nach dem Frühstück mit seinem Wagen nach Canterbury.

„Wo soll ich euch rauslassen", fragte er und warf mir von der Seite einen freundlichen Blick zu.

„Wenn du ein Geschäft kennst, wo ich Wolle kaufen kann, dann wäre das unser erstes Ziel", antwortete ich.

„Es gibt einen kleinen Handarbeitsladen. Ich schätze,

der sollte sowas wie Wolle haben."

„Prima, dann lass uns bitte dort raus", bat ich.

Er nickte, setzte den Blinker und bog um die Ecke, um das gewünschte Geschäft anzusteuern. „Und, wie war die erste Nacht? Hast du gut geschlafen?"

Mia saß in ihrem Kindersitz auf der Rückbank und summte leise vor sich hin, während Linus begann mit mir Smalltalk zu betreiben.

„Ja, das habe ich. Ich war so geschafft und müde, dass ich geschlafen habe wie ein Stein."

„Schön zu hören. Es würde mich freuen, wenn es dir bei uns gefällt und du uns erhalten bleibst. Eins muss ich der Kleinen lassen", er deutete mit dem Kopf in Mias Richtung. „Sie hat einen bedeutend besseren Geschmack, was die Wahl ihres Kindermädchens angeht, als ihr Vater."

Ich lachte auf. „Danke, Linus, das werte ich mal als ein Kompliment."

„Als ein solches war es auch durchaus gedacht", erwiderte er und schenkte mir ein Lächeln.

Kurz darauf erreichten wir den kleinen Handarbeitsladen. Linus hielt direkt davor an um uns rauszulassen.

Ich stieg aus, half Mia aus ihrem Kindersitz und meinte in Linus Richtung: „Könntest du uns hier in drei Stunden wieder abholen?"

„Klar, ich werde dich ganz bestimmt nicht vergessen", versicherte er mir und zwinkerte mir zu.

Flirtete Linus etwa mit mir, fragte ich mich im Stillen? Da Mia neben mir stand und meine Hand hielt, tat ich einfach so, als hätte ich das nicht bemerkt, bedankte mich und schloss die Autotür. „Dann lass uns mal sehen, was wir für dein Einhorn bekommen", wandte ich mich an Mia und lief auf das kleine Geschäft zu, vor dem wir standen.

Es handelte sich um einen dieser winzigen Läden, der bis unter die Decke mit jeglichem Krimskrams vollgestopft war. In diesem Fall waren es Regale voller Stoffballen und Wolle, Näh- Strick- und Häkelnadeln, Knöpfe, Nähmaschinen und alles was sonst das Herz einer Frau mit Ambition zur Handarbeit begehrt. Ein kleines Glöckchen über der Tür kündigte unser Eintreten an, was eine ältere Frau mit Hornbrille auf uns aufmerksam werden ließ, die auf einem Stuhl hinter dem Kassentresen saß und strickte.

„Guten Morgen, die Damen. Kann ich Ihnen behilflich sein?"

„Guten Morgen", erwiderte ich freundlich und fügte hinzu, „wir sind auf der Suche nach Häkelwolle für ein Einhorn. Es soll etwas größer werden, daher wäre eine etwas dickere Wolle sehr von Vorteil."

„Und weich und flauschig muss sie sein, damit ich damit kuscheln kann", fügte Mia hinzu, worüber ich lächeln musste.

Die Frau legte ihre Strickarbeit zur Seite, erhob sich und kam um den Tresen herum. „Selbstverständlich, junge Dame. Da werden wir bestimmt etwas finden", versprach sie und führte uns zum passenden Regal.

Keine halbe Stunde später verließen wir erfolgreich den Laden mit einer großen Tüte voller Wolle und Füllwatte. Mein Geldbeutel war dafür um vierzig Pfund leichter.

„Und was machen wir jetzt?", wollte Mia wissen.

„Ich würde sagen, wir schlendern noch ein bisschen

durch Canterbury und sehen uns die Stadt an", schlug ich vor. „Vielleicht kannst du mir ein paar Sehenswürdigkeiten zeigen."

„Ich kenn mich hier doch gar nicht aus", kicherte sie. „Dazu bin ich doch noch viel zu klein."

„Auch nicht schlimm. Dann sehen wir uns einfach ein wenig um. Wir müssen nur wieder rechtzeitig hier sein, wenn Linus uns abholen kommt", erwiderte ich entschlossen und wir setzten uns in Bewegung.

Unser Weg führte uns quer durch die Innenstadt, vorbei an etlichen Geschäften und hübschen historischen Häusern, bis zu einem kleinen, idyllischen Fluss, an dem wir ein Stück entlangliefen. Dann folgten wir der Beschilderung zur Kathedrale, die wir uns genauer ansahen. Das Kirchengebäude war von innen wie von außen ein wirklich meisterhafter und beeindruckender Bau. Die vielen aus Stein gehauenen Details, die wundervollen mittelalterlichen Glasfenster, die Schatzkammer in der westlichen Krypta und noch vieles mehr versetzte mich in tiefes Staunen.

Als ich mit Mia den Rückweg antrat, kamen wir an einem kleinen Café vorbei. Der süße Geruch von frischen Backwaren stieg uns in die Nase, der selbst mir das Wasser im Mund zusammenlaufen ließ.

„Chloé, ich habe Hunger. Können wir hier was essen?", bat Mia.

Ein Blick auf meine Uhr und ich wusste, dass wir gut in der Zeit lagen und deshalb nichts gegen einen kleinen Imbiss sprach. „Ja, das können wir. Bei diesem Duft muss man ja schließlich hungrig werden", stimmte ich zu und schob sie Richtung Tür.

Wir suchten uns einen freien Tisch, bestellten uns zwei Stück Sahnetorte, ein Saft für Mia und eine Tasse Kaffee für mich und ließen es uns schmecken. Dabei fiel mir auf, dass die Frau, die hinter der Theke stand, uns immer wieder musterte und mit ihrer Kollegin tuschelte. Ich ließ mir jedoch nichts anmerken und aß meine Torte. Erst nachdem ich die Rechnung verlangte, bezahlt hatte und wir bereits gehen wollten, wurde die Situation unangenehm.

„Ich wünsche Ihnen und Ihrer Tochter noch einen schönen Tag und beehren Sie uns bald wieder", meinte die junge Frau, die ihr lockiges, schwarzes Haar am Hinterkopf gebündelt hatte. Sie räumte das schmutzige Geschirr zusammen und lächelte uns an, während sie auf eine Reaktion wartete.

„Ich bin nur ihr Kindermädchen, aber trotzdem vielen Dank und ebenso", gab ich zurück und wollte mich schon abwenden. Doch ihre Worte hielten mich zurück.

„Oh, dann hatte meine Kollegin wohl doch recht. Sie war sich nämlich ziemlich sicher, dass du das Williams-mädchen bist", meinte sie in Mias Richtung.

Unwissend wie Mia in ihren jungen Jahren war, bestätigte sie diese Vermutung. „Ja, ich bin Mia."

Ohne die Kleine weiter zu beachten meinte die Frau mit gesenkter Stimme: „Sie sollten die Kleine nehmen und verschwinden, solange Sie können. Es ist ein Wunder, dass er Sie überhaupt rausgelassen hat. Wenn Ihnen Ihr Leben lieb ist, sollten Sie nicht zum Anwesen zurückgehen."

Ich schnappte entsetzt nach Luft. Das sollte wohl ein Witz sein. Hatte die sie noch alle? Sofort zog ich Mia dicht an meine Seite, presste ihr die Hände auf die Ohren und erwiderte wütend: „Sie sollten sich was schämen, so etwas im Beisein eines Kindes vom Stapel zu lassen. Zudem gebe ich Ihnen einen gut gemeinten Rat: Hören Sie nicht auf das Gerede anderer Leute." Kurz sah ich zu Mia, die unter meinen Händen nichts zu hören schien. Deshalb fügte ich noch hinzu: „Ach, und bevor ich es noch vergesse, kümmern Sie sich um Ihren eigenen Mist."

Die Frau riss empört die Augen auf, während ich Mia auf den Arm hob und aus dem Café stürmte.

Ich steuerte auf direktem Weg unseren vereinbarten Treffpunkt an und war froh, als ich sah, dass Linus schon da stand. Zügig ging ich auf das Auto zu, öffnete die hintere Tür, packte ich Mia in ihren Kindersitz, platzierte meine Tüte neben ihr und ließ mich dann selbst auf den Beifahrersitz des schützenden Innenraums des silbernen Audis gleiten. Der Wagen gehörte Mr. Williams und stand seinen Angestellten für dienstliche Fahrten zur Verfügung.

Linus entging nicht wie aufgewühlt ich war, weshalb er fragte: „Ist alles in Ordnung?"

„Alles bestens!", antwortete ich ruppig, weil ich vor Mia nicht mit ihm darüber reden wollte, auch wenn ich zugeben muss, dass mich interessiert hätte, was er über dieses Gerede wusste. Das war alles andere als normal und irgendeinen Grund musste es schließlich für dieses Gerede und das unmögliche Verhalten der Leute in dieser Gegend geben.

„Du siehst aber nicht so aus", setzte er besorgt entgegen und legte für einen kurzen Moment seine Hand auf meine und drückte sie leicht, bevor er sie wieder am Lenkrad positionierte.

Ich zuckte nur mit den Schultern und fixierte schweigend das vor uns herfahrende Auto.

„Die Frau im Café war gemein und hat gesagt, sie soll mit mir weglaufen und nicht mehr heimgehen. Chloé, warum hat sie das gesagt?"

Na toll. Ich verspürte plötzlich das dringende Bedürfnis umzukehren und dieser blöden Kuh den Hals umzudrehen. Stattdessen atmete ich tief durch und drehte mich auf meinem Sitz um, sodass ich Mia ansehen konnte. „Manche Leute sind einfach sehr seltsam. Sie kennen einen nicht und denken trotzdem alles zu wissen und erzählen dann seltsame Geschichten. Kennst du das Spiel *Stille Post*?"

Mia verneinte mit einem Kopfschütteln.

„Da flüstert man seinem Sitznachbarn etwas ins Ohr und der dann das, was er verstanden hat dem nächsten weitersagt und so weiter. Am Schluss kommt dann etwas völlig anderes dabei heraus als das, was zu Anfang gesagt wurde. Verstehst du was ich meine?"

Sie nickte mir verstehend zu. „Hast du sie deshalb auch geschimpft?"

Entsetzt fragte ich: „Das hast du gehört? Ich hatte dir doch deine Ohren zugehalten."

„Ich habe sehr gute Ohren", erwiderte sie mit einem breiten Grinsen.

„Na toll, gut zu wissen", gab ich müde von mir. „Ja, deshalb habe ich sie geschimpft", beantwortete ich ihre Frage und drehe mich wieder der Frontscheibe zu.

Linus warf mir von der Seite einen Blick zu, den ich nicht zu deuten wusste, was mir ohnehin egal war. Zu sehr war ich mit meinen Gedanken beschäftigt. Krampfhaft dachte ich über das nach, was vorgefallen war, und konnte mir dennoch keinen Reim darauf machen. Erst der Taxifahrer und nun die Frau im Café. Was veranlasste Menschen dazu, so schlecht über jemanden zu reden. Doch ich kam zu keinem vernünftigen Ergebnis. Allerdings hallten immer noch ganz bestimmte Worte in meinem Inneren nach. *Er hat seine Frau umgebracht,* hatte der Taxifahrer gesagt. Wenn ich ehrlich war, konnte ich mir nicht vorstellen, wie ein Mann wie Mr. Williams jemanden töten könnte. Aber irgendwas musste ja stattgefunden haben, um dieses Geschwätz in Gang zu bringen. Doch was?

Kurz darauf erreichten wir das Anwesen und Linus hielt direkt vor dem Haus.

Ich half Mia beim Aussteigen und schickte sie voraus zur Tür. „Ich bringe Mia kurz zu Nora, kannst du mir einen Gefallen tun und kurz warten?", bat ich Linus. „Ich würde dich gerne etwas fragen ohne, dass Mia dabei ist."

„Ich muss die Pferde von der Koppel holen. Es sieht nach Regen aus. Aber komm doch nach dem Abendessen einfach mit mir zum Stall. Ich drehe nach dem Essen immer meine letzte Runde, bevor ich Feierabend mache. Wenn du magst, können wir uns dann in aller Ruhe unterhalten."

„In Ordnung. Ist vielleicht auch besser", entgegnete ich mit einem Lächeln. „Dann muss ich Nora nicht bitten für mich auf Mia aufzupassen."

Er erwiderte mein Lächeln. „Gut, dann sehen wir uns später. Bis dann, Chloé."

„Ja, bis später." Ich griff nach meiner Tüte, schloss die Wagentür und lief Mia hinterher, in der Hoffnung, am

Abend die nötigen Antworten zu bekommen, die mehr Klarheit in dieses Chaos bringen würden. Doch eins war mir jetzt mehr als verständlich. Nachdem was ich gerade live erlebt hatte, wunderte es mich nicht, dass Mr. Williams seine Tochter nur ungern vom Grundstück ließ. Wenn er jedes Mal mit solchen Situationen rechnen musste, war sein Verhalten mehr als nachvollziehbar. Auch wenn es schlussendlich nicht die Lösung für das Problem war.

Den restlichen Nachmittag verbrachte ich mit Mia in ihrem Zimmer, da es, wie von Linus schon angedeutet, tatsächlich zu regnen begann. Wir vertrieben uns die Zeit, indem wir Prinzessin spielten, ein Puzzle machten und ein wenig malten.

Kurz vor dem Abendessen öffnete sich die Zimmertür und ihr Vater kam herein. Er begrüßte seine Tochter und lächelte mich entschuldigend an, während er sagte: „Tut mir leid, dass ich Sie heute so lange in Anspruch nehmen musste. Ich hatte einiges zum Aufarbeiten und konnte deshalb nicht früher hier sein. Ich werde Mia heute ins Bett bringen. Sie können sich daher den Rest vom Abend frei nehmen."

„Das ist nett. Ich wollte mir sowieso von Linus noch den Stall und die Pferde zeigen lassen."

Mir fiel auf, dass er die Lippen kurz fest aufeinander-presste, bevor er in einem knurrigen Wortlaut meinte: „Wie nett von Linus." Seine Augen schienen für einen Augenblick zornerfüllt zu sein und an seinem Hals trat eine Ader hervor. Doch nur den Bruchteil einer Sekunde später, war sein Blick wieder völlig normal. Ohne ein weiteres Wort nahm er seine Tochter auf den Arm, verließ das Zimmer und ließ mich einfach stehen.

Sprachlos blieb ich noch einen Moment wo ich war und wunderte mich über sein Verhalten und diesen seltsamen und schlagartigen Stimmungswandel. Schrieb dann aber beides einem anstrengenden Arbeitstag zu, stellte das Puzzle, das ich während meiner Gedankenflut zusammengepackt hatte, zurück auf den Platz im Schrank und machte mich auf den Weg zum Abendessen.

***

Verdammt, dachte Luke, als er in Richtung Speisezimmer lief. Warum wurde er jetzt schon eifersüchtig, nur bei dem Gedanken daran, dass Linus mit Chloé allein in den Stall ging? Schließlich konnte es ihm egal sein, was seine Angestellten in ihrer Freizeit so trieben. Eigentlich hatte er geglaubt, dieses seltsame Gefühl gegenüber Chloé nun im Griff zu haben. Doch da hatte er sich wohl getäuscht.

Den ganzen Tag über war immer wieder Chloés Bild vor seinem geistigen Auge aufgeblitzt, was wiederum die Erinnerung an die Emotionen, die sie bei ihm ausgelöste, hervorgerufen hatte. Jedes Mal hatte er sie beiseitegedrängt und sich verboten, mehr zuzulassen, was bis eben wunderbar zu funktionieren schien. Seit er sie eben wiedergesehen und gerochen hatte, funktionierte jedoch nichts mehr. Das Wissen, das sie den Abend mit Linus verbrachte, machte die Sache nicht viel besser. In seiner Vorstellung sah er, wie Linus Chloé an sich zog, um sie zu küssen, während seine Hände ihren wunderschönen Körper erforschten.

Ein bedrohliches Grollen stieg in Luke auf. Niemand sollte seine Hände an sie legen, außer er selbst, wurde ihm augenblicklich klar. Er hatte dieses unglaubliche Verlangen, sie zu fühlen, zu schmecken und ihr auf jede erdenkliche Weise näher zu kommen. Diese Erkenntnis traf ihn wie ein Schlag, wobei er abrupt stehen blieb und dabei beinahe über seine eigenen Füße gestolpert wäre.

„Was ist los, Papa? Warum bleibst du stehen und wieso knurrst du wie ein Hund?", wollte Mia wissen, die er immer noch auf dem Arm hielt.

„Nichts!", log er und setzte sich wieder in Bewegung.

Verlangen hatte er schon so lange nicht mehr empfunden und noch niemals in dieser Intensität. Natürlich hatte er sich in seinem Leben schon mit vielen schönen Frauen vergnügt, doch das hier war etwas anderes. Was Intensiveres. Etwas Machtvolles. Was immer es auch war, er wollte es erforschen. Wissen wie tief es gehen würde. Die Risiken, über die er sich den Kopf zerbrochen hatte, waren ihm plötzlich völlig egal. Dann war sie eben das Kindermädchen seiner Tochter. Sollte er es vermasseln, würde er ein neues suchen. Wäre ja schließlich nicht das erste Mal. Er würde es als Erfahrung verbuchen und in Zukunft wieder selbst die Kindermädchen seiner Tochter auswählen, um nicht nochmal in so eine Situation zu geraten.

Zusammen mit Mia erreichte er das Speisezimmer und nahm an dem langen Mahagonitisch Platz, der für ihn und Mia eigentlich viel zu groß war.

Vielleicht sollte er sich heute Abend nochmal mit Chloé unter vier Augen unterhalten, überlegte er, während er Prue dabei zusah, wie sie ihm und seiner Tochter das

Essen servierte. Er hatte ohnehin vor, das Gespräch vom Morgen noch einmal aufzunehmen, um zu erfahren, was sie bereits über ihn wusste. Ihm war durchaus klar, dass er ihr zumindest einen Teil seiner Geschichte erzählen musste, damit sie mit dem Gerede der Leute umgehen konnte. Zudem konnte er dadurch verhindern, dass Chloé ihre freie Zeit mit Linus verbrachte, was ihm überhaupt nicht gefiel. Schließlich war Linus ein junger gutaussehender Bursche, dem es mit Sicherheit nicht schwerfallen sollte, eine Frau wie Chloé zu erobern. Ja, der Plan gefiel ihm. So könnte er damit beginnen, herauszufinden, was zwischen ihm und Chloé brodelte und verhindern, dass Linus ihr zu nahekommen könnte.

KAPITEL 5

Wie verabredet, ging ich nach dem Abendessen mit Linus nach draußen. Der Regen hatte eine Pause eingelegt, doch alles um mich herum war von Wasser getränkt. Es dämmerte schon leicht, als wir den Stall erreichten, der gute fünfhundert Meter vom Haus entfernt lag. Linus öffnete die Stalltür, legte mir die Hand auf den unteren Rücken und bat mich mit einem sanften Druck herein. Hinter uns schloss er die Tür wieder.

Vor mir lagen zehn geräumige Pferdeboxen, fünf links und fünf rechts. Alles sah sehr gepflegt aus und es roch nach Stroh und frischem Heu. Linus lief an mir vorbei und auf die Boxen zu, als auch schon die ersten Pferde neugierig ihre Köpfe herausstreckten, um ihn zu begrüßen.

„Darf ich dir vorstellen: Beauty, Sundance, Prinz, Pegasus, Snowflake, Amadeus, Lady und Rubin."

Zwei der Boxen waren leer.

Mein Blick blieb an Snowflake hängen. Einer schneeweißen und wunderschönen Stute, die mich aufmerksam musterte. „Die sind wirklich toll", erwiderte ich und konnte nicht anders, als auf Snowflake zuzugehen.

„Das sind sie. Ich arbeite wirklich sehr gerne mit ihnen. Bei Snowflake solltest du jedoch vorsichtig sein. Sie ist sehr launisch und lässt nicht mal unseren Boss an sich ran", warnte er mich und legte mir die Hand auf den Arm, um mich zu stoppen.

„So? Dann wollen wir mal sehen, ob das auch für mich

gilt", gab ich wagemutig zurück und lief mit ruhigen und gelassenen Schritten weiter auf die Stute zu. Diese begann unruhig den Kopf nach links und rechts zu bewegen, während sie mit den Hufen scharrte. „Sch, sch, sch, alles ist gut. Ich tue dir nichts", versicherte ich ihr und stimmte ein Lied an, das wir Hexen unseren Kindern vorsangen, um sie zu beruhigen, wenn sie Angst hatten oder weinten. Nur ganz leise summte ich es vor mich hin, weil ich nicht sicher war, ob es auf die Stute die gleiche Wirkung hatte, musste aber mit Freuden feststellen, dass sie sich beruhigte und sich schlussendlich von mir streicheln ließ. Ich fuhr mit meiner Hand über ihre Backe, ihren Hals hinab und genoss das seidige Gefühl ihres Fells unter meinen Fingern.

„Wie hast du das gemacht?", fragte mich Linus verwundert und trat neben mich. „Das hat noch keiner so schnell geschafft. Selbst ich habe Wochen gebraucht, bis ich sie soweit hatte, und ich bin ausgebildeter und erfahrener Pferdewirt."

„Mit einem Lächeln im Gesicht erwiderte ich: „Zauberei."

Linus lachte auf und antwortete: „Man könnte es beinahe glauben, wenn ich nicht wüsste, dass es so etwas wie Zauberei nicht gibt." Er zog ein Leckerchen aus seiner Jackentasche und hielt es Snowflake hin, die es vorsichtig seiner flachen Hand entgegennahm.

Wenn du wüsstest, schoss es mir durch den Kopf, da ich ihm das aber niemals verraten würde, wechselte ich rasant das Thema. „Was ist hier vorgefallen, dass die Leute so schlecht über die Familie Williams reden", fragte ich direkt drauf zu.

„Ich denke, das was du zu Mia im Auto gesagt hast, trifft es ganz gut. Die Leute schnappen etwas auf und erzählen es dann weiter, bis etwas daraus geworden ist, was ihnen gefällt." Er nahm mich am Arm, zog mich von Snowflake weg und führte mich zu einigen Heuballen, die am Ende des Ganges lagen. Er nahm darauf Platz und klopfte auffordernd auf den freien Platz neben sich.

„Das beantwortet nicht meine Frage, Linus", ermahnte ich ihn und folgte seiner Aufforderung und setzte mich zu ihm. „Als ich gestern angereist bin, erzählte mir der Taxifahrer, Mr. Williams hätte seine Frau umgebracht. Zudem sollen hier angeblich Menschen spurlos verschwinden. Ich kann mir das beim besten Willen nicht vorstellen. Aber es muss doch irgendwas geschehen sein, dass dieses Gerede verursacht hat."

„Hast du vielleicht Angst?", meinte er mit einem spitzbübischen Grinsen. „Das brauchst du nicht. Wenn du willst, beschütze ich dich."

Genervt von seinem Anmachversuch verdrehte ich die Augen. „Glaub mir, Linus, so etwas wie Angst kenne ich nicht. Könntest du jetzt bitte meine Frage beantworten und beim Thema bleiben?"

Linus rückte etwas näher an mich heran, griff nach einer meiner Haarsträhnen und begann sie spielerisch durch seine Finger gleiten zu lassen. „Mias Mutter starb nur wenige Wochen nach ihrer Geburt", murmelte er und fügte zu meiner Überraschung hinzu, „weißt du eigentlich, dass du wunderschön bist?!"

Ich verschluckte mich beinahe an meiner eigenen Spucke, als mir klar wurde, was das hier werden sollte. Mit zwei Fingern zog ich meine Haarsträhne aus seinen

Hand, rückte etwas ab und sah ihn ernst an. „Hör zu, Linus, ich weiß nicht, was das hier werden soll, aber ich möchte klarstellen, dass ich keinerlei Interesse an dir habe. Du bist nett und ich mag dich als Kollegen, aber das war es dann auch schon."

„Was nicht ist kann ja noch werden", erwiderte er mit einem Zwinkern und legte seine Hand auf meine, die neben meinem Körper auf den Heuballen lag, um mich leicht abzustützen.

Instinktiv zog ich sie zurück und wollte zu einer Antwort ansetzen, kam aber nicht mehr dazu, da ich von einer dunklen, bedrohlichen Stimme so erschreckt wurde, dass ich beinahe vom Heuballen fiel.

„Linus, du hast gehört, was die Lady gesagt hat."

Ich sah in die Richtung aus der die Stimme kam und erblickte Mr. Williams, der am Anfang des Mittelgangs stand. Seine Arme waren vor der Brust verschränkt und er fixierte Linus mit seinem Blick. Für einen Moment wunderte ich mich darüber, wie er hier hereingekommen war, ohne dass wir ihn gehört hatten, doch im nächsten Augenblick wurde mir bewusst, dass er vermutlich unser Gespräch mitgehört haben könnte. Als mir das klar wurde, schämte ich mich beinahe ein bisschen, denn ich wollte keinen falschen Eindruck bei Mr. Williams hinterlassen. Ich stand auf, wollte etwas sagen, mich erklären, wusste aber nicht, wie ich anfangen sollte.

„Ja, Boss, das habe ich gehört", antwortete Linus inzwischen und erhob sich ebenfalls.

„Chloé, ich würde mich gerne mit Ihnen unterhalten", bat mich mein Arbeitgeber und riss seinen Blick von Linus los. Ich konnte den Ausdruck in seinen Augen nicht deuten, bekam aber umgehend feuchte Hände, weil ich befürchtete, gefeuert zu werden, was ich auf keinen Fall wollte.

„Natürlich, Mr. Williams", bestätigte ich und gesellte mich umgehend zu ihm. Über meine Schulter hinweg, warf ich Linus noch einen letzten Blick zu und wünschte ihm eine gute Nacht.

„Gute Nacht, Chloé", sagte er ebenfalls, sah aber nicht sehr erfreut aus.

Gemeinsam mit Mr. Williams verließ ich den Stall und lief ein paar Meter schweigend neben ihm her. Ich versuchte die richtigen Worte zu finden und setzte daher an: „Mr. Williams, ich möchte keinen falschen Eindruck bei Ihnen hinterlassen."

„Das haben Sie nicht", meinte er prompt.

„Aber...", setzte ich an.

Er unterbrach mich, indem er die Hand hob und stehen blieb. „Mia hat mir beim Abendessen alles erzählt. Ich schätze, ich schulde Ihnen einen Dank ebenso wie eine Erklärung."

Mit hochgezogenen Augenbrauen sah ich ihn verdattert an. Ich hatte mit allem gerechnet, nur nicht mit einem Dank. „Das verstehe ich nicht", gab ich deshalb zu.

„Sie haben mich und meine Tochter verteidigt, obwohl Sie uns erst seit zwei Tagen kennen und nichts über die Hintergründe für dieses Gerede wissen. Das hat mir gezeigt, wie loyal Sie uns gegenüber sind und dass meine Tochter bei Ihnen in guten Händen ist. Dafür möchte ich mich bei Ihnen bedanken. Dass Sie Linus nach so einem Vorfall danach gefragt haben, ist daher nur verständlich. Sie brauchen also keine Angst haben, dass ich Ihnen das in irgendeiner Weise krummnehme."

In der Zwischenzeit war es dunkel geworden und die Kälte kroch unter meine dünne Jacke. Ich begann zu frieren, weshalb ich zitterte.

„Vielleicht sollten wir unsere Unterhaltung drinnen fortsetzen", schlug er vor, „wo es wärmer ist."

Ich nickte und wir liefen weiter auf das Haus zu. Des Abends war es von außen beleuchtet. Scheinwerfer, die in den Blumenbeeten kaum auffielen, strahlten es von unten an. Einige gusseiserne Laternen erhellten uns den Weg. Leichter Nebel kroch über den Boden und ein Käuzchen schrie in der Ferne.

„Sie brauchen sich nicht bei mir zu bedanken, Mr. Williams. Das war für mich selbstverständlich. Ich mag es nicht besonders, wenn man über andere tratscht", sagte ich, während ich mir die Arme rieb.

„Das sollte es aber nicht sein. Sie kennen mich schließlich nicht."

Der feine Kies knirschte bei jedem Schritt unter unseren Schuhen.

„Sie kennen mich auch nicht und trotzdem vertrauen Sie mir Ihre Tochter an", konterte ich.

Er lachte auf. „Touché", gab er sich geschlagen, öffnete mir die Haustür und hielt sie mir auf.

Ich ging hinein und wollte schon nach oben laufen, als er mich ausbremste.

„Lassen Sie uns ins Kaminzimmer gehen. Dann mache ich ein Feuer, damit Sie sich aufwärmen können."

„Und was ist mit Mia? Können wir sie hören, falls sie wach wird?", fragte ich besorgt.

„Es ist schön zu sehen, wie Sie sich um meine Tochter

sorgen, aber ich kann Sie beruhigen. Ich habe das Babyphone bei mir." Bei diesen Worten zeigte er auf einen kleinen Kasten an seinem Gürtel, der mich an ein Walkie-Talkie erinnerte.

Beruhigt von seiner Aussage, nahm ich das Angebot gerne an, denn hier in England war es doch schon einige Grad kühler als bei uns und ich war von Natur aus sehr verfroren.

Ich folgte ihm durch eine Tür in einen gemütlichen Raum, der zur Abwechslung mal nicht vor Größe strotzte, sondern nur einen steinernen Kamin und ein großes Sofa mit passenden Sesseln beherbergte. In der Ecke stand ein kleines Tischchen mit Glaskaraffen darauf. Das Fach darunter war mit Gläsern gefüllt. An den beigefarbenen Wänden hingen wunderschöne Land-schaftsgemälde. Auf dem dunklen, hölzernen Boden lag ein prachtvoller Perserteppich, der sich hervorragend in den Raum einfügte.

„Setzen Sie sich", bat Mr. Williams, während er das vorbereitete und fein säuberlich gestapelte Holz im Kamin entzündete.

Es war wirklich erstaunlich. Im ganzen Haus sah alles immer perfekt aus. Überall war es sauber und ordentlich und trotzdem sah man nie jemanden vom Putzpersonal. Als würden sie wie kleine Wichtel nur dann aufkreuzen, wenn niemand sie sah, um unbeobachtet ihr Werk verrichten zu können, was wahrscheinlich auch der Fall war.

Ich folgte Mr. Williams Aufforderung, schlüpfte aus meiner Jacke, legte sie neben mir ab und nahm auf dem bequemen Sofa Platz. Als das Feuer brannte, lief er zu den Karaffen in der Ecke, füllte zwei Gläser und gesellte sich zu mir. Auffordernd reichte er mir eins davon.

„Hier, trinken sie einen Schluck Sherry mit mir. Der wird Sie von innen wärmen."

„Gerne, danke!" Ich nahm das Glas in Empfang nippte vorsichtig daran und ließ das süßliche Aroma von Rosinen meinen Gaumen küssen.

„Mmh, der schmeckt sehr gut", bemerkte ich und nahm noch einen weiteren Schluck, der warm meine Kehle hinabglitt.

„Das ist ein Pedro Ximenze. Ich mag sein süßes Aroma", erklärte mir Mr. Williams wie ein echter Kenner, bevor er zum eigentlichen Thema zurückkehrte. „Die Leute haben schon immer hinter meinem Rücken über mich getuschelt. Vielleicht können Sie sich vorstellen, wie es ist, vermögend zu sein. Entweder man hat Neider oder falsche Freunde, doch Menschen die wirklich loyal sind, sind mehr als rar. Ich zähle nur meine Angestellten, meine Familie und weniger als eine Handvoll Freunde dazu." Er saß neben mir und hatte sich mir leicht zugewandt. Da außer dem Feuer nur die schwache Wandbeleuchtung das Zimmer erhellte, zeichneten die Flammen ein Muster aus Schatten und Licht auf seine männlichen Gesichtszüge, die mich auch jetzt wieder faszinierten. „Richtig schlimm wurde das Gerede erst nach dem Tod von Mias Mutter. Seit dem Tag, an dem ihre Todesanzeige in der Zeitung erschien, hat das Geschwätz der Leute enorm zugenommen." Er seufzte und rieb sich den Nacken. „Mir ist bekannt, dass man erzählt, ich hätte Abigail umgebracht, doch es war ein Unfall. Ich habe mir selbst lange Vorwürfe gemacht und geglaubt, ich hätte etwas anders machen können, um diesen Unfall zu verhindern. Doch irgendwann sah ich ein, dass das niemals möglich gewesen wäre."

„Oh, Mr. Williams, das tut mir sehr leid. Ich kann Sie sehr gut verstehen. Auch mein Vater starb viel zu früh und meine Familie glaubt bis heute, wäre er nicht alleine gewesen, wäre er vielleicht noch am Leben. Doch das Schicksal war anderer Meinung und hat ihn uns entrissen. Daher weiß ich, wie schlimm es ist, einen geliebten Menschen zu verlieren."

Er presste die Lippen fest zusammen und es zeichnete sich Trauer und etwas das ich nicht benennen konnte auf seinen Zügen ab. Für einen Moment glaubte ich es sei Hass, doch so schnell dieser Ausdruck erschienen war, so schnell war er auch wieder verschwunden.

Ohne darüber nachzudenken, hob ich meine Hand und legte sie tröstend auf seinen Arm. Trotz des schwarzen Stoffes seines Hemdes, konnte ich sofort wieder diese unglaubliche Hitze spüren. Sie schien durch das feine Material hindurch in mich einzudringen. Erst in meine Hand, dann meinen Arm empor und breitete sich von meiner Schulter in meinem ganzen Körper aus. Dieses Mal riss ich meine Hand nicht zurück. Dazu war ich viel zu perplex, um zu reagieren. Ich war mir sicher gewesen, dass ich mir das alles nur eingebildet hatte, aber dem war nicht so. Diese Hitze war so real wie die Herzschläge in meiner Brust, die an Tempo zulegten.

Langsam hob ich meinen Blick und sah Mr. Williams an, der immer noch auf meine Hand starrte, die auf seinem Arm lag. Ohne meinen Blick zu erwidern löste er mit der anderen Hand meine Finger von seinem Arm.

Im erste Augenblick dachte ich, er wolle sie einfach nur loswerden, doch da hatte ich mich erneut getäuscht. Er nahm sie in die andere, verschränkte seine Finger mit den meinen und blickte unsere verbundenen Hände fasziniert an. „Spürst du das auch?", flüsterte er und strich ganz sanft mit seinem Daumen über meine Haut.

Alle Förmlichkeiten waren in diesem Augenblick vergessen, als sich unsere Blicke endlich trafen und ich benommen nickte. Ich schien in den Tiefen seiner dunklen Augen zu versinken, die in dem schimmernden Licht des Feuers beinahe schwarz wirkten.

Langsam hob er die zweite Hand und strich die Kontur meines Kiefers nach. Dabei sog ich scharf die Luft ein, weil er eine kribbelnde Spur auf meiner Haut hinterließ. Je mehr wir uns berührten und je näher wir uns kamen, umso größer wurde das plötzliche Verlangen in mir, ihm noch näher sein zu wollen. Es war unbeschreiblich und ich hatte noch nie zuvor so etwas erlebt. Sein männlicher Duft lockte mich, mein Gesicht in seine Halsbeuge zu schmiegen. Bei dem Gedanken beschleunigte sich mein Atem.

„Tut mir leid, Chloé, aber ich muss es tun", hörte ich ihn noch über das Rauschen meines Blutes hinweg flüstern, das wie ein Sturm durch meine Venen fegte, als er auch schon seine Lippen auf die meinen legte. Erst ganz zart und leicht, dann immer fordernder und wilder. Alles um mich herum schien in einem Meer aus Empfindungen zu versinken und von den mächtigen Wellen hinweggespült zu werden. Es gab nur noch ihn und mich und dieses unbändige Verlangen, das mich drängte, ihm alles zu geben. Ich konnte keinen klaren Gedanken mehr fassen. Schlang einfach meine Arme um seinen Hals und klammerte mich an ihm fest. Seine Zunge öffnete meine Lippen, die sich ihm bereitwillig hingaben, um ihn das innere meines Mundes erforschen zu lassen. Stöhnend kletterte ich rittlings auf seinen Schoß. Seine Hände schlüpften unter meine Bluse und glitten über meinen Rücken empor, was sich elektrisierend anfühlte. Mein ganzer Körper war erhitzt und prickelte. Auch er konnte sein Stöhnen nicht mehr unterdrücken. Er wurde immer drängender, seine Hände immer ungehemmter, seine Küsse immer gieriger. Die Ausbuchtung in seiner Hose war ein zusätzlicher Beweis dafür, dass er ebenso erregt war wie ich.

Das Weinen eines Kindes riss uns aus unserem Bann. Aus dem Babyphone erklang die weinerliche Stimme von Mia.

Völlig benommen löste ich mich von Luke und zu meinem Entsetzen wurde mir klar, was hier eben passiert war. Er selbst fluchte leise vor sich hin, wobei ich nicht wusste, ob er fluchte wegen dem was passiert war oder weil wir gestört wurden. Da mir der Grund dafür egal war und ich am liebsten vor Scham im Boden versunken wäre, krabbelte ich von seinem Schoß, stand auf und richtete meine Kleidung. Mir war die Situation schrecklich unangenehm. Schließlich wäre ich um ein Haar über meinen Arbeitgeber hergefallen und hätte es vermutlich zum Äußersten kommen lassen, wenn Mia uns nicht unterbrochen hätte. Deshalb ergriff ich die Initiative, wandte mich ab und stürmte zur Tür. „Ich kümmere mich um Mia", rief ich noch, während ich bereits die Tür aufriss, um sie in Sekundenschnelle hinter mir ins Schloss zu werfen. Wie eine Verrückte eilte ich die Treppe hinauf, als würde ich um mein Leben rennen. Ich musste dringend weg von Luke, bevor ich noch einen unverzeihlichen Fehler machen würde, auf den ich aus irgendeinem Grund keinen Einfluss zu haben schien, weil mir komplett die Sicherung durchbrannte, sobald er mich berührte.

Das war völliger Wahnsinn und ich verstand in keiner Weise, was eben zwischen uns passiert war. Was war mit meiner Selbstbeherrschung los? Wieso konnte ich mich nicht mal im Ansatz unter Kontrolle halten? Natürlich war Luke ein sehr attraktiver Mann, doch das konnte unmöglich der Grund dafür sein, dass ich meinen Körper und meinen Geist anscheinend nicht beherrschen konnte.

Keuchend kam ich in Mias Zimmer an, setzte mich zu ihr aufs Bett und merkte, dass sie gar nicht richtig wach war. Mia schlief, wälzte sich aber unruhig hin und her. Sie schien einen schlimmen Traum zu haben, der sie in ihrer nächtlichen Ruhe störte. Sofort stimmte ich das Lied an, das meine Mutter mir schon vorgesungen hatte, wenn ich als Kind unruhige Nächte hatte, um Mia auf die gleiche Art zu beruhigen und den schlechten Traum zu vertreiben, während meine Gedanken immer noch völlig verrücktspielten.

***

Benommen starrte Luke in die knisternden Flammen des Feuers. Er konnte es immer noch nicht fassen. Das, was eben passiert war, war heftiger als alles was er erwartet hatte. Ihm war klar, wären sie durch Mia nicht gestört worden, wäre heute Abend noch mehr passiert, als der Austausch von ein paar hungrigen Küssen und ungehemmten Berührungen. Noch immer hatte er ihren süßen Geschmack auf der Zunge und das Gefühl, sich nach ihr zu verzehren, flaute nur ganz langsam ab.

Konnte es möglich sein, dass er nach all den Jahrhunderten endlich die eine Frau gefunden hatte, die nur für ihn bestimmt war? Er hatte von Geschichten über die wahre Gefährtin eines Vampirs gehört, doch sie nie für wahr befunden. Selbst kannte er keinen anderen Vampir, dem dieses Glück jemals zu Teil wurde und die Geschichten waren seiner Ansicht nach einfach nur Geschichten. Die Vampire die er kannte und die eine Gefährtin besaßen, hatten sich immer nur aus einem Grund mit dieser zusammengetan. Die jahrhundertelange Einsamkeit, die einen wahnsinnig machte, trieb sie dazu. Oder man verhielt sich so wie er es lange Zeit getan hatte und tröstete sich mit unzähligen Sexpartnern, die einem auf Dauer dennoch nicht das gaben, nach was man sich verzehrte. Dazu kam, dass die Geschichten wie er sie kannte anders waren. Da wurde nicht von dieser Hitze gesprochen und auch nicht davon, dass man völlig die Kontrolle über sich verlor. Nein, man sprach immer nur von einem sehr starken Verlangen und dem Gefühl von Glückseligkeit, wenn man sich in der Nähe des anderen befand. Das hier zwischen Chloé und ihm war eindeutig anders. Es ging mit einer ganz anderen Intensität von statten und schien nicht im Geringesten kontrollierbar zu sein. Zudem viel es ihm unsagbar schwer, all diese Gefühle zu ordnen und zu benennen, die in seinem Inneren tobten.

Durch das Babyphone hörte er plötzlich Chloé Stimme, die beruhigend auf Mia einredete und umgehend ein Lied anstimmte, das er irgendwoher kannte, ihm aber partout nicht einfallen wollte woher. Mias Weinen wurde weniger und nach ein paar Sekunden, waren nur noch die zarten Klänge von Chloés Stimme zu hören. Sie hatte eine wunderschöne Stimme, der er über Stunden hinweg hätte zuhören können.

Luke erhob sich, um ihr zu folgen, denn was immer zwischen ihnen geschah, er war der Ansicht, dass es falsch sei, davor wegzulaufen. Er wollte dieses Rätsel entschlüsseln, um zu sehen, zu was es führen würde. Was immer der Grund für dieses starke Begehren war, war ihm gleich. Dazu hatte er es zu sehr genossen und bereute auch nicht, was zwischen ihnen vorgefallen war.

Er überzeugte sich, dass das Feuer im Kamin keinen Schaden anrichten würde, griff nach Chloés Jacke, um sie mit nach oben zu nehmen, löschte das Licht und verließ das Kaminzimmer.

Als er Mias Zimmer erreichte und es leise betrat, wurde ihm bei dem Anblick von Chloé, die sich zu Mia gelegt hatte und ihr liebevoll über das Haar strich, sofort warm ums Herz. Hatte er jemals jemanden gesehen, der seine Tochter so verständnisvoll und herzlich umsorgt hatte? Nein, dachte er bei sich. All die Kindermädchen vor ihr, hatten zwar gute Arbeitszeugnisse vorzuweisen gehabt und vor Erfahrung gestrotzt, doch für diese schien es immer nur ein Job gewesen zu sein. Bei Chloé war das anders. Man spürte wie viel Herzblut sie in ihre Arbeit steckte und wie viel ihr an Mia lag. Nicht, dass seine Tochter Chloés Vorgängerinnen egal gewesen wäre, doch das hier war anders. Herzlicher. Liebevoller.

Er lief auf das Bett seiner Tochter zu, legte Chloés Jacke im Vorbeigehen auf einem der Kinderstühle ab und nahm den Platz auf der anderen Seite des Bettes ein.

***

Als ich Luke bemerkte, wie er um das Bett lief, um sich auf der gegenüberliegenden Seite niederzulassen, versuchte ich mich auf Mia zu konzentrieren. Vor Verlegenheit wäre ich zwar am liebsten erneut geflüchtet, doch ich konnte ja nicht ständig vor ihm davonlaufen. Darum strich ich Mia weiter über ihr Haar, während meine zweite Hand die ihre hielt. Mein Singen hatte ich eingestellt, da sie aufgehört hatte zu weinen und wieder ruhig und tief atmete.

Lukes Hand gesellte sich zu der von mir und Mia, weshalb ich kurz zusammenzuckte. „Lauf nie wieder vor mir weg", flüsterte er geradeso, dass ich ihn verstehen konnte. „Dafür gibt es keinen Grund."

Ich schluckte den Klos in meinem Hals hinunter und versuchte die Wärme seiner Hand, die sich von neuem in mir ausbreitete, für einen Moment zu ignorieren, um nicht völlig aus der Fassung zu geraten. „Mr. Williams, ich..."

„Luke", unterbrach er mich.

„Luke, es tut mir leid. Ich weiß nicht, was eben mit mir los war. Mir ist bewusst, dass das nicht hätte passieren dürfen."

Durch das Licht, das vom Flur ins Zimmer schien, konnte ich erkennen, wie seine Mundwinkel amüsiert zuckten und er die Augenbrauen anhob. „Wenn das ein Versuch werden soll, sich bei mir für dein unzüchtiges Benehmen zu entschuldigen, muss ich dich leider enttäuschen. Ich habe es sehr genossen, weshalb es keinen Grund für eine Entschuldigung gibt und ich sie daher auch nicht annehmen werde."

Ich schnappte empört nach Luft. Hatte er mich eben als unzüchtig bezeichnet?

„Zudem willst du doch mit Sicherheit nicht behaupten, dass das eben nur ein Ausrutscher war." Bei diesen Worten löste er kurz seine Hand, strich über meinen Arm, um mich die Hitze erneut spüren zu lassen und umschloss dann wieder unsere Hände.

Mein Wimmern war ihm wohl Antwort genug, denn er schenkte mir ein gewinnendes Lächeln. Verräterischer Körper, schimpfte ich im Stillen, konnte mich aber nicht davon abhalten, die Berührung zu genießen.

„Und jetzt?", flüsterte ich zurück. „Du hast eine Tochter und bist mein Boss", erinnerte ich ihn. „Wir dürfen das nicht."

„Wer sagt, dass wir das nicht dürfen?", fragte er verdutzt. „Ich habe nichts in deinen Vertrag geschrieben, in dem steht, dass ich nicht mit dir schlafen darf."

„Luke!", ermahnte ich ihn entsetzt, was ihn nicht zu kümmern schien.

„Lass uns einen Pakt schließen. Wir behalten das erst einmal für uns, bis wir selbst wissen, wohin das zwischen uns führt. So ziehen wir Mia nicht mit hinein und brauchen uns deshalb keine zusätzlichen Gedanken zu machen. Ich will ihr keine grundlosen Hoffnungen machen. Du verstehst hoffentlich, wie ich das meine."

Da ich zu diesem Zeitpunkt auch keine bessere Idee hatte und Mia ebenso wenig mit dem was da zwischen uns war belasten wollte, stimmte ich zu. „Okay! Dir sollte aber klar sein, dass ich dich dann in Gegenwart von Mia und den anderen mit Mr. Williams anreden muss."

„Damit kann ich leben."

„Ach, und was die Unzüchtigkeit angeht", schoss ich hinterher, „warst du nicht gerade der zurückhaltende, englische Gentleman. Nur damit ich das mal erwähnt habe."

Luke verkniff sich ein Lachen. „Verzeihung Mylady, aber du hast mir keine Chance gelassen mich wie ein Gentleman zu verhalten."

Nun huschte auch mir ein Lächeln über mein Gesicht. „Dir ist hoffentlich klar, dass du mich geküsst hast und nicht ich dich", stellte ich klar und rutschte etwas tiefer, um gemütlicher zu liegen.

„Das lag nur daran, weil du mich berührt hast und mich dadurch aus der Fassung gebracht hast", konterte er. „Wir werden noch sehen, wer von uns beiden sich unzüchtiger verhält", versicherte er und strich leicht mit dem Daumen über meinen Handrücken.

Bei der Vorstellung, wie sich das zutragen könnte, schweiften meine Gedanken davon…

KAPITEL 6

Mir tat alles weh, als mich etwas anstupste und aus meinen Träumen riss. Ich versuchte mich zu strecken, stieß aber mit Kopf und Armen gegen etwas Hartes, das sich wie das Kopfteil eines Bettes anfühlte. Blinzelnd öffnete ich die Augen und sah Mias Gesicht vor mir, die mich vergnügt ansah.

„Schlaft ihr von jetzt an immer bei mir?", wollte sie wissen.

Ich brauchte einen Moment, um zu begreifen, was sie meinte. Luke und ich mussten am Vorabend in ihrem Bett eingeschlafen sein, wo ich, wie ich anhand meiner Knochen spürte, eine sehr unbequeme Nacht verbracht hatte. Als hätte man mich bei etwas Ungezogenem erwischt, setzte ich mich ruckartig auf, wobei mein Nacken ein hässliches Geräusch machte, was mir einen üblen Fluch in meiner Muttersprache entlockte.

Luke, der sich immer noch nicht rührte, murmelte: „Du bist so sexy, wenn du französisch sprichst."

Mia klatschte sich die Hand vor den Mund und begann zu kichern, während ich die Hitze in meinen Wangen spürte und puterrot anlief. Ich warf einen hastigen Blick zu Mias Uhr und musste mit Entsetzen erkennen, dass wir verschlafen hatten und es bereits fünf Minuten vor halb acht war.

Vorsichtig rüttelte ich an Lukes Arm, um ihn zu wecken. „Mr. Williams, Sie müssen aufwachen. Wir haben verschlafen."

„Nur noch fünf Minuten, Süße", brummte er.

Nun war Mia nicht mehr zu halten. Sie lachte so glockenhell los, sodass ihr Vater umgehend senkrecht im Bett saß.

Na prima, dachte ich, so würde das bestimmt was werden, mit dem Geheimhalten.

Verschlafen sah sich Luke im Kinderzimmer um und auch er schien einen Moment zu brauchen, um zu realisieren, warum er hier war. Sein Haar stand wirr vom Kopf ab und ich stellte fest, dass er selbst so verschlafen und zerknittert äußerst sexy aussah. Selbst der leichte Bartschatte stand ihm außerordentlich gut.

Mia glückste immer noch. „Papa, du hast Chloé *Süße* genannt und dass du es sexy findest, wenn sie französisch redet."

„Mia, dein Vater hat geträumt und mit Sicherheit nicht mich gemeint. Du solltest deinen Vater nicht schon am frühen Morgen in Verlegenheit bringen", ermahnte ich sie und fügte hinzu: „Und jetzt husch ins Bad. Wir müssen in fünf", mein Blick huschte erneut zur Uhr, „nein, in vier Minuten beim Frühstück sein. Du weißt, Nora mag es nicht, wenn man zu spät kommt."

„Na schön." Ohne Widerworte krabbelte Mia von Bett und marschierte in ihr Bad.

„Habe ich das wirklich gesagt?", flüsterte Luke, weil die Tür zu Mias Bad offen stand.

Ich nickte und musste grinsen.

„Verdammt!"

„Wir sollten versuchen, nicht mehr bei deiner Tochter einzuschlafen."

„Da gebe ich dir recht", stimmte er mir zu.

„Dann kümmere ich mich mal um Mia und du solltest dich auch fertigmachen."

„Ja, Mylady", erwiderte er in einem spaßigen Tonfall.

Ich wollte mich schon von ihm abwenden und mich von Mias Bett erheben, als er mich an der Hand nahm und zurückhielt.

„Ich möchte dich heute Abend sehen. Sei bitte im Wohnzimmer. Ich komme zu dir, sobald Mia schläft", bat er.

„Ich werde da sein", versprach ich, löste mich schweren Herzens von ihm, stand auf und verschwand in Mias Bad.

***

Beim Frühstück erntete ich von Linus seltsame Blicke. Als wolle er mich fragen, wie es zwischen uns stand, nachdem wir gestern Abend so abrupt unterbrochen worden waren. Ich hatte nichts gegen ihn und war auch nicht böse, dass er versucht hatte, bei mir zu landen. Nichtsdestotrotz hatte ich kein Interesse an seinen Avancen und verhielt mich darum ganz normal, als sei nichts vorgefallen. Das genügte ihm wohl leider nicht, denn als ich mich nach dem Frühstück gerade auf den Weg machte, um zu Mia zu gehen, fing er mich vor der Tür zur Küche ab und zog mich zur Seite.

„Ist bei dir alles in Ordnung?", wollte er wissen.

„Ja, alles bestens!", versicherte ich und unterstrich meine Worte mit einem Lächeln.

„Ich habe mir die ganze Nacht Sorgen um dich gemacht, weil ich nicht wusste, was Mr. Williams von dir wollte."

„Das ist lieb von dir, aber völlig unbegründet. Er

wollte sich mit mir nur noch über ein paar Dinge unterhalten, mehr nicht", dabei ließ ich natürlich außen vor, was zwischen Luke und mir am vergangenen Abend geschehen war.

„Dann bin ich beruhigt. Sehen wir uns heute Abend wieder?"

Ich seufzte. Anscheinend hatte Linus immer noch nicht verstanden, dass ich kein Interesse an ihm hatte. „Linus, ich habe dir gestern Abend schon erklärt, dass ich für dich keinerlei Gefühle hege. Du bist ein netter Kerl, aber sonst ist da von meiner Seite aus nichts, was ich dir geben könnte. Lass uns einfach nur Freunde sein, okay?"

Er schien über diese Worte nicht sehr glücklich zu sein, nickte aber dennoch. „Wenn es das ist was du willst?!"

„Ja, Linus, genau das will ich. Nicht mehr und nicht weniger", versicherte ich ihm. „Dann kümmere ich mich jetzt mal um Mia", meinte ich und wollte mich gerade abwenden, als er mich am Arm zurückhielt.

„Solltest du es dir aber irgendwann anders überlegen, weißt du ja, wo du mich findest." Dieses Mal war er derjenige der sich umdrehte und davonlief, ohne eine Antwort von mir abzuwarten. Wahrscheinlich, weil er sie ohnehin nicht hören wollte.

Na toll, dachte ich, die Hoffnung stirbt ja bekanntlich zuletzt. Wie sollte ich Linus klarmachen, dass es da nichts zu hoffen gab? Dass ich auch in Zukunft kein Interesse an ihm haben würde. Wenn ich mich mit einem Mann einließe, dann nur, wenn auch ein Funke übersprang. Doch bei Linus gab es keinen Funken. Nicht einmal ansatzweise. Selbst wenn zwischen Luke und mir nichts passiert wäre, hegte ich keinerlei Empfindung für Linus. Mehr als eine gewisse Sympathie war da nicht. Selbst die Vorstellung, dass aus dieser Sympathie mehr werden könnte, war für mich völlig absurd.

Die Tür zum Speisezimmer ging auf und Mia kam auf mich zu gerannt. Hinter ihr der Mann, der mich mit jedem Tag mehr verzauberte. Bei dem es nicht nur ein Funke war, sondern ein ganzes Flammeninferno das mich in Brand setzte.

„Ich muss jetzt arbeiten gehen", erklärte er, als er vor mir stand und sah mir dabei so tief in die Augen, dass ich mich räuspern musste, um meine Stimme wiederzufinden.

„In Ordnung, Mr. Williams, dann werde ich mich jetzt um Mia kümmern. Mia, sag deinem Vater auf Wiedersehn."

„Tschüss, Papa", flötete sie fröhlich und zog mich hinter sich her in Richtung Treppe.

Als ich an Luke vorbeilief streifte er mit seinen Fingern meinen Arm, als wolle er mich noch einmal daran erinnern, wie die Dinge zwischen uns standen. Ich keuchte kurz auf, als ich die Hitze für einen kurzen Moment auf mich übergehen spürte, versuchte aber mich zusammenzureißen, da Mia direkt vor mir war. Unsere Blicke trafen sich ein letztes Mal, bevor ich hinter Lukes Tochter die Treppe hinaufstolperte und meinen Beinen schon beinahe befehlen musste, sich vorwärts zu bewegen.

Auch heute war das Wetter mehr schlecht als recht, weshalb Mia und ich den Vormittag in ihrem Zimmer verbrachten. Wir spielten mit Barbies, malten ein wenig oder ich las ihr ein Märchen vor. Am frühen Nachmittag dann, kam mir eine Idee.

„Mia, wie wäre es, wenn wir Kekse backen?"

„Kekse backen? Aber Kekse kauft man doch."

Ich musste lachen. „Natürlich kann man Kekse auch kaufen, doch auch die müssen gebacken werden und glaub mir, die selbstgebackenen schmecken am allerbesten."

„Wirklich?", hakte Mia ungläubig nach und bekam große Augen.

„Hat Nora oder eins der anderen Kindermädchen vor mir denn noch nie mit dir Kekse gebacken?"

„Nein", erwiderte Mia etwas geknickt.

„Na, dann wird es Zeit, dass wir das nachholen. Lass uns mal in eure Küche gehen und nachsehen, was wir zum Backen finden."

„Ja", rief sie aufgeregt, sprang von ihrem Kinderstuhl auf und lief mit mir in die Küche.

Ich hatte diesen Raum seither immer nur kurz betreten, um Mia oder mir etwas zum Trinken zu holen. Lukes private Küche war geräumig und im Gegensatz zu den anderen Zimmern in diesem Haus sehr modern einge-richtet. Neben einer Küchenzeile in L-Form mit glänzend weißen Schrankfronten, gab es noch eine Kochinsel mit integriertem Herd und Backofen. Die Arbeitsfläche aus schwarzem Marmor machte den Anschein, als hätte noch nie zuvor jemand in dieser Küche gekocht. Auf der gegenüberliegenden Seite stand eine Esstischgarnitur. Die fast raumhohen Sprossenfenster waren hier nicht mit Vorhängen geschmückt, wodurch man freie Sicht in den Garten hatte.

Bei der Suche nach Backutensilien, wurde mir schnell

klar, dass hier wohl wirklich noch nie jemand gekocht oder gebacken hatte. Die Küche war zwar mit jeglichem Geschirr und Gerätschaften ausgestattet, doch von Lebensmitteln war keine Spur zu sehen.

„Sag mal Mia, habt ihr hier denn überhaupt keine Lebensmittel? Gibt es nur die Getränke, die im Kühlschrank stehen?", fragte ich meinen Schützling, nachdem ich die fünfte Schranktür erfolglos aufgezogen hatte.

„Nein, Essen gibt es nur unten bei Nora."

„Tja, dann werden wir wohl Noras Küche ausräubern müssen, denn ohne ein paar Grundzutaten wird es schwer einen Teig zu zaubern", bemerkte ich beiläufig, nahm Mia bei der Hand und lief mit ihr nach unten.

Nora war gerade dabei Gemüse fürs Abendessen zu schneiden, als wir in ihre Küche platzten und sie lächelnd zu uns aufsah.

„Hallo Nora", rief Mia fröhlich.

„Hallo, ihr zwei. Was treibt euch denn zu mir?", fragte sie verwundert.

„Könnten wir uns ein paar Lebensmittel aus deiner Küche nehmen? Wir wollen Kekse backen und die Schränke oben sind leer."

„Aber selbstverständlich, Chloé. Dort ist die Vorratskammer." Sie zeigte auf eine schmale Tür, die sich neben dem riesigen Kühlschrank befand. „Nehmt euch einfach, was ihr braucht. Es ist genug da. Ganz unten auf dem Boden müsste auch ein kleiner Korb stehen. Den könnt ihr gerne nehmen, um die Sachen, die ihr braucht, nach oben zu tragen."

„Danke Nora", rief ich in ihre Richtung, während

ich hinter Mia hereilte, die vor lauter Vorfreude kaum noch zu bremsen war.

Die kleine Vorratskammer war bis unter die Decke mit Regalbrettern versehen, die vollgepackt waren mit allem was man sich vorstellen konnte. Ich kam mir ein wenig so vor, als würde ich in einem vier Quadratmeter großen Supermarkt stehen und kostenlos einkaufen. Ich kramte das Rezept, das ich schon so oft verwendet hatte, aus meinem Gedächtnis und packte, was wir dafür brauchen würden, in das kleine Körbchen, das Nora erwähnt hatte. Nach ein paar Minuten hatten wir alles zusammengesucht und verließen zufrieden die Vorratskammer. Nora gab uns sogar noch ein paar Ausstechformen mit, von denen ich nicht wusste, ob es sowas in Lukes Küche gab, und meinte, falls wir noch etwas bräuchten, könnten wir es gerne hier holen.

Somit stand unserem Vorhaben nichts mehr im Weg und wir eilten wieder nach oben. Dort kramten wir alles aus den Schränken, was wir sonst noch benötigten und machten uns an die Arbeit. Ich hatte mich für Kekse aus Knetteig entschlossen, denn so konnte sich Mia beim Teig kneten, Kekse ausstechen und verzieren austoben. Wir hatten jede Menge Spaß und bald mehr Kekse in der Küche stehen, als wir wahrscheinlich essen könnten.

***

Luke war auf dem Weg in Mias Zimmer, als ihn das Gekicher, das aus der Küche drang, aufhorchen ließ. Langsam stieß er die Tür auf, die nur angelehnt war, und traute seinen Augen kaum. Die Frau, die ihm den ganzen Tag durch den Kopf gespukt war, stand zusammen mit Mia in seiner Küche. Gemeinsam waren sie gerade dabei, unzählig viele Kekse mit Zuckerguss, Schokolade und Streuseln zu versehen. Der süßliche Geruch von frisch Gebackenem lag in der Luft. Dieses Bild, das sich ihm hier bot, zwang in beinahe in die Knie. Noch nie war diese Küche von so viel Leben und Liebe erfüllt gewesen. Chloé hatte ihr Haar zusammengebunden und zu seinem Erstaunen trug Mia sie genau gleich. Beide waren sie übersäht mit Mehlspuren, was diesen Anblick geradezu perfektionierte. Er strahle etwas Heimeliges aus, das ein Gefühl von Wärme in seiner Brust auslöste. Unvermittelt wurde ihm bewusst, dass er sich seit langer Zeit das erste Mal wieder richtig zu Hause fühlte, in diesem riesigen Haus, jenes er nun schon solange bewohnte.

Seit sein Vater nicht mehr lebte und seine Mutter irgendwann nach Amerika gegangen war, war es ihm hier oft kalt und trostlos vorgekommen. Erst Mia hatte sein Leben wieder mit Wärme und Liebe gefüllt. Doch dieser Anblick war die Spitze des Ganzen. Er strahlte so viele Dinge gleichzeitig aus. Liebe. Behaglichkeit. Wärme. Solidarität. Familie. Ja, Familie! Das war es, was er da vor sich sah und was er sich schon so lange wünschte, es aber nie dazu gebracht hatte. Eine eigene Familie. Natürlich war durch Mia ein Teil dieses Wunsches in Erfüllung gegangen, doch die richtige Frau zu seinem Glück hatte ihm immer gefehlt.

Mia entdeckte ihn und stürmte auf ihn zu. „Papa, Papa, schau mal, wir haben ganz viele Kekse gebacken. Das sind die leckersten Kekse auf der ganzen Welt. Du musst unbedingt einen probieren."

„Mia warte, du bist ganz klebrig", rief Chloé noch entsetzt, doch da hing Mia mit ihren schokoladenverschmierten und klebrigen Fingern schon an ihm.

***

Schnell eilte ich Mia mit einem feuchten Tuch hinterher, um noch zu retten was zu retten war. Leider ohne Erfolg. Sie hatte bereits eine braune Spur auf Lukes Hemd hinterlassen und das Mehl in ihrem Gesicht an seiner Wange abgeschmiert.

„Entschuldigung", murmelte ich, „Ich habe Sie nicht kommen sehen und war zu langsam." Dabei musste ich ein Lachen unterdrücken, weil er mit dem Mehl im Gesicht einfach zum Schießen aussah.

„Das macht nichts", versicherte er mir mit einem Lächeln.

„Papa, du musst die Kekse probieren. Los komm schon", jammerte Mia und zappelte aufgeregt auf seinem Arm.

Luke stellte sie zurück auf ihre eigenen Füße und ließ sich von ihr zur Arbeitsplatte ziehen. „Wow, ihr wart aber fleißig", raunte er und nahm den Keks in Herzform entgegen, den Mia ihm reichte. Genüsslich biss er hinein, kaute und schluckte, bevor er hinzufügte: „Oh mein Gott, das sind die besten Kekse, die ich je in meinem Leben gegessen habe. Ich glaube du solltest einen Teller voll nach unten bringen, damit die anderen auch in den Genuss deiner köstlichen Kekse kommen.

„Oh ja, das mache ich", quietschte sie vergnügt.

Ich öffnete den Schrank, reichte ihr einen Teller und

sah zu, wie sie ihn vollpackte.

„Du kannst schon mal zu Nora gehen und dort auf uns warten. Es gibt sowieso gleich Abendessen. Wir kommen sofort nach", wies Luke sie an.

„Okay."

„Warte!", bat ich Mia, nahm ihr kurz den Teller ab und wischte mit dem feuchten Tuch, das ich immer noch in der Hand hielt, ihr Gesicht und die Hände sauber, worauf immer noch Spuren von Mehl und Schokolade zusehen waren, bevor ich ihr den Teller wieder überreichte. „So ist es besser. Sonst hinterlässt du noch mehr Spuren."

Kaum hatte ich sie freigegeben, war sie auch schon aus der Küche gelaufen und verschwunden.

„Du siehst zum Anbeißen aus, weißt du das?", meinte Luke als wir alleine waren. „Das Mehl und die Schokoladenspuren stehen dir ausgesprochen gut."

„Dann solltest du besser nicht in den Spiegel sehen, sonst fängst du noch an, an dir selbst herumzuknabbern", erwiderte ich keck.

„Unzüchtig und frech. Das gefällt mir."

Nun konnte ich mir ein Lachen nicht mehr verkneifen. „Du bist unmöglich", gab ich zurück, warf das feuchte Tuch in seine Richtung und ging zur Spüle, um mich zu waschen.

„Das liegt vermutlich nur daran, dass ich den ganzen Tag nur daran denken konnte, wie du dich angefühlt hast und wie süß deine Küsse geschmeckt haben."

Ich keuchte auf, als ich spürte wie er sich von hinten an mich drängte. Sein warmer Atem strich bei jedem Wort über die Haut meines Nackens und mein ganzer Körper begann sofort wieder auf ihn zu reagieren.

„Luke", hauchte ich atemlos, „wir müssen nach unten."

„Ja, leider, aber das hält mich nicht davon ab, mir eine kleine Vorspeise zu gönnen." Mit diesen Worten drehte er mich zu sich um und presste seine Lippen auf meinen Mund, der ihn wie selbstverständlich willkommen hieß.

Auffordernd drängte ich mich ihm entgegen, bis nicht einmal mehr ein Blatt Papier zwischen uns Platz gefunden hätte. Ich stand so schnell in Flammen, dass ich nicht die geringste Chance hatte, mich dagegen zu wehren, was ich ehrlich gesagt sowieso nicht getan hätte. In der Nähe dieses Mannes fühlte ich mich wie Schokolade, die sich in der Hitze der Leidenschaft einfach verflüssigte. Es war ein Segen und ein Fluch zugleich. Ich konnte nicht mehr denken. Wollte nur noch fühlen und schmecken. Zwischen meinen Beinen fühlte ich ein sehnsüchtiges Ziehen und meine Brüste spannten so sehr, dass es fast schon weh tat.

„Chloé", stöhnte Luke zwischen zwei Küssen, „wir müssen..."

„Ja Luke?", murmelte ich und wünschte mir so sehr, seine Hand würde den Weg zu meinen Brüsten finden.

„Wir müssen aufhören... sonst nehme ich dich... gleich hier", meinte er abgehackt, während seine Lippen über meinen Hals glitten und seine Zunge mich leidenschaftlich neckte.

Unter seinen Berührungen stöhnte ich laut auf.

Langsam suchte er den Weg, zurück zu meinen Lippen, bevor er sich endgültig von ihnen löste und seine Stirn gegen meine lehnte. „Gott im Himmel, steh mir bei", flüsterte er und öffnete erst dann seine Augen, um mich anzusehen.

Mein Schoß pochte, mein Blut rauschte durch meine Adern und mein Körper kribbelte, dass es mir schwerfiel, mir nicht eigenhändig die Klamotten vom Leib zu reißen, um mich ihm willig darzubieten und um Erlösung zu flehen.

„Chloé, ich habe keine Ahnung was hier mit uns passiert, aber so etwas habe ich noch nie zuvor erlebt. Es ist geradezu magisch." Er strich mit seiner Hand durch mein Haar und ließ sie darin verharren, während seine andere an meiner Hüfte ruhte.

„Ich...", ich stockte kurz und suchte nach den richtigen Worten. „Mir fehlen, wenn ich ehrlich bin, die Worte. Ich kann es selbst nicht begreifen."

„Wir sollten jetzt besser nach unten gehen, bevor noch jemand nach uns sucht, und unsere Unterhaltung später fortsetzen."

„Eine Unterhaltung nennst du das? Interessante Definition!"

Luke löste sich von mir und baute einen Abstand zwischen uns auf. „Ich werde jetzt nach unten gehen. Gib mir eine Minute Vorsprung, denn ich befürchte, wenn wir gemeinsam nach unten laufen, könnte ich in Versuchung geraten, dich in eines der Gästezimmer zu zerren und über dich herzufallen."

Unter seiner Drohung entschlüpfte mir ein Wimmern und die Aufruhr in meinem Körper nahm weiter zu, anstatt sich zu legen.

Luke wandte sich ab und lief zur Küche hinaus. Am liebsten hätte ich ihn an mich gerissen und ihn gebeten seine Drohung in die Tat umzusetzen, doch ich blieb stehen und atmete tief durch, um mich zu beruhigen.

KAPITEL 7

Während des Abendessens zerbrach ich mir unentwegt den Kopf über Luke und mich. Das alles geschah so schnell und in solch einer Intensität, dass ich es einfach nicht begreifen konnte. Dazu musste ich die ganze Zeit über Lukes Worte nachdenken. *Es ist geradezu magisch*, hatte er gesagt. Was, wenn dieses unbändige Verlangen tatsächlich einen magischen Hintergrund hatte? Mir fiel wieder der missglückte Liebeszauber meine Tante ein, worüber ich zwar schmunzeln musste, ich mir dessen Auswirkungen dennoch sehr bewusst war. Doch sie war nicht hier und ich war mit der Kunst der Zauberformeln nicht vertraut und konnte nur einfache Standartdinge, die jede Hexe beherrschte, wie ein Kind oder ein Pferd mit einem Lied beruhigen. Meine große Gabe war schon seit Geburt an, die Elemente zu gebieten.

Ja, ich bin eine Elementarhexe und kann Feuer, Wasser, Erde und Luft beherrschen und mir zu Nutzen machen. Aber zurück zu meinem eigentlichen Gedanken.

Selbst meine Tante hätte aus so einer Entfernung keinen so mächtigen Zauber sprechen können, dass er hier noch Auswirkungen haben könnte. Das war völlig unmöglich. Aber vielleicht sollte ich sie anrufen und um Rat fragen. Nicht, dass ich bereute, was sich zwischen Luke und mir entwickelte, aber es war nie verkehrt auf Nummer sicher zu gehen.

„Erde an Chloé, hast du gehört, was ich gesagt habe?"

Ich schreckte auf und sah verwirrt in die Runde.

Jack lachte kurz auf. „Ich frage dich jetzt schon zum dritten Mal, ob es dir hier gefällt und du dich schon ein bisschen eingelebt hast. Aber du scheinst mit deinen Gedanken heute weit, weit weg zu sein."

„Entschuldige, Jack. Ja, das habe ich", antwortete ich. „Es ist wirklich schön bei euch und Mia ist auch ein echter Schatz. Es macht Spaß, sich um sie zu kümmern."

Ein kurzes Raunen ging durch die Küche.

„Was habt ihr? Habe ich irgendwas verpasst?", fragte ich.

„Na ja", ergriff Elena das Wort, „deine Vorgängerinnen waren schon nach drei Tagen von Mia genervt. Sie trieb jede von diesen Frauen regelrecht in den Wahnsinn." Elena trug ihr grellpink gefärbtes Haar zu einem Pferdeschwanz zusammengebunden und war neben mir die einzige mit einer auffälligen Haarfarbe.

„Aber wie kann das sein? Sie ist doch so ein liebes Kind", konterte ich.

„Sag du es uns", erwiderte Prue und nahm sich noch etwas Gemüse aus der Schüssel und legte es auf ihren Teller. Prue war die einzig Dunkelhäutige im Haus. Ich fand sie sehr hübsch, mit ihrer schokoladenfarbenen Haut, den feinen Rastazöpfen und den dunklen Augen.

„Ich weiß es nicht. Ich habe keinerlei Probleme mit ihr", gab ich zurück und schob mir mein letztes Stückchen Fisch in den Mund.

„Es ist doch auch völlig egal", mischte sich nun Nora ein. „Hauptsache ist doch, dass Chloé sich hier wohl fühlt und Mia sie mag. Schließlich wäre es schön, wenn wir mal ein Kindermädchen hätten, das länger als zwei Monate bei uns bleibt."

Alle murmelten zustimmend.

Da ich aufgegessen hatte, stand ich auf, räumte mein schmutziges Geschirr in die Spülmaschine und verabschiedete mich. Ich benötigte dringend eine Dusche, um das restliche Mehl aus meinem Haar zu bekommen. Zudem musste ich noch das Chaos in Lukes Küche beseitigen, weshalb ich direkt nach oben lief.

Als erstes nahm ich mir die Küche vor. Währenddessen nutzte ich die Zeit, um meine Tante Louanne anzurufen. Hierfür hatte ich mir das schnurlose Telefon aus dem Wohnzimmer geholt und zwischen Schulter und Ohr geklemmt. Mein Onkel Hugo nahm das Gespräch entgegen.

„Hallo Süße", begrüßte er mich aufgeregt. „Wie geht es dir? Es ist schön, dass du anrufst. Wir vermissen dich alle sehr."

„Hallo Onkelchen, ich vermisse euch auch. Mir geht es wirklich gut hier, keine Sorge. Alle sind super nett und auch sonst ist es hier richtig schön."

„Das freut mich für dich. Deine Mutter ist leider nicht da. Sie musste nochmal weg. Soviel ich mitbekommen habe, musste sie noch ein paar Tinkturen und Salben zu irgendwelchen Leuten bringen ."

„Das ist nicht schlimm. Ich wollte eigentlich auch mit Louanne reden. Ist sie da?"

„Ja, warte, ich gebe sie dir. Pass auf dich auf und bis bald."

„Das mach ich. Bis bald, Onkelchen."

Ein kurzes Rascheln, dann ertönte die Stimme meiner Tante.

„Hallo Chloé, ich hoffe du rufst an, um mir mitzuteilen,

dass die Männer in England der Hammer sind und ich umgehend zu dir kommen muss."

Ich lachte los, während ich das schmutzige Geschirr in die Spülmaschine räumte. „Nein, Louanne, eigentlich wollte ich dich etwas fragen."

„Schade", brummte sie. „Na dann, schieß mal los."

„Hast du schonmal was davon gehört, dass sich zwei Menschen berühren und eine unnatürlich starke Anziehung entwickeln, die mit einer unglaublichen Hitze verbunden ist?"

„Oh, ich glaube, dieses Gespräch wird doch noch sehr interessant", kicherte Louanne am anderen Ende der Leitung.

„Louanne, das ist nicht witzig. Also, hast du oder hast du nicht?"

„Ich darf davon ausgehen, dass es sich um dich und einen anderen Mann handelt", fragte sie neugierig.

„Ja", gab ich zu.

„Beschreibe es mir genauer. Was passiert, wenn ihr euch berührt?"

„Wie gesagt, es geht eine ungeheure Wärme von den Stellen aus, an denen wir uns berühren. Diese Wärme breitet sich dann in meinem ganzen Körper aus. Meine Haut beginnt zu kribbeln und ich fühle mich so sehr von ihm angezogen, dass ich kaum noch was anderes wahrnehme. Es ist als würde jemand meinen Verstand ausknipsen und etwas anderes die Führung übernehmen."

„Hast du schon mit ihm geschlafen?"

„Nein."

„Aber du willst es?", bohrte sie weiter.

„Louanne, bitte, das tut doch nichts zur Sache", bremste ich sie aus.

„Aber ihr habt hoffentlich wild geknutscht", machte sie weiter.

„Louanne, du machst mich fertig", stöhnte ich genervt.

„Okay, okay, ich hör ja schon auf", lenkte sie endlich ein. „Du gönnst einem aber auch überhaupt keinen Spaß. Also, ich glaube, ich habe schon mal etwas in den alten Büchern darüber gelesen, aber das ist schon ziemlich lange her. Ich müsste erst noch einmal nachschauen, um dir eine korrekte Antwort geben zu können."

„Wenn du das für mich tun könntest, wäre ich dir wirklich dankbar. Diese Situation hier ist wirklich sehr ungewöhnlich. Zumindest empfinde ich das so. "

„Ich denke, das ist wohl selbstverständlich. Aber wer weiß, vielleicht hat es dich diese Mal einfach nur richtig erwischt?!"

„Vielleicht. Es ist auch nicht so, dass es sich nicht gut anfühlen würde. Trotzdem geht alles so unglaublich schnell."

„Wenn man auf den Richtigen trifft, kann das durchaus sein. Aber keine Sorgen. Ich kümmere mich darum."

„Okay. Ruf mich unter dieser Nummer an, wenn du was rausgefunden hast."

„Das mache ich. Und Chloé?"

„Ja?"

„Ich halte es für besser, wenn du versuchen würdest, dich von dem heißen Teil fernzuhalten, bis wir wissen, was es damit auf sich hat. Nur zu Sicherheit."

„Das ist leichter gesagt als getan, aber ich werde es versuchen", versprach ich ihr.

„In Ordnung. Ich melde mich so schnell es geht."

„Ist gut. Sag aber bitte den anderen nichts davon. Ich möchte nicht, dass sie sich um mich sorgen, solange wir selbst nicht einmal wissen, was es damit auf sich hat."

„Okay, wenn du mir versprichst, auf dich Acht zu geben."

„Das mache ich doch immer."

„Schon, aber wenn dich das alles so aus dem Konzept bringt, wäre es angebracht, Vorsicht walten zu lassen."

„Da muss ich dir recht geben." Ich seufzte, richtete mich auf und strich mein Haar nach hinten, das mir durchs Hinabbeugen zur Spülmaschine ins Gesicht gefallen war. Ich schloss sie mit einem leisen Klicken und lehnte mich dagegen. „Ich werde auf mich Acht geben", versicherte ich Louanne aus gegebenem Anlass erneut und fügte hinzu: „Danke für deine Hilfe und bis bald."

„Gerne. Bis dann."

Ich legte auf und brachte das Telefon zurück auf die Ladestation, bevor ich dem Mehlstaub auf der Arbeitsfläche zu Leibe rückte. Dabei dachte ich über Louannes Worte nach und wie ich sie am besten in die Tat umsetzen könnte. Mir war klar, dass das kein leichtes Unterfangen sein würde. Denn wie sollte man sich von etwas Fernhalten, das einen anzog wie ein Magnet. Es gab nur eine Möglichkeit, wurde mir klar, ich musste ihm geschickt ausweichen und im Notfall Mia als Vorwand benutzen, in der Hoffnung, dass Louannes Recherchen nicht allzu lange dauern würden. Schließlich wollte ich kein Risiko eingehen, solange ich nicht wusste, was hier los war und da mein gesunder Menschenverstand in seiner Gegenwart regelmäßig aussetzte, blieb mir wohl nichts anderes übrig, als ihn mir mit allen Mitteln vom Leib zu halten. Um ehrlich zu sein gefiel mir diese Vorstellung überhaupt nicht, denn ich genoss die Emotionen, die in mir aufflammten, wenn er mir nahe kam, doch ich musste es einfach versuchen. Irgendwie musste es mir gelingen Herrin der Situation zu bleiben.

Als hätte Luke meinen Gedanken gespürt, stand er plötzlich in der Küche. „Du warst nicht wie verabredet im Wohnzimmer. Was machst du da?", fragte er verwirrt und sah mir zu, wie ich die gefüllten Keksdosen zur Seite stellte, um auch die letzten Stellen der Arbeitsplatte vom Mehlstaub befreien zu können.

„Ich beseitige das Chaos, das ich zusammen mit deiner Tochter angerichtet habe", gab ich erklärend zurück.

„Aber das können doch morgen die Hausmädchen machen."

Empört sah ich ihn an. „Du glaubst doch nicht allerernstes, dass ich Elena, Anna oder Cher meinen Dreck wegmachen lasse, den ich selbst fabriziert habe. Tut mir leid, aber so wurde ich nicht erzogen. Wenn ich etwas schmutzig mache, dann mache ich es danach auch wieder sauber."

In der Mitte seiner Stirn bildete sich eine tiefe Falte und er sah so aus, als würde er über meine Worte nachdenken. „Soll ich dir helfen?", wollte er wissen.

Etwas verblüfft über sein Angebot erwiderte ich: „Nein, das ist nicht nötig. Ich bin ohnehin gleich fertig und dann gehe ich duschen."

Mit einem frechen Grinsen schlug er vor: „Ich könnte mitkommen und dir den Rücken abseifen."

Ich begann zu lachen. „Ich bin mir ziemlich sicher, dass

es nicht beim Abseifen bleibt. Zudem bin ich ziemlich erschöpft und bekomme schon leichte Kopfschmerzen. Ich denke, es ist besser, wenn ich heute schon früh zu Bett gehe."

Er kam auf mich zu und musterte mich besorgt, was ich wirklich süß fand. „Ich könnte dir einen Tee machen oder dich massieren. Vielleicht hilft es gegen deine Kopfschmerzen."

„Das ist lieb von dir, Luke, aber ich glaube mir genügt eine ordentliche Portion Schlaf. Die letzte Nacht in Mias Bett war nicht gerade erholsam", redete ich mich um Kopf und Kragen, um ihn von seiner verführerischen Idee abzubringen. Mir fiel es wirklich nicht leicht, nein zu sagen. Allein die Vorstellung, wie seine Hände Seifenschaum auf meinem nackten Körper verteilen könnten, brachte mich beinahe dazu einzuknicken und nachzugeben. Aber ich kämpfte um meine Beherrschung und versuchte krampfhaft an was anderes zu denken.

„Da gebe ich dir recht", stimmte er mir glücklicherweise zu.

Erleichtert drehte ich mich zur Spüle um und atmete tief durch. Geschafft! Er hatte meine Ausrede geschluckt.

Um den Lappen ein letztes Mal auswaschen zu können, öffnete ich das Wasser und hängte ihn im Anschluss zum Trocknen über den Wasserhahn. Danach ließ ich meinen Blick zufrieden durch die Küche schweifen, die wieder aussah wie vor meiner Backaktion mit Mia.

„Okay, dann ruhe dich aus, Chloé, und lass es mich wissen, wenn ich was für dich tun kann."

„Das ist lieb von dir. Ich werde darauf zurückkommen, sollte es von Nöten sein", versprach ich und musste schlucken, weil er Schritt für Schritt näherkam.

„Bekomme ich wenigstens noch einen Gutenachtkuss?"

„Wenn du mir garantieren kannst, dass es bei einem Kuss bleibt?!"

„Ich werde mein Bestes geben", flüsterte er ganz dicht an meinen Lippen, so, dass ich schon seinen Atem darauf spüren konnte.

Wie eine Ertrinkende klammerte ich mich mit den Händen an der Arbeitsplatte hinter mir fest, als sei diese mein Rettungsring, der mich vor dem Untergang bewahrte. Luke strich ganz sanft mit seinen Lippen über meine. Dann ließ er die Zunge folgen. Er ging dieses Mal eher zärtlich vor. Zurückhaltend. So, als hätte er selbst Angst die Kontrolle zu verlieren. Nach dieser keuschen und zärtlichen Berührung, die mich lustvoll erschaudern ließ, ging er auf Abstand und sah mir schwer atmend in die Augen. „Bei dir die Beherrschung zu behalten ist nicht gerade einfach", gab er zu.

„Wem sagst du das", hauchte ich und gab die Arbeitsplatte wieder frei. „Ich gehe jetzt besser. Ich wünsche dir eine gute Nacht, Luke."

„Das wünsche ich dir auch, Chloé."

Ich lief aus der Küche und verschwand auf direktem Weg in mein Zimmer, um Raum zwischen mich und den Mann zu bringen, der meinen Körper in Versuchung führte und mich um meinen Verstand brachte. Eine Dusche war jetzt mehr als angebracht. Diese würde wohl eiskalt ausfallen, um das Feuer in meinem Inneren zu besiegen und damit ich wieder zur Besinnung käme.

KAPITEL 8

Die nächsten Tage musste ich versuchen Abstand zu Luke zu halten. Tagsüber war das nicht sonderlich schwer, da wir durch Mia keine Intimitäten austauschen könnten. Doch des Abends musste ich mir eine andere Lösung einfallen lassen. Deshalb verkroch ich mich am darauffolgenden Abend direkt nach dem Abendessen in Lukes Wintergarten und hoffte inständig, dass er mich dort nicht suchen würde. Zur Beschäftigung hatte ich meine Wolle mit heruntergebracht, um endlich mit Mias Einhorn beginnen zu können. Um in den Wintergarten zu gelangen, musste man den Salon durchqueren. Dahinter lag ein kleiner Vorraum, der mich an eine Sicherheitsschleuse erinnerte. An beiden Türen waren Fliegennetze angebracht, durch die man hindurchgehen musste. Als ich den Wintergarten betrat, wurde mir auch klar, was es damit auf sich hatte. Sie hielten die Schmetterlinge zurück, die darin herumflatterten. Alles war traumhaft schön. Die verschlungene und verspielte, schwarze Stahlkonstruktion erstreckte sich auf einer Größe von ungefähr sechzig Quadratmetern. Sie hielt die unzähligen Scheiben in Position, die den Wintergarten bildeten. Die Konstruktion stand auf einer circa siebzig Zentimeter hohen Mauer, die einen festen Untergrund ergab. Überall waren Beete aus dem gleichen roten Naturstein gemauert worden, mit dem auch der Boden ausgelegt war. Darin standen Palmen, die fast so hoch waren wie der Glasbau selbst. Dazwischen standen bunte, exotische Blumen auf denen unzählige Schmetterlinge herumflatterten. In einer Ecke plätscherte Wasser durch einen künstlich angelegten Bachlauf, jenes sich in einem Becken sammelte, in dem kleine Goldfische schwammen. An der Innenwand stand eine aus Korb geflochtene Sitzgarnitur, die mit beigefarbenen Sitzkissen ausgestattet war. Der passende Glastisch bildete den Mittelpunkt der Sitzgelegenheit. Ein exotischer Duft nach Blumen lag in der angenehm warmen Luft.

Ich war sprachlos. Das war nicht einfach nur ein Wintergarten, das war ein kleines Paradies. Es erinnerte mich an das wunderschöne Schmetterlingshaus, das ich einst als Kind mit meinen Eltern besucht und vor lauter Faszination nur unter Protest wieder verlassen hatte.

Vorsichtig nahm ich Platz und achtete darauf, mich nicht versehentlich auf einen Schmetterling zu setzen. Aus der Tüte holte ich Wolle und eine Häkelnadel hervor und machte mich ans Werk. In dieser traumhaften Umgebung verbrachte ich so viel Zeit, bis mir beim Häkeln beinahe die Augen zufielen. Als ich auf die Uhr sah, stellte ich zu meinem Entsetzen fest, dass es fast Mitternacht war. In wenigen Stunden würde mich mein Wecker wieder aus dem Bett klingeln, weshalb ich schleunigst ins Bett musste. Darum packte ich alles zusammen, löschte beim Hinausgehen das Licht, welches ich benötigt hatte, als es draußen dunkel wurde, und machte mich auf den Weg nach oben. So leise wie möglich schlich ich durch den Flur und hörte dabei das Gebrabbel des Fernsehers. Ein vorsichtiger Blick ins Wohnzimmer und ich sah, dass Luke davorsaß und eingeschlafen war. Vermutlich hatte er auf mich gewartet, was mir wirklich aus tiefstem Herzen leidtat. Doch ich wusste, dass es so besser war und schlich weiter, um ungesehen in mein Bett zu gelangen.

***

Als Luke wieder zu sich kam, lief im Fernseher gerade die Wiederholung des Films, den er am Abend schon gesehen hatte. Eigentlich war ihm gar nicht nach Fernsehen zumute gewesen, doch irgendwie musste Luke sich ja die Zeit vertreiben, während er auf Chloé gewartet hatte. Leider war sie nicht gekommen. Kurz vor Ende des Films musste er dann eingeschlafen sein, was für ihn eigentlich kein Problem darstellte, denn er hätte sie trotzdem hören müssen, was er jedoch nicht hatte.

Luke setzte sich auf und rieb sich verschlafen über sein Gesicht. Ein Blick auf die große, antike Standuhr, deren goldenes Pendel sich in gleichmäßigen Bewegungen hin und her bewegte, und er wusste, dass es schon fast ein Uhr in der Nacht war.

Könnte es möglich sein, dass Chloé immer noch nicht hier war und er sie deshalb nicht gehört hatte? Doch wo könnte sie sein? Plötzlich musste er an Linus denken und daran, wie dieser versucht hatte bei Chloé zu landen. Ein gefährliches Grollen stieg in seinem Inneren empor und erfüllte den Raum. Um seiner Unwissenheit den Garaus zu machen, erhob er sich, stellte den Fernseher aus, löschte das Licht und verließ das Wohnzimmer. Sein erster Weg führte ihn in Chloés Zimmer. Sollte er sie dort nicht finden, würde er den Schlafbereich seiner Angestellten aufsuchen und nachsehen, ob sie bei Linus war. Luke ballte die Hände zu Fäusten und musste sich beherrschen, um sie nicht vor lauter Frust und Zorn in die Wand zu rammen. Ziemlich unsanft stieß er die Tür auf und war mehr als überrascht, als er die Silhouette entdeckte, die sich unter ihrer Bettdecke abzeichnete. Seine Wut verpuffte binnen von Sekunden und machte einer gewissen Zufriedenheit Platz - ganz zufrieden würde er vermutlich nur sein, wenn sie in seinem Bett liegen würde. Leise ging er zu ihr und sah auf sie hinab.

Da um diese Uhrzeit die Außenbeleuchtung des Hauses bereits aus war, fiel nur das silberne Licht des Mondes in das Zimmer und legte sich über ihre wunderschönen Gesichtszüge, die dadurch wie gemalt erschienen. Sie hatte sich zur Seite gedreht, die Bettdecke um ihren Körper geschlungen und atmete tief und ruhig. Ihr Haar lag wie ein Fächer aus Blut auf ihrem Kopfkissen.

Luke war froh, dass sie hier in ihrem Bett lag. Nur warum hatte er sie nicht kommen hören? Sein Gehör war so ausgeprägt, dass er bei den kleinsten Geräuschen wach wurde. Dazu gehörten auch Schritte, das Klicken einer Tür und andere Dinge, die einen Laut verursachten. Es sei denn, sie hatte sich bewusst in ihr Zimmer geschlichen und versucht so leise wie möglich zu sein, um nicht gehört zu werden, was ihr somit wohl gelungen war.

Die Worte *kleines Biest* huschten durch seinen Geist und ein Lächeln stahl sich auf sein Gesicht. Allerdings brachte ihn das auch zu der Frage, warum sie das tat? Wieso war sie nicht gekommen und hatte sich an ihm vorbeigeschlichen? Auf seine Frage würde er heute Nacht keine Antwort mehr bekommen. Doch eins war sicher. Er würde nicht weiter zulassen, dass sie ihm aus dem

Weg ging. Was immer der Grund dafür war, war ihm gleich. Die Anziehungskraft, die sie auf ihn ausübte, war einfach zu stark. Selbst jetzt wo sie schlief, hatte er das unbändige Verlangen sich auszuziehen und sich zu ihr zu legen, um seinen erhitzten Körper mit ihrem zu vereinen. Es war völlig verrückt und doch so real.

Sachte, um sie nicht zu wecken, strich er ihr eine Haarsträhne aus dem Gesicht und genoss das seidige Gefühl zwischen seinen Fingern. Diese Frau hatte ihn voll und ganz verzaubert und er konnte es kaum noch erwarten, sie in sein Bett zu holen. *Bald*, versprach er sich im Stillen. Bald würde er sie bekommen und all die Dinge mit ihr tun, die Tag und Nacht durch seinen Geist spuckten.

Mit diesem Vorsatz verließ er ihr Zimmer, auch wenn das drängende Gefühl ihn beinahe in die Knie zwang. Doch er widerstand dem Unvermeidlichen und ging selbst zu Bett, um noch ein paar Stunden Schlaf zu finden, bevor der Morgen anbrach und ihn aus seinen Träumen riss, die seit Chloés Ankunft von ihr und ihm handelten.

***

Am nächsten Morgen, das Wetter war zur Abwechslung einmal ausgesprochen gut, verabredete ich mich schon beim Frühstück mit Prue, um nach dem Abendessen einen Spaziergang mit ihr zu machen. Ich hatte noch nicht sehr viel von dem gigantischen Grundstück gesehen, was sich perfekt für eine erneute Ausrede eignete, um Luke aus dem Weg zu gehen, was mir mit jedem Tag schwerer fiel.

Ich blieb nach dem Abendessen einfach in der Küche, um Nora und Prue beim Aufräumen zu helfen, damit sie schneller fertig wurden und ich mit Prue losziehen konnte.

Wir gingen nach draußen, schlenderten am Stall vorbei und auf die grünen Wiesen zu, die sich vor uns erstreckten, während wir uns angeregt unterhielten.

„Lebst du schon lange hier?", wollte ich von Prue wissen.

„Schon fast acht Jahre."

„Wow, das ist doch schon eine ganze Weile", meinte ich überrascht. „Und wie kam es dazu, dass du hier als Küchenhilfe angefangen hast?"

„Ich kam damals aus Südafrika hierher, um hier ein besseres Leben zu führen. Du musst wissen, dass ich in einem winzigen Dorf groß geworden bin. Wir hatten nicht viel und die Vorstellung, hier zu leben, war sehr verlockend. Also sparte ich so lange, bis ich mir ein günstiges Flugticket leisten konnte. Als es soweit war, beantragte ich ein Visum, das jedoch nur eine Gültigkeit von drei Monaten hatte. In diesem Zeitraum musste ich eine Arbeit finden, um langfristig hierbleiben zu können."

Wir liefen auf eine riesige Trauerweide zu, die tiefsitzende Äste hatte, auf denen wir uns niederließen. Von hieraus konnte man das Haus sehen, das malerisch vor uns lag. Die rutenförmigen, herabhängenden Zweige des Baumes, raschelten im seichten Abendwind, während die untergehende Sonne die Schatten immer länger werden ließ.

„Ich war so voller Enthusiasmus, dass ich glaubte, dies mit links zu schaffen. In London angekommen, zog ich in ein billiges Hostel und suchte mir Arbeit, was sich schwieriger gestaltete als gedacht. Immer wieder wurde ich abgewiesen. Deshalb verbesserte ich des Nachts mein Englisch, welches noch etwas zu wünschen übrig ließ, in der Hoffnung, meine Chancen dadurch zu verbessern. Doch das brachte mich auch nicht weiter. So begann ich damit, mich in die Fußgängerzone von London zu setzen und für ein paar Pfund Haare zu flechten. Es war nicht viel, was ich damit verdiente, aber es genügte, um mir Essen zu kaufen und meine Unterkunft zu bezahlen."

„Das klingt nicht gerade nach dem großen Glück", meinte ich und strich mir eine Haarsträhne aus dem Gesicht.

„Nein, das Glück ereilte mich erst mit Mr. Williams, den ich nur durch einen Zufall kennenlernte. Als ich eines Morgens aus der Tür trat, um mich wieder auf Arbeitssuche zu begeben, entdecke ich ein Plakat, das zur Blutspende aufrief. Wer zum Spenden kam, bekam kostenlos zu essen und trinken. Da ich mein Geld zusammenhalten musste, beschloss ich dort hinzugehen. Mir tat es schließlich nicht weh, ein bisschen Blut zu lassen, um anderen zu helfen. Dort traf ich auf Mr. Williams."

„War er auch zum Blutspenden dort?"

„Nein", lachte Prue, „er hat dort alles organisiert."

„Das verstehe ich nicht", erwiderte ich mit gerunzelter Stirn.

„Weißt du nicht, dass Mr. Williams Inhaber einer Blutbank ist?"

Überrascht schüttelte ich den Kopf.

„Tja, dann weißt du es jetzt", gab sie mit einem Schulterzucken zurück. „Wir kamen ins Gespräch, da ich durch meine dunkle Haut natürlich auffiel wie ein bunter Hund. Als ich ihm meine Geschichte erzählte, bot er mir diesen Job in Verbindung mit Kost und Logis an. Ich wäre verrückt gewesen, ihn nicht anzunehmen und hier bin ich."

Ich starrte sie immer noch etwas verdattert an.

„Chloé, du siehst aus, als hätte ich dir gerade eine Gruselgeschichte erzählt."

„Nein, es ist nur... ich bin etwas überrascht, dass Mr. Williams mit Blut arbeitet."

Prue lachte. „Na, so wie du das sagst, klingt es auch gruselig. Aber sieh es mal so: Irgendwer muss auch solche Jobs erledigen. Sie sind schließlich wichtig. Wo würden sonst Kliniken ihr Blut herbekommen."

„Ja, du hast recht. Es überrascht mich nur. Ich hätte eher damit gerechnet, dass er mit teuren Gemälden oder Immobilien handelt."

„Nein, da muss ich dich enttäuschen. Aber seine Mutter ist eine sehr erfolgreiche Immobilienmaklerin."

„Ach, wirklich?"

„Ja, aber sie lebt nicht hier, sondern in Florida. Ich habe sie nur ein paarmal gesehen, als sie zu Besuch hier war. Kennst du die großen Steinfiguren auf der Vorderseite des Hauses?"

„Ja, natürlich. Die sind ja kaum zu übersehen."

„Die links neben der Tür sind die Eltern von Mr. Williams. Die beiden auf der anderen Seite sind seine Großeltern."

„Das heißt also, Mia hat Großeltern", stellte ich fest.

„Nur eine Großmutter. Der Vater von Mr. Williams lebt schon lange nicht mehr."

„Und kanntest du Mias Mutter?"

„Ja!"

„Wie war sie so?"

„Warum beschleicht mich gerade so ein seltsames Gefühl, dass du mich ausquetschen willst wie eine reife Zitrone?!"

„Erwischt!", gestand ich und musste grinsen. „Nimm es mir bitte nicht übel, aber ich will das alles hier besser verstehen können." Ich machte eine ausladende Handbewegung Richtung Haus. „Ich würde Mr. Williams selbst fragen, doch ich möchte nicht in alten Wunden herumstochern. Bei Linus habe ich mein Glück bereits versucht, doch der ist auf Baggerkurs und daher keine große Hilfe."

Prue kicherte. „So so, Linus ist also auf der Pirsch."

„Hey, das ist nicht witzig. Er kann ganz schön schwer von Begriff sein. Man sagt nein und er versteht immer noch ja."

Prue gluckste vergnügt. „Du Arme, da bekomme ich beinahe Mitleid. Ich finde ja, dass Linus ein echt heißer Typ ist."

„Das mag sein, aber eben nicht mein Typ. Verstehst du was ich meine?"

„Ja, natürlich. Na ja, er wird es irgendwann aufgeben. Wahrscheinlich braucht er nur ein bisschen länger, um dein Nein als ein solches zu akzeptieren. Aber zurück zum Thema. Mias Mutter war vom einen auf den anderen Tag plötzlich da. Als Mr. Williams sie hierher brachte, ging es ihr sehr schlecht. Den Grund für ihren Zustand hat er uns gegenüber nie erwähnt und wir haben nie danach gefragt. Sie blieb und lebte mit ihm zusammen im Ostflügel. Uns allen fiel auf, dass das Verhältnis zwischen den beiden irgendwie seltsam war."

„Was meinst du mit seltsam?"

„Sie hing ständig an ihm, klammerte regelrecht. Er hingegen war eher kühl und unnahbar, schob sie eher von sich. Ich habe sie nie in inniger Umarmung oder so gesehen. Wenn, dann hat er ihr einen flüchtigen Kuss auf die Wange gegeben und das wars."

„Das ist wirklich seltsam", murmelte ich nachdenklich.

„Allerdings! Keinem von uns entging, wie Abigail an Fülle gewann. Daher mutmaßten wir, dass er sie des Kindes wegen bei sich behielt."

„Wäre eine Möglichkeit", stimmte ich ihr zu.

„Als Mia dann geboren wurde, kümmerte er sich rührend um die Kleine. Abigail hingegen wollte Mia nicht stillen, geschweige denn auf den Arm nehmen."

„Was? Warum das denn?", rief ich entsetzt.

„Ich hörte sie einmal streiten. Hörte aber nur kurz zu, weil es mich ja eigentlich nicht anging."

„Und was hast du gehört?", bohrte ich weiter.

„Sie wollte das Kind nicht. Wollte es zur Adoption freigeben, wogegen sich Mr. Williams hartnäckig wehrte. Dann kam der Tag des Unfalls. Mia war gerade drei Wochen alt und Mr. Williams war nur kurz aus dem Haus gegangen. Mia schlief zu diesem Zeitpunkt, weshalb er sich keine Gedanken machte. Als er durch das Babyphone seltsame Geräusche hörte, eilte er sofort zurück und fand Abigail im Badezimmer, die versuchte die Kleine in der Badewanne zu ertränken. Beim Versuch Mia zu retten, kam es zu einem Handgemenge. Abigail rutschte auf dem nassen Fliesenboden aus und knallte mit dem

Kopf gegen die Kante der Duschtür. Sie war auf der Stelle tot. Mia hat es zum Glück unbeschadet überlebt, da ihr Tauchreflex eingesetzt hat, der noch von ihrer Zeit im Mutterleib intakt war. Dieser veranlasste, dass sie die Luft angehalten hatte."

„Oh mein Gott, das ist ja furchtbar!", keuchte ich fassungslos.

„Ja, das war es. Wir waren damals alle geschockt. Doch am meisten hat es Mr. Williams getroffen. Er machte sich schreckliche Vorwürfe, weil er der Meinung war, er hätte das alles verhindern können. Nora, die von uns allen am längsten hier arbeitet, stand ihm in dieser schweren Zeit zur Seite und unterstützte ihn bei der Pflege von Mia. Erst als Mia fast drei Jahre alt war, stellte er das erste Kindermädchen ein. Doch wie das verlief ist dir ja bereits bekannt."

„Ich weiß ehrlich gesagt gerade nicht, was ich sagen soll. Diese Geschichte schockiert mich dermaßen, dass mir die Worte fehlen", gestand ich.

„Das kann ich gut nachvollziehen. Es ist auch nicht alltäglich, so eine Geschichte zu hören."

„Und die Menschen hier? Warum reden sie so schlecht über ihn, wenn er doch nicht am Tod seiner Frau schuld war? Die Polizei muss das doch bestätigt haben?!"

„Erstens: Abigail war zwar Mias Mutter, aber nicht Mr. Williams Frau. Und was die Leute angeht: Ja, es wurde von der Polizei bestätigt, dass es ein Unfall war, doch du weißt wie grausam Menschen sein können. Zudem zog er sich, nach alldem was vorgefallen war, zurück und schottete sich und die Kleine von der Außenwelt fast komplett ab."

„Dann ist das auch der Grund, warum Mia keine anderen Kinder kennt und auch einen Privatlehrer bekommen soll?"

„Du hast es erfasst", antwortete Prue nickend. „Er hat schreckliche Angst, um Mia. Es hat uns alle schon gewundert, dass er euren Ausflug nach Canterbury, erlaubt hat. Wir hatten alle schon die Hoffnung, dass er sein schützendes Schneckenhaus endlich wieder verlässt, doch nachdem was sich in dem Café ereignet hat, habe ich so meine Zweifel, ob er so was noch einmal erlaubt."

„Wir werden sehen. Er hat ja zum Glück erfahren, dass ich Mia beschützt habe und dass ich niemals zulassen würde, dass irgendwer ihr etwas antut."

„Ja, davon habe ich auch gehört. Das hast du gut gemacht."

„Danke! Und was hat es damit auf sich, dass man erzählt, hier würden Leute verschwinden?"

„Blödes Geschwätz. Ich denke, dass das auf uns zurückzuführen ist. Schließlich sind wir alle, die hier arbeiten, irgendwann gekommen und nie wieder von hier weggegangen. Da lässt sich einfach eine Schauergeschichte daraus basteln."

Ich nickte zustimmend, da ihre Worte eindeutig Sinn ergaben.

„Wir sollten jetzt langsam zurückgehen. Es wird schon dunkel und Anna wollte noch eine Runde mit mir Pokern. Wenn du Lust hast, kannst du ja mitkommen."

„Ich kann nicht besonders gut Pokern", gab ich zu.

„Das macht nichts. Wir spielen nur um Süßigkeiten. Du kannst also nur arm an Schokolade und Bonbons werden", gestand sie.

Ich lachte. „Das ist wirklich lieb von dir, aber ich denke ein entspannendes Schaumbad ist heute eher nach meinem Geschmack. Vielleicht ein andermal", erwiderte ich und rutschte von meinem Ast und lief mit Prue zurück zum Haus.

Auch, wenn das Pokerspiel eine weitere gute Ausrede für mein Fernbleiben wäre, entschied ich mich dagegen. Ich war kein Freund von Kartenspielen und am allerwenigsten von Poker.

Im Haus angekommen bedankte ich mich bei Prue für ihre Offenheit, verabschiedete mich und ging nach oben. Mir war klar, dass ich Gefahr lief Luke in die Arme zu laufen, nur leider führte kein Weg daran vorbei, wenn ich in mein Zimmer gelangen wollte. Zudem konnte ich mich nicht nonstop rarmachen, denn als Mias Kindermädchen musste ich im Notfall auch verfügbar sein.

Deshalb huschte ich im obersten Stockwerk des Ostflügels so leise wie möglich durch den Flur, um keine lauten Geräusche zu machen. Es war fast acht Uhr. Mia war daher bestimmt schon im Bett, dachte ich zumindest, als auch schon die Tür vom Kinderzimmer aufgerissen wurde und Mia kichernd herausstürmte. In einen rosa Schlafanzug gekleidet und nackten Füßen rauschte sie mit einem wahnwitzigen Tempo auf mich zu, sprang mich an und brachte mich durch ihre Wucht zu Fall. Mit einem lauten Knall, landete ich auf meinem Allerwertesten und stieß auf Französisch einen üblen Fluch aus. Ich hatte das Gefühl, als hätte sich mein Steißbein verabschiedet, während Mia auf mir lag und immer noch kicherte.

Luke war hinter ihr hergeeilt und kam schimpfend

neben mir zum Stehen. „Mia, bist du völlig verrückt geworden? Willst du Chloé alle Knochen brechen?", schimpfte er, ging neben mir in die Knie und zog Mia von mir weg, die jetzt doch etwas beschämt dreinschaute. „Ist alles okay?" wandte er sich an mich.

„Ich bin mir nicht sicher", stöhnte ich. „Im Augenblick fühlt sich mein Hintern an, als hätte er mit einer Abrissbirne Bekanntschaft gemacht."

Lukes Mundwinkel zuckten. „Netter Vergleich", meinte er und fügte hinzu: „Warten Sie, ich helfe Ihnen."

Nur langsam kam ich auf die Beine und verfluchte jede Bewegung. Der Schmerz überschattete selbst die Wärme, die sofort wieder von Luke auf mich überzugehen schien. Das würde mit Sicherheit einen üblen Bluterguss geben, dachte ich. Mit schmerzverzerrtem Gesicht rieb ich mir über die geprellte Stelle und wollte Mia soeben eine Standpauke halten und ihr erklären, wie gefährlich so eine Aktion sein konnte, als ich auch schon Tränen aus ihren Augen kullern sah. Meine Wut verpuffte binnen von Sekunden, als sie murmelte: „Es tut mir so leid. Ich wollte dir nicht wehtun. Ich habe mit Papa *wer zuerst im Wohnzimmer ist* gespielt und dann warst du da und ich wollte..." Ihr Weinen wurde immer heftiger und ihre Worte brachen.

Mir wurde schnell klar, dass sie das nicht absichtlich getan hatte. Deshalb kniete ich mich vorsichtig vor ihr auf den Boden, um mein schmerzendes Steißbein so wenig wie möglich zu belasten, und zog sie in meine Arme. „Es ist alles gut, Mia. Vermutlich werde ich zwar die nächsten Tage nicht sonderlich gut sitzen können, aber zum Glück ist nichts Schlimmeres passiert. Tue mir aber einen Gefallen und mach sowas nie wieder. Das tat wirklich weh."

Sie nickte eifrig und drängte sich noch einen Moment an mich, bevor sie mich wieder freigab.

„Ich hole Ihnen einen Eisbeutel, der sollte dem Schmerz und einem eventuellen Bluterguss entgegenwirken", schlug Luke vor und half mir wieder auf die Beine.

„Danke, Mr. Williams, das wäre wirklich nett von Ihnen", erwiderte ich.

„Mia, bring Chloé ins Wohnzimmer. Ich bin gleich bei euch."

„Ja, Papa." Mia nahm mich bei der Hand und führte mich ins Wohnzimmer.

„Warum bist du überhaupt noch auf? Es ist doch schon längst Schlafenszeit", wollte ich von ihr wissen, während ich mich von ihr zum Sofa führen ließ, auf das ich mich äußerst umständlich setzte und meine Beine anzog, um mein Gewicht auf die rechte Seite meines Körpers zu verlagern.

„Aber Chloé, heute ist doch Samstag", antwortete sie empört. „Samstags darf ich immer länger wach bleiben. Papa sagt, dann würde ich ihn sonntags länger schlafen lassen."

„Das wusste ich nicht. Aber wie läuft das dann mit dem Frühstück?", hakte ich nach.

Luke kam zur Tür herein und beantwortete anstelle von Mia meine Frage. „Sonntags ist in gewisser Weise Selbstversorgen angesagt, da Nora sonntags frei hat. Jedoch bereitet sie am Vorabend alles vor, was für den nächsten Tag gebraucht wird. Im Kühlschrank steht alles, was wir für ein Frühstück benötigen und vorgekocht hat sie auch. Somit müssen wir das Essen nur aufwärmen. Ich habe Nora gebeten Ihre Portionen ebenfalls hier hochzubringen. Somit müssen sie morgen nicht nach unten, wenn Sie Hunger bekommen. Hier ist übrigens der Eisbeutel."

Mit einem Lächeln nahm ich ihn entgegen. „Danke!" Seufzend drückte ich mir das Eis auf die schmerzende Stelle und war froh, als die Kälte den Schmerz betäubte.

„Ich und Papa wollen einen Film anschauen. Hast du Lust mitzuschauen, Chloé?"

„Tja, da das mit meinem Schaumbad jetzt wohl sowieso nichts mehr wird, würde ich tatsächlich mitschauen. Vorausgesetzt, ich störe nicht", erwiderte ich und sah zu Luke, der mir ein zufriedenes Lächeln schenkte.

„Keineswegs, dann kümmere ich mich mal um das Knabberzeug und ihr sucht einen Film aus", schlug er vor und verließ den Raum.

So schnell waren meine Pläne dahin. Statt Luke aus dem Weg zu gehen, war ich ihm dank Mia in die Falle gegangen und wenn mich nicht alles täuschte, war er sogar froh darüber. Doch wenn ich ehrlich zu mir selbst war, hatte ich nicht wirklich was dagegen, einen Abend in seiner Gesellschaft zu verbringen und da sich Mia mit im Raum befand, konnte ich seine Anwesenheit genießen ohne befürchten zu müssen, dass er mir zu nahekommen würde.

„Können wir die Eiskönigin anschauen?", riss mich Mia aus meinen Gedanken.

„Natürlich! Wenn du den sehen willst und dein Vater nichts dagegen hat."

Mia zog den Film aus dem Regal. „Bestimmt nicht.

An unserem gemeinsamen Filmabend darf immer ich bestimmen, was wir uns ansehen."

„Na, wenn das so ist", erwiderte ich und wollte gerade aufstehen, um den Film einzulegen, als auch schon Luke zurückkam.

„Bleiben Sie sitzen und schonen Sie Ihre Kehrseite", wies er mich mit einem Lächeln an, weshalb ich mich wieder in meine vorherige Position sinken ließ.

Er hatte ein paar von unseren selbstgebackenen Keksen mitgebracht, die fein säuberlich auf einem Teller lagen. Dazu eine Schale mit Kartoffelchips. Luke stellte beides auf dem Tisch vor dem Sofa ab und übernahm das Einlegen des Films. Seine dafür eingenommene Körperhaltung, veranlasste mich dazu, meinen Blick über den knackigen Hintern gleiten zu lassen, der die schwarze Jeans, die Luke heute trug, perfekt ausfüllte. Dieser Mann war wirklich eine Augenweide. Meine Tante Louanne würde ihn ganz sicher als einen Sexgott bezeichnen, bei dessen Anblick man schon feucht zwischen den Beinen wurde.

Luke richtete sich wieder auf, weshalb ich schnell wegschaute und meinen Blick auf Mia heftete, die sich neben mich gesetzt hatte und schon den ersten Keks vertilgte. Ihr Vater nahm das letzte freie Stückchen Sitzfläche neben Mia in Beschlag und startete über eine Taste auf der Fernbedienung den Film.

***

Mia war schon kurz vor Ende des Films neben mir eingeschlafen. Ihr kleiner Körper war müde gegen den ihres Vaters gesunken. Es war einfach herzerwärmend ihm zuzusehen, wie liebevoll er mit Mia umging.

Vorsichtig hob er sie auf seine Arme, drückte sie an seine Brust und stand auf. „Ich bringe Mia kurz ins Bett. Bin gleich zurück", flüsterte er und verschwand.

Ich streckte mich und stellte fest, dass mein schmerzendes Steißbein dank des Eisbeutels bei weitem nicht mehr so weh tat, wie direkt nach meiner Bruchlandung. Vorsichtig, um den Schmerz nicht wieder heraufzubeschwören, stand ich ebenfalls auf, stoppte den Film und stellte den Fernseher aus. Ich schnappte mir den leeren Teller, die Schale, die nur noch ein paar Krümel beherbergte, und den geschmolzenen Eisbeutel, um alles in die Küche zu tragen.

„Kaum lässt man dich für zwei Minuten aus den Augen, bist du wieder verschwunden", erklang Lukes Stimme hinter mir, als ich das schmutzige Geschirr gerade in die Spülmaschine stellte.

Ich warf ihm über meine Schulter hinweg einen Blick zu. „Verschwunden kann man das wohl nicht nennen. Ich mache mich nur nützlich."

„Es gäbe da was, das wesentlich nützlicher wäre, als schmutziges Geschirr wegzuräumen." Mit diesen Worten pirschte er sich langsam von hinten an mich heran.

Schnell schloss ich die Spülmaschine und versuchte den Abstand zwischen uns aufrecht zu erhalten. „Es ist schon spät und ich bin schrecklich müde", wich ich ihm aus. „Ich denke, ich gehe auch ins Bett."

„Spät?", lachte Luke, „es ist gerade mal viertel nach neun. Warum habe ich das seltsame Gefühl, dass du mir seit zwei Tagen versuchst aus dem Weg zu gehen?!"

„Das bildest du dir nur ein", behauptete ich und blieb stehen, um meinen Worten mehr Ausdruck zu verleihen.

„Wie geht es deinem Po? Tut er immer noch weh?", erkundigte er sich und kam weiter auf mich zu.

„Es geht ein bisschen besser. Das Eis hat geholfen. Danke dafür."

„Nichts zu danken", antwortete er und blieb vor mir stehen. „Was ist los? Hast du dir das mit uns anders überlegt? Wenn ja, muss ich dich leider enttäuschen, denn ich bin wild entschlossen dich zu erobern", hauchte er dicht an meinem Ohr und legte gleich darauf seine Lippen auf meinen Hals.

Oh mein Gott, das fühlte sich so unglaublich gut an. Wie konnte ich ganze zwei Tage auf dieses wunderbare Gefühl verzichten, fragte ich mich im Stillen. „Nein, ich habe es mir nicht anders überlegt", stöhnte ich unter seiner Berührung. Als würde mich ein Blitz durchzucken, überwältigte mich seine Hitze und ließ mich in Flammen aufgehen. „Ich habe nur versucht es ein bisschen langsamer anzugehen", würgte ich mühselig hervor, während er sich an mich drängte und sich von meinem Hals zu meinen Lippen vorarbeitete.

„Langsamer? Vergiss es, nicht heute Nacht. Ich will dich, wollte dich schon vom ersten Moment an und heute Nacht werde ich dich bekommen", verkündete er resolut und nahm meinen Mund in Besitz.

Unter seiner Androhung, erbebte mein Körper und meine Hände glitten wie von selbst seine Arme empor, über seine Schultern hinweg, bis hin zu seinem Nacken, wo sich meine Finger verschränkten. Unsere Zungen begegneten sich in einem wilden Kampf. Mein Pulsschlag stieg stetig an und schien sich dem seinem anzupassen. Dieses unbändige Verlangen, jenes ich schon beim ersten Mal gespürt hatte, erfüllte mich in einer Intensität, die kaum zu ertragen war. Als hätte der Entzug der letzten beiden Tage dieses Gefühl nur noch verstärkt. Gierig presste ich mich an ihn und vergaß dabei alle Vorsicht. Mir war plötzlich alles egal. Ich wollte nur noch ihn. Und zwar Haut an Haut und ganz tief in mir.

Luke legte seine Hände unter meinen Po und hob mich an. Ich schlang meine Beine um seine Taille und klammerte mich an ihm fest. So lief er mit mir aus der Küche und trug mich in sein Schlafzimmer, das ich bis heute noch nicht betreten hatte. Der Raum war in Dunkelheit gehüllt. Nur das Licht der Außenbeleuchtung, das schwach durch die Fenster fiel, ließ erahnen, dass dieser Raum ebenso glanzvoll eingerichtet war wie der Rest des Hauses.

Zielsicher trug er mich zu einem großen Bett und ließ sich mit mir darauf nieder. Ganz langsam legte er sich auf mich und blickte mich an. Seine Augen schimmerten durch das wenige Licht wie Obsidian. Ungeduldig schob ich meine Hände unter seinen grauen Pullover und legte sie auf seinen muskulösen Rücken. Luke stöhnte unter meiner Berührung auf und murmelte: „Vielleicht wäre es besser, ich würde dich fesseln, denn wenn das so weitergeht, ist das hier schneller vorbei als mir lieb ist."

Ich kicherte über seine Drohung und reagierte darauf, indem ich ihm den Pullover über den Kopf zog und ihn achtlos neben das Bett fallen ließ. Genüsslich erforschten meine Finger jeden Zentimeter seines stählernen Ober-körpers. Die leichte Ansammlung von dunklem Haar auf seiner Brust, setzte sich in Form eines Streifens fort und verschwand genau an der Stelle seiner Hose, die meinen Blick magisch anzog.

Luke revanchierte sich und knöpfte die dunkelrote Wolljacke auf, unter der ein gleichfarbiger Spitzen-BH zum Vorschein kam. „Ich will dich sehen", wisperte er und tastete mit einer Hand durch die Dunkelheit, bis er den Lichtschalter seiner Nachttischlampe fand. Die kleine Messinglampe erfüllte das Zimmer mit einem sanften, goldenem Licht, das sich warm über Lukes Haut ergoss und ihr einen zarten Schimmer verlieh. „Du bist so wunderschön", hauchte er und strich ehrfürchtig mit seinen Fingerspitzen über meinen Brustansatz. Langsam senkte sich sein Gesicht und seine Zunge begann den Rand meines BHs nachzuzeichnen.

Zwischen meinen Beinen pulsierte es und ich verzehrte mich mit jedem Moment mehr nach ihm. Als er begann, durch den dünnen Stoff hindurch an meinen ohnehin harten Brustwarzen zu saugen, schrie ich lustvoll auf. Meine Finger krallten sich an seinen Schultern fest und ich bog mich ihm auffordernd entgegen. Der Mann meiner Begierde verstand meine Aufforderung, streifte mir mein Oberteil mitsamt BH ab und beförderte beides außer Reichweite. Kaum war dies geschehen, fand seine Hand den Weg zu meiner Brust, die er gekonnt mit den Fingern reizte. Sein Mund nahm den meinen in Besitz und küsste mich hungrig. Es war kaum noch auszuhalten. Mein ganzer Körper schrie förmlich nach ihm, während sich zwischen meinen Beinen so viel Feuchtigkeit sammelte, dass sich mein Höschen vermutlich schon damit vollgesogen hatte. Da ich dringend erlöst werden wollte, nestelte ich ungeduldig an seiner Hose. Ich konnte mich nicht davon abhalten, mich dabei an seinem Oberschenkel zu reiben, der zwischen meinen Beinen lag. Doch kaum hatte er begriffen was ich vorhatte, entzog er sich meinen Händen und stand auf. Erst wollte ich protestieren, doch dann erkannte ich, dass er mir die Arbeit erleichterte, indem er seine Hose zusammen mit seiner enganliegenden Short und den Socken abstreifte. Maßlos erregt sog ich scharf die Luft ein, denn erst jetzt sah ich wie verflucht groß er war. Größer wie all die Männer vor ihm.

Luke schien nicht zu entgehen, wohin ich mit großen Augen starrte. „Keine Sorge, ich werde vorsichtig sein", raunte er und kam wieder zu mir, um mich ebenfalls vom Rest meiner Kleidung zu befreien.

Es war seltsam. Trotz, dass er nicht mein erster Mann sein würde, war ich nervös. Doch im völligen Gegensatz, konnte ich es kaum erwarten, ihn endlich in mir zu spüren. Deshalb spreizte ich einladend meine Beine und sah ihm dabei zu, wie er sich dazwischen kniete und seinen Blick von meinem Venushügel abwärts gleiten ließ.

***

Luke konnte sich bei dem Anblick, der sich ihm bot, kaum sattsehen. Chloé lag, so wie Gott sie geschaffen hatte, vor ihm und spreizte verlockend die Beine. Sie war komplett glattrasiert, was ihm freie Sicht auf das köstliche rosa Fleisch gewährte, welches durch die Feuchtigkeit verführerisch glitzerte. Ihr süßer Duft nach Pfirsichen hatte sich im Raum ausgebreitet und vermischte sich mit dem Geruch von Lust. Nervös zog sie die Unterlippe zwischen die Zähne, die kurz darauf ebenso feucht glänzend und leicht gerötet wieder zum Vorschein kam.

Ganz langsam ließ er sich auf ihr nieder, hielt dabei ihren Blick mit dem seinen gefangen und strich mit seiner Hand über ihre Hüfte, die dann weiter nach oben wanderte bis sie das feste Fleisch ihrer Brüste erreicht hatte. Zur gleichen Zeit positionierte er sich vor ihrem Eingang und rieb leicht mit seiner Spitze daran. Als Chloé sich ihm stöhnend entgegendrängte, schob er sich langsam in sie. Stückchen für Stückchen, um ihrem Körper die Zeit zu geben, sich an ihn zu gewöhnen. Dabei reizte er sie weiter. Er ließ seine Zungenspitze um ihre festen Knospen kreisen und genoss das prickelnde Gefühl, das sich überall dort ausbreitete, wo sie sich berührten. Doch dann geschah etwas womit keiner von ihnen gerechnet hatte.

***

Als Luke in mich eindrang, hielt er sein Versprechen und war sehr vorsichtig und zärtlich, doch etwas veränderte sich, als er mich völlig ausfüllte. Eine gewaltige Hitzewelle breitete sich zwischen meinen Beinen aus, die so erregend war, dass ich mit dem ersten Stoß von Luke schreiend zum Höhepunkt kam. Jedoch nicht alleine, Luke kam im selben Augenblick und warf mit einem Brüllen den Kopf in den Nacken. Anstatt zu erschlaffen und sich aus mir zurückzuziehen, atmete er kurz durch und begann, immer noch voll erregt, sich von neuem in mir zu bewegen. Ich konnte nicht anders und passte mich seinen rhythmischen Bewegungen an. Genoss das dehnende Gefühl zwischen meinen Beinen und das Feuer, das mich zu verschlingen drohte.

Schon bald hatte ich jeden Zweifel daran, ob ich ihn in mir aufnehmen könnte, vergessen und trieb ihn unter hemmungslosen Stöhnen an. „Bitte Luke...fester...ich", zu mehr kam ich nicht mehr, denn da rollte schon mein zweiter Orgasmus über mich hinweg. Luke folgte mir nur Sekunden später. Wie von Sinnen stieß er weiter zu und tat mir damit sogar einen Gefallen. Der Hunger auf ihn schien kaum nachzulassen und das Pochen zwischen meinen Beinen war kaum abgeflaut. Wie eine Nymphomanin riss ich meine Beine nach oben und legte sie über seine Schultern, damit er noch tiefer in mich eindringen konnte. Luke reagierte, brachte sich in eine stabilere Position, packte mich bei den Hüften und bewegte sich weiter. Damit sorgte er für unseren dritten Höhepunkt, der so heftig war, dass sich meine Beine taub anfühlten und ich Sternchen vor den Augen blitzen sah. Als meine Muskeln ihn endlich frei gaben, machte auch Luke den Eindruck, als wäre er fürs Erste befriedigt und glitt schwer atmend aus mir, um sich neben mich zu legen. Beide starrten wir an die weiß gestrichene Decke und versuchten zu begreifen, was eben mit uns passiert war.

„Geht es dir gut?", wollte Luke von mir wissen, als er wieder zu Atem gekommen war.

„Ehrlich gesagt, ging es mir noch nie besser", gestand ich und drehte mich zur Seite, um ihn ansehen zu können. „Ist bei dir alles okay?", fragte ich ihn zurück.

Kleine Schweißperlen standen auf seiner Stirn.

„Wunderbar! Ich kann mich nicht daran erinnern, schon einmal so fantastischen Sex gehabt zu haben. Und glaube mir, ich hatte schon so einigen." Er wandte sich mir ebenfalls zu und strich sanft mit seinen Fingern über meine Hüfte.

„Danke für den Hinweis, aber es gibt Dinge, die eine Frau nicht unbedingt wissen will", ermahnte ich ihn, was mir nur ein Zucken seiner Mundwinkel einbrachte.

„Eifersüchtig?", wollte er spöttisch wissen.

„Eingebildet?", beantwortete ich seine Frage keck mit einer Gegenfrage.

Er lachte auf und erwiderte: „Glaub mir, das eben war der beste Sex in meinem Leben. Mit dir hat sich das alles völlig anders angefühlt. Viel intensiver. Erregender. Heißer." Er schenkte mir ein spitzbübisches Lächeln. „Gott steh mir bei, aber du wirst mein Untergang sein", prophezeite er mir und küsste mich liebevoll.

„Ich muss dir zustimmen", sagte ich, nachdem er meine Lippen wieder freigegeben hatte. „Das war unbeschreiblich. So, als wären wir füreinander geschaffen worden."

„Das beschreibt es ganz gut und wer weiß, vielleicht sind wir das ja."

„Ja, wer weiß", murmelte ich und ließ mich zurück auf meinen Rücken rollen. Für einen Moment kam mir die Warnung meiner Tante in den Sinn und die Bitte, mich von Luke fernzuhalten, bis sie mir meine Frage beantworten könnte. Doch ich schob den Gedanken schnell wieder beiseite. Jetzt war es ohnehin zu spät, um sich den Kopf darüber zu zerbrechen, und zudem war nichts Weltbewegendes passiert, außer, dass ich den besten Sex meines Lebens hatte.

„Ich sollte jetzt in mein eigenes Bett gehen, sonst geraten wir morgen früh in Erklärungsnot, wenn Mia mich hier findet. Es wundert mich sowieso, dass sie von unserem Geschrei nicht wach geworden ist."

Luke lachte. „Keine Angst, Mia hat einen tiefen Schlaf. Zudem hätte ich sie rechtzeitig gehört."

„Ach! Tut mir leid, aber das bezweifle ich stark, denn du warst eindeutig zu sehr abgelenkt", konterte ich und setzte mich auf.

„Eigentlich möchte ich nicht, dass du jetzt gehst", gestand Luke und setzte sich ebenfalls auf.

„Ich hätte auch nichts dagegen, in deinen Armen einzuschlafen, doch es ist besser so. Wenn hieraus etwas Ernsteres werden sollte, wäre es wichtig dies Mia schonend beizubringen und ihr nicht vor den Kopf zu stoßen, indem ich morgens in deinem Bett liege."

„Dagegen kann ich nicht einmal etwas einwenden. Außerdem rechne ich es dir hoch an, dass du dich so um Mia sorgst. Doch eins, Chloé, sollst du noch wissen, bevor du gehst."

„Und das wäre?"

„Ich würde mir wünschen, dass das mit uns etwas Ernstes wird."

Mit diesen Worten zog er mich an sich und küsste mich voller Hingabe. Meine Brüste berührten seinen Oberkörper und ich reagierte sofort wieder auf ihn. Diese sinnliche Berührung reichte aus, um mich von neuem in Brand zu setzen. Stöhnend kletterte ich auf seinen Schoß und spürte, dass auch er nicht ungerührt blieb, denn der Beweis dafür streckte sich mir einladend entgegen.

Luke knabberte an meiner Unterlippe, bevor er sich von mir löste und keuchend hervorpresste: „Du solltest jetzt wirklich gehen, bevor ich erneut die Beherrschung verliere."

Ich spürte den Widerwillen in seinen Worten und die Abneigung mich von seinem Schoß zu schieben, doch er tat es trotzdem. Schnell sammelte ich meine Sachen zusammen, solange ich selbst noch die Kraft dafür besaß, schlüpfte in meine Unterwäsche und klemmte mir den Rest unter den Arm. So lief ich zur Tür und wandte mich noch ein letztes Mal um. „Schlaf gut, Luke, und schöne Träume."

„Das wünsche ich dir auch", erwiderte er.

Somit schlüpfte ich aus der Tür und huschte über den Flur in mein Zimmer.

KAPITEL 9

Als Luke am Morgen erwachte, war das erste woran er denken musste Chloé. Der Abend mit ihr war so unbeschreiblich gewesen. Sie hatte vor Sexappeal nur so gestrahlt und ihn mit ihren Reizen in ihren Bann gezogen. Chloé war eine äußerst seltene Schönheit, das war ihm vom ersten Moment an klar gewesen. Doch sie hatte noch so viel mehr zu bieten und hatte ihn am vergangenen Abend geradezu überrascht. So sehr wie Chloé hatte ihn noch keine andere Frau erregt. Er hatte sogar dagegen ankämpfen müsste, ihr nicht während des Orgasmus die Zähne in den Hals zu schlagen. Ohne es zu wollen, waren diese plötzlich hervorgetreten und er hatte sich nur mit Mühe unter Kontrolle halten können. Zu seinem Glück war Chloé von ihren eigenen Orgasmen so berauscht und abgelenkt gewesen, dass sie von alldem nichts mitbekommen hatte.

Tja und das war ein echtes Problem. Nicht, dass sie seinen Zustand nicht bemerkt hatte, sondern, dass sie prinzipiell nicht wusste, was er war. Wenn er etwas Ernsthaftes mit Chloé beginnen wollen würde, müsse er sich überlegen, ob es nicht besser wäre, sie in sein Geheimnis einzuweihen. Der Gedanke daran erfüllte ihn mit Furcht. Schließlich wusste er nicht, wie sie reagieren würde. Es wäre durchaus möglich, dass sie sein Wesen nicht als selbstverständlich betrachtete und die Flucht ergriff. Natürlich war sein Zustand alles andere als normal, das wusste er selbst. Trotzdem fühlte er sich zum größten Teil immer noch genauso menschlich wie vor seiner Wandlung.

Er vernahm das Tippeln kleiner nackter Kinderfüße. Kurz darauf wurde die Türklinke seiner Zimmertür betätigt. Mia schlich ins Zimmer und Luke tat so, als würde er noch schlafen. Erst als Mia in sein Bett geklettert war, schlug er die Augen auf und begann sie zu kitzeln, sodass sie unter seinem Angriff nur so gluckste.

„Guten Morgen, du bist ja schon wach", meinte er und entließ sie aus seinem Kitzelangriff.

„Guten Morgen Papa, ich konnte nicht mehr schlafen. Ich habe Hunger. Können wir frühstücken?"

„Aber selbstverständlich. Ich ziehe mir schnell was an und dann frühstücken wir gemeinsam. Du solltest dir auch etwas Anziehen", wies er Mia an.

„Okay. Kann Chloé heute mit uns frühstücken?", wollte sie wissen.

„Ich denke schon, vorausgesetzt sie ist schon wach", er setzte sich auf und streckte sich, um die letzte Schläfrigkeit zu vertreiben. „Na, dann lass uns mal zur Tat schreiten." Luke stieg aus dem Bett und lief zu seinem Kleiderschrank. Mia schob er auf dem Weg dorthin zur Tür hinaus, damit sie sich ebenfalls anzog. Bepackt mit frischer Kleidung verschwand er im Bad, um sich für den Tag frisch zu machen.

In der Küche saß Mia schon wartend auf ihrem Platz an dem Glastisch, der mit sechs schwarzen Lederstühlen ausgestattet war. Sie schaukelte ungeduldig mit den Beinen, als Luke hereinspazierte.

„Wie wäre es, wenn du nicht nur auf dein Frühstück warten würdest, sondern beim Tischdecken hilfst", forderte er seine Tochter auf, die missmutig vom Stuhl rutschte und zur Küchenzeile schlenderte.

„Ich komme aber nicht an die Teller", nörgelte sie.

„Da kann ich Abhilfe schaffen", erwiderte er und reichte ihr drei Teller von dem Regal, als ihn das Telefon im Wohnzimmer aufschrecken ließ. „Mach schon mal mit dem weiter, was du alleine kannst", sagte er zu Mia und lief dem Klingeln entgegen, um den Anruf entgegenzunehmen. Ihm war zwar schleierhaft, wer ihn am Sonntagmorgen schon anrief, doch das würde er gleich erfahren. Im Wohnzimmer griff er nach dem Hörer und nahm den Anruf an.

„Williams am Apparat", meldete er sich und lief mit dem Hörer in der Hand zurück in Richtung Küche.

„Hier ist Louanne Moreau. Guten Morgen, Mr. Williams. Entschuldigen Sie die Störung, aber könnte ich mit meiner Nichte Chloé sprechen?"

„Guten Morgen, Mrs. Moreau. Selbstverständlich. Ich sehe rasch nach, ob sie schon wach ist. Einen Moment bitte."

„Danke, das ist sehr nett von Ihnen."

Luke bog erst gar nicht in die Küche ab, sondern lief weiter zu Chloés Tür, wo er zaghaft anklopfte und die Türklinke herunterdrückte. Als er den Kopf ins Zimmer streckte, kam sie gerade aus dem Bad und strahlte über das ganze Gesicht. Schnell schlüpfte er hinein und schloss die Tür hinter sich.

„Guten Morgen, du Schönheit", begrüßte er sie und gab ihr einen schnellen Kuss auf die Lippen, um nicht zu sehr in Versuchung geführt zu werden.

„Guten Morgen. Was verschafft mir die Ehre deines

Besuchs. Schläft Mia noch?", wollte sie wissen und ließ ihre Finger über seine Brust gleiten.

„Nein, sie ist in der Küche und deckt den Tisch für das Frühstück. Deine Tante ist am Telefon und möchte mit dir reden. Wenn du fertig bist, kannst du dich ja zu uns gesellen."

***

Erst jetzt fiel mir auf, dass Luke das Telefon in der Hand hielt. Er überreichte es mir und ich erwiderte: „Danke, das mache ich." Ich blickte Luke nach, als er das Zimmer verließ und hob erst dann den Hörer an mein Ohr. „Guten Morgen, Louanne, ich hoffe, du hast gute Neuigkeiten."

„Guten Morgen, Süße. Ja und nein. Welche Neuigkeiten dürfen es denn zuerst sein? Die guten oder die schlechten", erkundigte sie sich bei mir.

„Fang mal mit den guten an", bat ich.

„Also, dann das Beste zuerst. Zoé hat sich mit ihrem Freund Jacob verlobt und sie wird nächste Woche zu ihm ziehen."

„Wow, das sind wirklich tolle Neuigkeiten. Sag ihr liebe Grüße und dass ich ihr gratuliere."

„Ja, mach ich. Was deine Frage bei unserem letzten Telefonat angeht, war ich auch erfolgreich. Jedoch weiß ich nicht, ob dir die Antwort darauf sonderlich gefällt", gestand Louanne.

„Das weiß ich auch nicht, aber lass mal hören", forderte ich sie auf und ging zu meinem Sofa, um mich darauf niederzulassen.

„Ich habe in den alten Büchern, die auf dem Dachboden liegen, nachgesehen und bin auf etwas gestoßen, was genau deiner Beschreibung entspricht. Es sind sehr alte Aufzeichnungen, die darauf hinweisen, dass dieses Phänomen schon seit Menschengedenken auftritt. Anscheinend nicht sehr häufig, aber es kam wohl immer wieder vor. In den Schriften ging es in einem Beispiel auch um zwei Personen, die sich bereits beim ersten Sichtkontakt zueinander hingezogen fühlten. Als sie sich berührten passierte das gleiche, was du mir beschrieben hast. Beide empfanden diese unglaubliche Hitze und sexuelle Anziehungskraft."

„Und was genau war der Auslöser?", hakte ich neugierig nach.

„Na ja, dir ist mit Sicherheit das Sprichwort bekannt, dass Gegensätze sich anziehen?!"

„Ja, aber was hat das damit zu tun?"

„Es wird in dem Buch über die große und einzig wahre Liebe gesprochen, was aber nicht der einzige Grund dafür ist."

„Ich kapiere immer noch nicht, auf was du hinauswillst. Könntest du bitte mal auf den Punkt kommen", trieb ich sie an.

„Na schön. Bei den beiden beschriebenen Personen hat es sich nicht um Menschen gehandelt, sondern um eine Elfe und einen Werwolf."

„Was?", schrie ich fassungslos ins Telefon, „das soll wohl ein Scherz sein?"

„Nein, tut mir leid. Ich habe noch weitergeforscht, um auf Nummer sicher zu gehen, aber es handelte sich bei allen aufgezeichneten Fällen, um Personen unterschiedlicher Spezies. Die unterschiedlichen Fähigkeiten scheinen einander geradezu magisch anzuziehen und sich verbinden zu wollen. Stell es dir ein bisschen wie eine chemische Reaktion vor. Jeder einzelne von ihnen ist schon stark und dessen Gabe beeindruckend, doch zwei vereint von unterschiedlicher Abstammung und mit verschiedenen Fähigkeiten sind geradezu unbezwingbar."

„Du meine Güte", keuchte ich und richtete mich auf. „Das kann doch nicht dein Ernst sein."

„Leider doch. Das wäre somit die Stelle, an der ich dir empfehlen würde, dein Schnuckelchen zu fragen, was er ist."

„Worauf du Gift nehmen kannst", bestätigte ich.

„Und als wäre das nicht schon genug, muss ich noch eins obendrauf setzen", fuhr sie fort.

„Was denn noch?", seufzte ich mit müder Stimme und lehnte meinen Arm auf die Sofalehne, um meinen Kopf auf meiner Hand abstützen zu können, weil er sich plötzlich schrecklich schwer anfühlte.

„Wenn sich so ein Paar findet und vereinigt, gibt es kein Zurück mehr", eröffnete Louanne mir.

Mein morgendlicher Hunger war auf einen Schlag verflogen und mir wurde übel.

„Bitte, sag mir, dass du mit vereinigt ein spezielles Ritual meinst und nicht den sexuellen Akt."

„Leider muss ich dich schon wieder enttäuschen. Ich rede vom sexuellen Akt."

„Oh Gott!"

„Chloé, was hast du getan?", wollte meine Tante auf der Stelle wissen. „Sag mir nicht, dass du trotz meiner Warnung schon mit dem Kerl im Bett warst?!"

„Stell du mir keine Fragen, auf die du die Antwort nicht hören willst."

„Das werte ich als ein Ja", murrte Louanne. „Hast du deine Libido denn überhaupt nicht im Griff?"

„Hey, ich habe immerhin bis letzte Nacht durchgehalten. Hättest du schneller recherchiert und dich früher gemeldet..."

Louanne unterbrach mich. „Ich bin erst gestern Abend draufgestoßen und es war schon mitten in der Nacht, als ich endlich Klarheit hatte. Da hätte ich kaum noch anrufen können."

„Da wäre es ohnehin zu spät gewesen. Sag mir jetzt lieber, was in so einem Fall passiert."

„In diesem Fall seid ihr unweigerlich aneinander gebunden. Keiner kann lange ohne den anderen auskommen. Ihr seid aufeinander angewiesen. So wie Pflanzen auf Licht und Wasser. Der eine kann ohne den anderen nicht existieren."

„Wie soll ich das verstehen", hakte ich verwirrt nach.

„In den Büchern habe ich einen Eintrag gefunden, der davon handelt, dass man in einem Experiment versucht hat, ein solches Paar gewaltsam zu trennen, indem man sie in zwei unterschiedliche Räume in unterschiedliche Gebäude gesperrt hat. Erst geschah nichts, doch nach einigen Stunden traten Anzeichen auf, die an einen Entzug erinnerten. Unwohlsein, Schüttelfrost, Fieber, körperliche und seelische Unruhezustände und so weiter", listete Louanne mir auf. „Man hat das Experiment trotzdem fortgesetzt. Nach weiteren Stunden kamen Aggressionen dazu, die schlussendlich so massiv wurden, dass sie alles und jeden getötet hätten, der sich ihnen in den Weg gestellt hätte, um zu ihrem Partner zu gelangen."

„Nein, das kann nicht sein. Sowas würde ich nicht tun. Das ist verrückt", protestierte ich.

„Doch, wahrscheinlich schon. Man hat die Versuchsprobanden zeitgleich aus ihren Räumen befreit und fluchtartig die Gebäude verlassen. Sie folgten ihren Unterdrückern nicht, sondern suchten den schnellsten Weg, um zu ihrem Partner zu gelangen. Schon beim ersten Kontakt fielen sie übereinander her wie zwei Süchtige. Als man sie geraume Zeit später wiederfand, waren sie wieder völlig normal. Konnten sich aber nicht mehr an ihren gewalttätigen Aussetzer erinnern. Jedoch konnten sie darüber berichten, wie schrecklich es gewesen sein musste, von ihrem Partner getrennt zu sein und was für Leiden sie durchleben mussten, bevor sie die Kontrolle über sich verloren haben."

Ich starrte schweigend vor mich hin und wusste nicht, was ich sagen sollte. Das waren eindeutig zu viele Informationen auf einmal. Was sollte ich jetzt tun? Ich würde nie wieder ohne Luke leben können und er ebenso wenig ohne mich. Und auf das alles hatten wir uns eingelassen ohne es zu wissen. Oder lag ich damit vielleicht falsch und er wusste zu dem Zeitpunkt bereits, was er tat? Schließlich hatte er davon gesprochen, wie magisch das zwischen uns sei.

„Chloé, bist du noch dran?", riss mich Louanne aus meinen Gedanken.

„Ja, das bin ich."

„Du solltest jetzt nicht den Kopf verlieren. Darf ich denn erfahren, um wen es geht?"

„Ja, aber nur unter einer Bedingung!"

„Und die wäre?"

„Du behältst das weiterhin für dich, bis ich weiß, wie es weitergeht."

„Na schön, aber du musst mir versprechen, dass du mich anrufst, falls du mich brauchst. Wenn nötig komme ich so schnell wie möglich zu dir, aber wenn deine Mutter davon erfährt und glaubt, ich hätte dich im Stich gelassen, kann ich mir gleich die Kugel geben. So viele Abwehrzaubersprüche gibt es gar nicht, wie ich dann brauchen würde."

„Abgemacht!", stimmte ich zu und eröffnete ihr: „Es ist Mr. Williams."

„Au Backe!"

„Hör zu Louanne, ich muss jetzt Schluss machen. Danke, dass du dich für mich schlau gemacht hast und ich melde mich wieder bei dir."

„Ist gut. Pass bitte gut auf dich auf", bat sie noch, bevor wir uns verabschiedeten und auflegten.

Achtlos ließ ich das Telefon neben mir auf dem Sofa liegen. Wie benommen stand ich auf und machte mich auf den Weg zur Küche, wo ich Luke und Mia fand. Die beide saßen am Tisch und sahen so aus, als hätte ihnen ihr Frühstück bereits geschmeckt.

„Da bist du ja endlich. Du bist zu spät. Wir haben schon gefrühstückt, weil du nicht gekommen bist", nörgelte Mia und sah mich vorwurfsvoll an.

„Das macht nichts. Ich habe sowieso keinen Hunger", erwiderte ich und fügte hinzu: „Mia, würdest du bitte in dein Zimmer gehen und dort warten, bis dein Papa zu dir kommt? Ich muss etwas mit ihm besprechen, was sehr wichtig ist."

„Also gut, wenn es unbedingt sein muss", erwiderte sie, stand auf und tapste davon. Ich wartete, bis ich ihre Tür zugehen hörte und fixierte Luke unentwegt mit meinem Blick.

„Ist was passiert? Du siehst aus, als wäre jemand gestorben", meinte er und erhob sich mit der Absicht auf mich zuzukommen.

„Bleib stehen", warnte ich ihn und hob abwehrend meine Hand, was in meinem Fall noch ganz andere Gründe hatte.

„Chloé, du liebe Güte, was ist denn?", meinte er und legte verwirrt die Stirn in Falten.

„Was bist du?", fragte ich direkt drauf zu.

„Wie bitte?"

„Oh, du hast mich schon richtig verstanden. Aber ich wiederhole es gerne nochmal. Was bist du?"

„Wie kommst du auf die Idee, mich zu fragen, was ich bin. Du weißt, wer ich bin", konterte er und stellte somit auf dumm. Aber so leicht ließ ich mich nicht abwimmeln

„Ich habe auch nicht gefragt wer, sondern was du bist?"

„Chloé, ich...", begann er wieder und wollte auf mich zukommen, doch dieses Mal war es um meine Geduld geschehen. Ich wollte Antworten und zwar sofort und ich würde sie auch bekommen.

Auf dem Frühstückstisch stand ein kleines, brennendes Teelicht, das ich mir zu Nutzen machte. Gekonnt drehte ich meine Hand und befehligte mit der Kraft meines Geistes das Feuer, welches im Bruchteil einer Sekunde auf meiner Hand in Form eines Feuerballs erschien.

Luke blieb auf der Stelle stehen und keuchte vor Entsetzen auf.

„Vielleicht beliebt es dem Herrn jetzt, mir zu sagen, was er ist?"

„Du bist eine Elementarhexe", stellte er fassungslos fest.

„Gut erkannt, aber wir waren bei dir und nicht bei mir", forderte ich ihn erneut auf.

Für einen Moment rührte er sich nicht, doch plötzlich öffnete er seinen Mund und lange, scharfe Eckzähne schoben sich aus seinem Kiefer.

„Ach du Scheiße. Du bist ein Vampir."

Jetzt ergab auch Prues Geschichte mit der Blutbank einen Sinn. Schließlich war das die einfachste Möglichkeit für einen Vampir, um an Blut zu gelangen, wenn er nicht ständig Menschen anfallen wollte.

„Nimm bitte die Feuerkugel runter und lass uns reden. Ich weiß nicht was geschehen ist, aber du solltest wissen, dass ich dir nichts tue", bat Luke.

Ich lachte bitter auf. „Nicht, dass du sowieso keine Chance gegen mich hättest", meinte ich herausfordernd, ließ meine Hand aber dennoch sinken und die Kugel verschwand.

„Wie bist du darauf gekommen, dass ich kein Mensch bin", wollte er von mir erfahren."

„Nachdem, was sich zwischen uns zu Beginn schon entwickelt hatte, habe ich meine Tante um Rat gebeten. Sie ist ebenfalls eine Hexe, wie auch der Rest meiner Familie", gab ich zu und lehnte mich gegen die Kochinsel.

„Warum wundert mich das gerade nicht", seufzte er und fuhr sich mit der Hand durchs Haar.

„Sie ist auf alte Schriften gestoßen. Und nun will ich von dir wissen, ob du davon wusstest?"

„Ob ich was wusste?"

Ich erzählte ihm all das, was Louanne mir vor Kurzem erzählt hatte und wurde mit fortschreiten meiner Geschichte immer lauter.

„Ist dir eigentlich klar, was das bedeutet? Wir haben vergangenen Abend unsere Zukunft besiegelt und ich hatte noch nicht beschlossen, ob du darin dauerhaft vorkommst. Doch jetzt habe ich keine Wahl mehr. Ich bin dazu verdonnert, bis an mein Lebensende mit dir zusammen zu sein. Ob ich das will oder nicht, wurde ich ja nicht gefragt", schrie ich ihn an und spürte, dass sich Tränen in meinen Augen sammelten, die ich blinzelnd versuchte zurückzuhalten.

„Chloé, ich schwöre dir, ich wusste von alldem nichts. Mir waren Geschichte über die einzig wahre Liebe bekannt, die sich meine Spezies erzählen. Doch diese habe ich immer für harmlose Märchen gehalten. Von dem was du mir eben erzählt hast, habe ich noch nie etwas gehört. Trotzdem kannst du das, was du da eben gesagt hast, doch nicht wirklich ernst meinen. Das was zwischen uns war und ist und von nun an sein wird, ist so besonders, dass wir uns beide mit Sicherheit dafür entschieden hätten. Ich habe dir gestern bereits gesagt, dass ich mir wünschen würde, dass das zwischen uns etwas Ernstes wird und das habe ich auch so gemeint", redete er mit ruhiger Stimme auf mich ein und kam erneut auf mich zu.

„Bleib stehen", warnte ich ihn erneut und ob meine Hand.

„Bitte, Chloé, ich sehe doch, wie durcheinander du bist. Lass dich von mir trösten und uns gemeinsam eine Lösung für unser Problem finden."

„Ach, eben behauptest du noch, du hättest dich ohnehin dafür entschieden und jetzt plötzlich ist es ein Problem für dich", bellte ich zurück. „Falls du es noch nicht begriffen hast, es gibt keine Lösung für unser Problem. Zudem, vielleicht hast du das gestern nur gesagt, weil du bereits unter dem Einfluss des Bannes standest."

„So habe ich das nicht gemeint und das weißt du auch. Und was deine Vermutung anbelangt, halte ich sie für völligen Quatsch. Ich weiß, was ich gefühlt habe und zwar schon vor gestern Abend."

„Du kannst nicht mit Sicherheit wissen, ob diese Gefühle echt waren oder schon durch diesen Bann ausgelöst wurden", schrie ich ihn an, „weil du es nämlich gar nicht merken würdest."

„Mein Gott, Chloé. Wie kommst du nur auf so eine Behauptung und warum streitest du die Gefühle zwischen uns ab? Hast du solche Angst davor, es einfach zuzulassen und dir das zwischen uns einzugestehen?"

Ich war nicht mehr in der Lage zu antworten. Meine Dämme, die ich bis eben aufrechterhalten hatte, brachen und eine Flut von Tränen rollte über meine Wangen. Da ich mir diese Blöße nicht geben wollte, dass Luke mich weinen sah, stürmte ich aus der Küche, den Flur entlang und die Treppe hinunter. Das alles war einfach zu viel für mich. Das neue Wissen, Lukes Worte, die ganze Situation. Ich musste hier raus, soviel war klar. Ohne auf Lukes Rufe zu hören, rannte ich immer weiter.

***

Luke wollte ihr nachlaufen, doch als er hinter sich ebenfalls ein Schniefen vernahm, drehte er sich um und entdeckte Mia, die in ihrem Türrahmen stand. Auch ihr liefen Tränen über das Gesicht. „Geht Chloé jetzt wieder weg?", fragte Mia, als sie bemerkte, dass sie von ihrem Vater entdeckt wurde und spielte verunsichert an der Schleife ihres roten Kleides, das mit kleinen weißen Blümchen übersät war.

„Nein, mein Schatz", antwortete er und ging schnurstracks auf sie zu. „Ich gehe mal davon aus, dass du unsere kleine Meinungsverschiedenheit gehört hast", mutmaßte er und ging vor ihr in die Hocke.

Mia nickte. „Ist sie böse auf mich? Habe ich was falsch gemacht? Ich habe mich doch dieses Mal so angestrengt", schluchzte sie. „Weißt du Papa, ich mag Chloé und will nicht, dass sie wieder geht."

„Oh Gott, nein. Meine kleine, süße Prinzessin, sie ist nicht böse auf dich und du hast auch nichts falsch gemacht", versicherte Luke seiner Tochter und nahm sie auf den Arm. Erleichterung durchzuckte ihn, da er anhand ihrer Frage wusste, dass sie vom Inhalt des Streits nichts mitbekommen hatte. „Wir haben uns nicht wegen dir gestritten. Dieses Mal hat es dein Papa verbockt. Allerdings nicht absichtlich. Aber ich verspreche dir, dass ich versuchen werde, alles wieder ins Lot zu bringen. Ich mag Chloé nämlich auch und will ebenso wenig, dass sie wieder geht."

Bei diesem Gedanken verspürte er einen Stich in seinem Herzen und zum ersten Mal wurde ihm bewusst, wie ernst die Lage war. Nicht, dass er auch unter normalen Umständen um sie gekämpft hätte. Doch die jetzige Situation verkomplizierte alles nur noch mehr. Wenn all das, was Chloé gesagt hatte, stimmte, war sie seine Auserwählte. Die Frau nach der er sich schon sein ganzes

Leben verzehrt hatte und für die er töten würde. Luke versuchte die Fassung zu wahren, wusste aber, dass er Chloé zur Vernunft bringen musste. Eigentlich lag die Lösung sogar auf der Hand, doch dazu musste er mit Feingefühl an sie herantreten.

„Jetzt kümmern wir uns erst mal um dich und deine tropfende Nase. Danach schauen wir nach Nora und bringen sie um ihren freien Tag, damit du untergebracht bist, während ich Chloé zurückhole. Okay?", schlug er seiner Tochter vor, die eifrig nickte.

***

Wie von Zauberhand gesteuert, rannte ich nach draußen und zu den Ställen. Mein Blick war von den Tränen getrübt, die ich einfach nicht unter Kontrolle bekam. Über mir brauten sich bereits dicke Wolken zusammen und ein heftiger Wind zog auf. Daran war ich schuld, das wusste ich, konnte es dennoch nicht verhindern. Wenn eine Elementarhexe einen Gefühlsausbruch hatte, spiegelte sich das sofort im Wetter wider. Das bezog sich zwar nur auf einen gewissen Umkreis, konnte aber unter Umständen ziemlich heftig ausfallen.

Vor dem Stall erkannte ich Linus, der mit drei Pferden, die er an den Zügeln hielt, davorstand und verdutzt zum Himmel schaute. Als er mich bemerkte murrte er: „So ein Mistwetter. Eigentlich wollte ich die drei gerade auf ihre Koppel bringen, aber ich schätze, das kann ich fürs Erste vergessen." Erst jetzt ließ er seinen Blick sinken und sah direkt in meine Richtung. „Chloé, du lieber Himmel, was ist denn passiert?"

Snowflake war unter den drei Pferden und in dem Moment, als ich ihn erreichte, griff ich mir die Zügel, riss sie ihm aus der Hand und schwang mich auf ihren Rücken.

„Chloé, verdammt, bist du völlig übergeschnappt?", schrie Linus gegen das heulen des Windes an und versuchte mich davon abzuhalten, mit Snowflake davonzureiten, hatte jedoch keine Chance, weil er nicht einen Moment mit meinem Handeln gerechnet hatte.

Snowflake bäumte sich unter dem ersten Grollen des Himmels auf, doch ich presste die Schenkel fest an ihren Körper, hielt mich an den Zügeln fest, versuchte die Melodie zu summen, um ihr die Angst zu nehmen, und gab ihr die Sporen. Sie preschte nach vorn und galoppierte los. Zwischenzeitlich zuckten Blitze über den Himmel. Tiefes Donnergrollen erfüllte den wilden Sturm, der nun von heftigem Regen erfüllt wurde.

Nachdem wir ein gutes Stück hinter uns gelassen hatten, zügelte ich Snowflake in ihrem Tempo und ließ sie im Schritttempo einfach laufen. Mir war egal, wohin sie mich brachte, Hauptsache ich war allein und weit weg von dem, was mein Leben so verheerend verändert hatte.

Wenn das, was meine Tante Louanne erzählt hatte, alles der Wahrheit entsprach, wäre mein Schicksal ab sofort besiegelt. Nie wieder könnte ich ohne Luke leben, geschweige denn etwas ohne ihn tun. Ein Besuch bei meiner Familie ohne ihn wäre undenkbar und auch sonst könnten wir uns vermutlich nicht voneinander trennen. Ohne mir dessen bewusst zu sein, hatte ich mich an ihn gekettet. Für immer.

Ich weinte bitterlich und war mit dem, was da in mir

tobte, völlig überfordert. Es fühlte sich an, wie ein Gewirr aus unendlich vielen Empfindungen, die ich nicht mehr voneinander trennen konnte.

Wie konnte das nur geschehen? Warum wurde ich durch Magie an einen Menschen, nein, an einen Vampir gebunden, ohne mich aus eigenem Willen dafür oder dagegen entscheiden zu können? Natürlich war Luke attraktiv und der Sex mit ihm der Hammer gewesen, doch nun wusste ich, dass das alles nur Magie gewesen war. Ich selbst wusste nur zu gut, wie mächtig Magie sein konnte. Wie sollte ich also etwas Gutheißen, das gar nicht aus meinem Inneren stammte, sondern mir aufgezwungen wurde? Wie sollte ich mit einem Mann leben, der mich nur liebt, weil es die Magie so vorgesehen hatte und nicht, weil er es aus tiefstem Herzen tat? Warum war es mir verwehrt, mich mit einem Menschen aus reiner Liebe zu vereinen und nicht aus Zwang?

Meine Gedanken überschlugen sich unaufhörlich und ich glaubte, mein Kopf müsse explodieren. Deshalb tat ich das, was das einzige war, zu was ich in diesem Moment fähig war. Ich weinte weiter. Die Tränen auf meinen Wangen vermischten sich mit den Tropfen des Regens, der auf mich herniederprasselte. Mein verzweifeltes Schluchzen vereinigte sich mit dem Grollen des Donners, der über mir zu hören war. Und der Schmerz in meinem Innern spiegelte sich in den Blitzen wieder, die in unregelmäßigen Abständen über den dunklen Himmel zuckten.

Ich nahm nichts mehr um mich herum wahr, ließ mich einfach von Snowflake dahin tragen und stellte mir unentwegt ein und dieselbe Frage: Warum ich?

KAPITEL 10

Wie lange ich mit Snowflake unterwegs war, wusste ich nicht. Mein Zeitgefühl war mir in dem Chaos völlig abhandengekommen und meine Armbanduhr hatte ich am Morgen nicht angelegt. Ich war irgendwann müde und völlig erschöpft auf Snowflakes Rücken zusammengesackt und hatte mich an ihrem Hals festgeklammert. Immer noch fiel Regen vom Himmel, allerdings war es nur noch ein seichter Schauer. Auch mir gingen die Tränen allmählich aus, die ich über all die Zeit hinweg vergossen hatte. Der Wind hatte sich gelegt und auch sonst war Ruhe eingekehrt. Das hieß aber keineswegs, dass es mir besser ging. Es war eher so, dass all die Gefühle, die zuvor noch in mir getobt hatten, einer schrecklichen Leere gewichen waren. Ich fühlte mich so unglaublich leer und schwach, wie noch nie zuvor in meinem Leben. Ich spürte bereits, wie sehr ich Luke vermisste und kämpfte dennoch krampfhaft dagegen an. Einfach dieser Macht nachzugeben, war das letzte was ich tun wollte. Wenn ich Luke lieben sollte, dann wollte ich es meinetwillen tun und nicht, weil uns irgendeine magische Kraft auf ewig verbunden hatte. Also kämpfte ich unentwegt dagegen an. Leider war das einfacher gesagt als getan. Mir ging es immer schlechter und meine Gegenwehr wurde ebenfalls immer schwächer. Doch aufgeben war keine Option für mich. Ich versuchte mich auf Snoflakes gleichmäßige Schritte zu konzentrieren, klammerte mich weiter an ihrem warmen Hals fest, der das einzige war was mich wärmte, und hielt meine Müden Augen geschlossen.

Als ich Stimmen vernahm, bemühte ich mich, meine Augenlider zu öffnen, die so unendlich schwer waren.

„Gott im Himmel, am liebsten würde ich sie erwürgen, wenn ich nicht so unsagbar froh wäre, dass sie wieder da ist."

Ich erkannte Lukes Stimme, wollte mich aufsetzen und kehrtmachen, doch mein Körper versagte jeglichen Dienst. Mein ganzer Leib zitterte durch die Kälte wie Espenlaub und wollte mir einfach nicht mehr gehorchen.

„Snowflake muss den Weg zurückgefunden haben", hörte ich Linus sagen und spürte wie Snowflake gestoppt wurde.

„Du liebe Güte, Chloé, was hast du dir nur dabei gedacht mit Snowflake abzuhauen. Dieses Pferd ist unberechenbar", schimpfte Luke.

„Sie mag mich", murmelte ich kraftlos und spürte wie er meine Hand ergriff.

„Komm, ich bringe dich nach oben. Wenn du dich nur annähernd so fühlst wie ich, weiß ich, wie schlecht es dir geht. Außerdem bist du eiskalt und völlig durchnässt", kommentierte er, während er mich vom Pferd zog und auf seine Arme nahm.

So sehr ich es auch wollte, ich konnte mich nicht mehr dagegen wehren. Luke war wie ein Magnet, der nur für mich bestimmt war. Deshalb schmiegte ich mich einfach an ihn. Er war so wunderbar warm und sofort hüllte mich die Hitze, die von ihm auf mich überging, ein, als wäre sie mein Lebenselixier.

„Soll ich Ihnen mit Chloé helfen?", hörte ich Linus fragen.

„Nein, nicht nötig. Aber bitte versorgen Sie Snowflake. Sie wird nach dem Tagesausflug ebenso erschöpft sein."

„Natürlich! Wird sofort erledigt", versprach er und führte Snowflake in den Stall, was ich nur anhand ihres Hufgeklappers wahrnahm.

Luke lief los und ich öffnete langsam meine Augen und sah ihn an. Unter seinen Augen lagen dunkle Schatten und er sah völlig ausgezehrt aus. Sein Haar war feucht und stand wirr vom Kopf ab, als wäre er mehrfach mit der Hand hindurchgefahren.

„War ich wirklich den ganzen Tag weg?", hakte ich mit schwacher Stimme nach.

„Da wir bereits späten Nachmittag haben, würde ich deine Frage mit ja beantworten, du verrückte, kleine Hexe. Könnte ich noch altern, wäre ich heute um mindestens zehn Jahre gealtert. Als Linus zu mir kam und mir erklärte, dass du mit Snowflake davongeritten bist, bin ich völlig ausgerastet. Ich hatte solche Angst um dich. Schließlich hättest du dir den Hals brechen können. Wir haben dich überall gesucht, leider ohne Erfolg. Wärst du bis zum Einbruch der Dunkelheit nicht zurück gewesen, wären wir erneut losgezogen und ich hätte deine Familie informiert. Nur Linus hielt mich davon ab, es früher zu tun, weil er behauptete, dass du mit Snowflake umgehen könntest. Woher kannst du überhaupt so gut mit Pferden umgehen?"

„Die Ex-Frau meines Onkels hatte zwei Pferde", meinte ich leise.

Wir erreichten das Haus und sofort eilten uns Prue und Nora entgegen.

„Du meine Güte! Geht es ihr gut?", wollte Nora wissen.

„Es ging ihr schon besser, aber das wird schon wieder", antwortete Luke.

„Du hast uns einen riesen Schreck eingejagt", meinte Prue und lächelte mich mitfühlend an.

„Tut mir leid", gab ich zurück. „Das wollte ich nicht."

„Wo ist Mia?", erkundigte sich Luke.

„Sie sitzt hier unten in der Küche und trinkt Kakao", meinte Prue und wurde prompt eines Besseren belehrt.

„Chloé?", erklang es zaghaft hinter ihr.

Prue machte einen Schritt zur Seite und gab somit die Sicht auf Mia frei.

„Mia, ich habe dich doch gebeten in der Küche zu warten", ermahnte Nora sie, woraufhin ich meine Hand hob und sie auf Noras Arm legte, um sie zu unterbrechen.

„Luke, setz mich bitte ab", bat ich ihn und hätte mir im ersten Moment beinahe auf die Zunge gebissen, weil ich ihn im Beisein der anderen geduzt hatte. Doch letztendlich war das jetzt sowieso egal.

„Bist du dir sicher, dass du das schaffst?"

Ich nickte.

Vorsichtig stellte er mich auf die Beine und hielt mich vorsorglich am Arm fest. Ich winkte Mia mit einem Fingerzeig zu mir und ging vor ihr in die Hocke. Ohne zu zögern kam sie auf mich zu und schlang ihre Arme fest um meinen Hals. Ich erwiderte ihre Geste und drückte sie fest an mich.

„Ich dachte, du verlässt uns", flüsterte Mia mit zittriger Stimme an meinem Ohr.

„Nein, ich war nur wütend und durcheinander und habe etwas Zeit für mich gebraucht. Dabei habe ich völlig die Zeit vergessen. Du brauchst keine Angst zu haben. Ich bleibe hier", flüsterte ich zurück und drückte sie zur Bestätigung noch fester an mich.

„Chloé?", sagte sie dieses Mal etwas lauter.

„Was, meine Süße?"

„Du bist klitsche-klatsche-nass", erinnerte sie mich, woraufhin ich sie von mir schob und mir klar wurde, dass ich sie bei der Umarmung ebenfalls nass gemacht hatte.

„Du hast recht. Jetzt müssen wir uns beide trockene Sachen anziehen. Na komm", forderte ich sie auf und hielt ihr meine Hand hin, die sie lächelnd annahm.

Luke half mir wieder auf die Beine und gemeinsam steuerten wir auf die Treppe zu, über die wir nach oben gelangen würden.

„Mr. Williams, kann ich noch irgendwas für Sie tun?", erkundigte sich Nora.

„Nein, danke. Für heute habt ihr alle genug getan. Den Rest schaffen wir alleine", versicherte er mit einem Blick zurück und verschwand kurz darauf mit mir und Mia im Flur des ersten Stocks.

„Mia, geh dir bitte deinen Pyjama anziehen und leg dein nasses Kleid ins Bad. Ich bringe Chloé in ihr Badezimmer, damit sie sich bei einem heißen Schaumbad aufwärmen kann. Du kannst solange in deinem Zimmer spielen. Ich komme gleich zu dir", wies Luke seine Tochter an, als wir oben ankamen.

„Okay Papa", erwiderte sie artig und verschwand in ihrem Zimmer.

Luke führte mich in mein Bad, während er mich die ganze Zeit über an der Taille festhielt, um mich zu stützen. Auch, wenn ich immer noch wütend auf ihn sein wollte, war ich trotzdem froh, dass er hier bei mir war. Seitdem er bei mir war und ich zumindest ein wenig Körperkontakt zu ihm hatte, schienen meine Lebensgeister wiederzukehren. Dies ärgerte mich zwar, da ich den Grund dafür kannte, war aber für den Moment zweitrangig, da ich einfach wieder zu Kräften kommen wollte. In meinem derzeitigen Zustand würde ich mich nur schwer behaupten können. Ich war immer noch durchnässt und fror am ganzen Leib. Zudem spürte ich meine Kraft nur langsam zurückkehren. Vermutlich müssten wir schwerere Geschütze auffahren, um unsere Akkus schneller aufzuladen. Zumindest, wenn ich dem Glauben schenkte, was mir meine Tante Louanne am Telefon erzählt hatte, wovon sich bis jetzt ja leider alles bewahrheitet hatte.

Luke schloss die Tür hinter uns und zog mich augenblicklich in seine Arme. „Tu mir das nie wieder an", raunte er und begann mich stürmisch zu küssen.

Als hätte ich in eine Steckdose gefasst, durchfuhr mich seine Hitze und schüttelte den Rest meiner Labilität ab. Seine Hände griffen nach dem Saum meines smaragdgrünen Pullovers, der an meiner Haut klebte, und zogen ihn über meinen Kopf. Mit einem klatschenden Geräusch, fand er den Weg auf den Boden.

„Ich sollte eigentlich immer noch wütend auf dich sein", erwiderte ich, nachdem er meine Lippen wieder freigab.

„Und ich sollte dir für dein Verhalten den Hintern versohlen."

„Du willst dich doch nicht allen Ernstes mit einer Hexe anlegen, Raffzahn", piesackte ich ihn.

„Wie hast du mich eben genannt", meinte er empört.

Meine Mundwinkel zuckten und ich musste mich wirklich anstrengen, um nicht laut loszulachen. Sein entsetztes Gesicht animierte mich förmlich dazu. „Raffzahn", wiederholte ich.

„Oh, warte nur ab, du ungezogenes Hexlein. Das wird später Folgen haben", versprach er und öffnete mit einer Hand meinen BH, während seine andere zur Vorderseite wanderte, meinen Hosenknopf öffnete und zwischen meine Beine glitt.

Ich keuchte vor Überraschung auf, was im nächsten Augenblick in ein Stöhnen überging, und bog mich ihm entgegen.

„Ich werde dich später solange quälen, bis du mich um Erlösung anflehst", drohte er und tauchte mit zwei Finger in mich ein.

Wie eine Süchtige, die froh war, endlich ihren nächsten Schuss zu bekommen, ließ ich seine Berührungen bereitwillig zu. „Ich kann es kaum erwarten", gestand ich und drängte mich seiner Hand entgegen. Sein Mund legte sich um meine Brustwarze und begann zärtlich daran zu knabbern.

Dieser Mann brachte mich um meinen Verstand. Es war so berauschend mit Luke zusammen zu sein, dass ich in solchen Momenten all meine Ängste und Zweifel vergaß. Als wären wir ganz alleine auf der Welt und bräuchten nichts anderes außer einander. Gestern, Heute und Morgen existierten nicht mehr. Nur noch das Hier und Jetzt, in einer endlosen Dauerschleife, zählte, durchwoben von Lust, Erotik und Liebe.

Immer gieriger drängte ich mich seiner Hand entgegen, während Luke seinen Finger in meinem Inneren bewegte. Als er seinen Daumen zur Unterstützung auf meine Klitoris presste, schrie ich auf. Luke reagierte und erstickte meinen Schrei mit einem leidenschaftlichen Kuss. Meine Muskeln krampften sich lustvoll zusammen und hielten seine Finger noch für einen Augenblick gefangen, bevor er sie aus mir herauszog.

„Das war schon mal ein Vorgeschmack auf das, was dir später blüht. Doch jetzt solltest du ein Bad nehmen. Außerdem sollten wir uns nachher noch über ein paar Dinge unterhalten, was unsere gemeinsame Zukunft angeht."

„Du scheinst ja während meiner Abwesenheit schon das eine oder andere entschieden zu haben", murrte ich und mir wurde schlagartig wieder klar, um was es hier ging. Aufgebracht trat ich einen Schritt zurück, weil mich seine bestimmende Art ärgerte. Ich wandte mich von ihm ab und widmete mich der Badewanne, um mir ein Schaumbad einzulassen.

Luke trat hinter mich, legte seine Hände auf meine Hüfte und zwang mich sanft aber bestimmend, mich wieder zu ihm umzudrehen. „Chloé, ich weiß, dass das womit wir im Moment fertig werden müssen, ziemlich viel für uns ist. Aber ich verspreche dir, dass wir es schaffen werden. Wir werden alles in Ruhe besprechen und für jedes Problem eine Lösung finden mit der wir beide leben können. Doch bitte lauf nie wieder davon. Es war schrecklich, nicht zu wissen, wo du bist und ob es dir gut geht. Zudem hat mich der Entzug von dir und die zusätzliche Aufregung so aggressiv werden lassen, dass ich mich selbst kaum wiedererkannt habe."

„Wie lange war ich denn weg?", wollte ich wissen.

„Circa sieben Stunden", antwortete Luke.

„Oh! Das habe ich nicht gemerkt. Ich habe mich nur immer schwächer gefühlt. Mein Körper schien mir nicht mehr zu gehorchen."

„Höchstwahrscheinlich äußert sich der Entzug bei jedem anders. Bei dir scheint es mit Schwäche einher zu gehen, bei mir mit Aggression. Nimm jetzt ein Bad und lass uns später in aller Ruhe über alles reden."

„In Ordnung!", stimmte ich zu, da es ohnehin keine andere Lösung gab und ein klärendes Gespräch fürs Erste wohl das vernünftigste sein würde.

Luke küsste mich noch ein letztes Mal, bevor er sich abwandte und aus dem Bad ging. Ich hingegen zog den Rest meiner nassen Kleidung aus und stieg in das warme Wasser, auf dessen Oberfläche knisternder, weicher Schaum trieb.

***

Ich fand Luke mit Mia in ihrem Kinderzimmer. Sie saßen auf ihrem Bett und Luke schlug gerade ein Buch auf, um Mia daraus vorzulesen.

„Chloé, setzt du dich zu uns?", fragte Mia, als sie mich im Türrahmen entdeckte.

In eine schlichte, schwarze Sporthose und einem passenden Hoodie gekleidet, lief ich zu ihr und setzte mich zu den beiden auf das Bett. „Aber klar doch", gab ich zurück, während ich mich neben ihr niederließ.

Mia kuschelte sich an mich und lauschte dem Märchen von Hänsel und Gretel, über das ich bis heute schmunzeln musste. Warum um alles in der Welt sollte eine Hexe

Kinder verspeisen? Aber so waren eben Märchen. Sie dienten seit Anbeginn der Zeit dazu, Kindern Angst einzujagen und ihnen so einzubläuen, nicht vom Weg abzukommen oder mit Fremden mitzugehen und noch vieles mehr. Ich war ja der Auffassung, dass Kindern Angst zu machen, die falsche Methode war, um sie zu erziehen. Nichtsdestotrotz waren Märchen aus keiner Kinderzeit wegzudenken. Man sollte den Kleinen nur erklären, dass es keine gruseligen Monster, böse Geister und schon gar keine bösen Hexen gab. Natürlich war es notwendig, sein Kind zur Vorsicht zu erziehen. Ihm zu erklären, dass es durchaus Menschen gab, die keine guten Absichten hegten. Doch nicht, indem ich ihm schreckliche Bilder von schaurigen Gestalten in den Geist pflanzte und solche Dinge vom Stapel ließ, wie zum Beispiel: dass dich die böse Hexe holt und frisst, wenn du alleine in den Wald gehst. Man musste sich das nur mal richtig vorstellen. Dieses Szenario könnte durchaus aus einem Uncut-Horrorstreifen sein.

Mia schlief schon bald in meinem Arm ein und atmete tief und ruhig, als ich sie auf ihr Kissen schob und richtig zudeckte. Ich knipste die Nachttischlampe aus und verließ gemeinsam mit Luke ihr Zimmer.

„Ich weiß nicht wie es dir geht, aber ich habe einen Bärenhunger. Vor lauter Aufregung habe ich seit dem Frühstück nichts mehr gegessen", meinte er, während er meine Hand nahm und mich in die Küche zog.

„Da bist du klar im Vorteil, denn ich habe nicht mal gefrühstückt", gab ich zurück. „Daher bin ich bereits am Verhungern."

Im Kühlschrank fanden wir den vorgekochten Eintopf

von Nora, den ich herausnahm und ihn im Topf, so wie er war, auf den Herd stellte und aufwärmte. Luke deckte den Tisch und sorgte durch ein paar Kerzen für ein romantisches Ambiente. Sobald das Essen heiß genug war, brachte ich es zum Tisch und setzte mich Luke gegenüber.

„Und wie soll das zwischen uns jetzt weitergehen?", setzte ich zu dem geplanten Gespräch an, nachdem ich die ersten paar Löffel gegessen hatte.

„Eigentlich habe ich gehofft, dass du bei uns bleibst. Wir ein gemeinsames Leben führen und eine Familie werden."

„Bei dir klingt das alles so leicht", stellte ich fest und sah ihn über meinen Löffel hinweg an, den ich gerade zum Mund führte.

„Na ja, ich versuche das Beste aus der Situation zu machen. Ich denke, das ist in unser aller Interesse."

„Ach, ist es das?", fragte ich schnippisch.

„Chloé, ich wollte damit nicht sagen, dass ich es mir anders wünschen würde, wenn die Karten anders aussähen. Ich hätte mir auch ohne dieses ganze Durcheinander eine Zukunft mit dir vorstellen können. Nur mit dem Unterschied, dass wir es wesentlich langsamer hätten angehen können. Doch so wie es jetzt ist, sind wir beide auf die körperliche Nähe des anderen angewiesen. Wie sollen wir uns vom anderen fernhalten, wenn wir daran zu Grunde gehen und ohnehin in den Tiefen unseres Herzens mit dem anderen zusammen sein wollen?"

„Ob es von Herzen kommt oder es nur die Magie ist, wissen wir nicht. Dazu kennen wir uns gerade mal eine knappe Woche. Wir wissen so wenig voneinander. Was, wenn wir außer beim Sex nicht harmonieren? Was, wenn wir uns sonst durchweg in die Wolle bekommen und uns nur im Bett lieben? Und was wird dann mit Mia? Wie soll ein Kind mit so einer Situation klarkommen?"

„Glaubst du das wirklich, Chloé?", hakte Luke nach und legte seinen Löffel am Rand des Tellers ab. Er sah mir tief in die Augen und fügte hinzu: „Denk doch mal an die letzten Tage zurück, als wir von alldem noch nichts wussten. Hat es sich da deiner Ansicht so angefühlt, als könnten wir nicht miteinander auskommen?"

Ich seufzte und legte meinen Löffel ebenfalls ab. „Nein, eigentlich nicht", gestand ich und strich mir mein Haar hinters Ohr.

„Siehst du! Ich weiß, dass der Gedanke, dass wir ohne den anderen dem Wahnsinn verfallen und daran zu Grunde gehen, beängstigend ist. Trotzdem kann ich nicht behaupten, dass mein Leben vor deinem Erscheinen besser gewesen wäre. Im Gegenteil. Seit du da bist, fühlt sich alles so viel leichter und besser an. Fühl dich nicht so unter Druck gesetzt. Lass es uns genießen und sehen, was daraus wird. Warum sich über etwas Sorgen machen, wenn wir nicht einmal wissen, ob der Fall überhaupt eintritt?! Außerdem glaube ich fest daran, dass auch unsere Herzen eine große Rolle bei dieser Sache spielen. Ich konnte es spüren, als du heute Morgen vor mir davongelaufen bist. Und was das Kennenlernen angeht, denke ich, haben wir auch jetzt noch viel Zeit dazu."

„Das bedeutet aber auch, dass wir alle anderen einweihen müssen. Dass auch Mia erfahren muss, dass wir ab sofort ein Paar sind."

„Da stimme ich dir zu. Allerdings bin ich mir sicher,

dass Nora und die anderen nach dem heutigen Tag bereits den Braten gerochen haben. Das mit Mia wird etwas kniffliger. Sie hat mir jedoch heute Morgen gesagt, dass sie dich sehr mag und nicht will, dass du weggehst. Aus diesem Grund, besteht die Hoffnung, dass sie es ganz gut aufnehmen wird. Lass uns morgen in aller Ruhe mit ihr darüber reden und sehen, wie sie reagiert."

„Okay, mir bleibt ja ohnehin nichts anderes übrig", seufzte ich.

„Bei dir klingt das, als sei ich eine Strafe für dich", entgegnete Luke mir gekränkt.

„So habe ich das nicht gemeint", erwiderte ich. „Ich hätte es mir nur anders gewünscht. Es tut mir leid, wenn dich meine Worte verletzt haben. Im Grunde ist es ja nicht mal deine Schuld. Du bist ja schließlich genauso betroffen."

„Ist schon in Ordnung. Ich kann deinen Gram verstehen. Aus meiner Sicht muss ich dir sogar zustimmen. Ich hätte dich auch lieber auf die klassische Art erobert und zu der meinen gemacht. Trotzdem bin ich froh jetzt hier mit dir zu sitzen und zu wissen, dass ich meine Zukunft mit dir verbringen darf." Er warf mir ein liebevolles Lächeln zu, das ich erwiderte.

„Nachdem wir einen Teil schon mal geklärt haben", nahm ich unser eigentliches Gespräch wieder auf, „stellt sich mir aber noch die Frage, wie wir den Alltag bewältigen, wenn wir nur wenige Stunden ohne den anderen auskommen."

„Das werden wir austesten. Ich kann, da ich mein eigener Chef bin, glücklicherweise kommen und gehen wie mir beliebt. Ich werde ein paar Aufgaben an meinen stellvertretenden Geschäftsführer abgeben und mich mehr auf die Dinge konzentrieren, die ich in der Not auch von hieraus erledigen kann. Wir werden langsam austesten, wie lange es dauert, bis die ersten Anzeichen des Entzugs auftreten und uns dem anpassen."

„Wo ist deine Blutbank eigentlich", wollte ich wissen.

„Woher weißt du, dass es eine Blutbank ist, die ich mein Eigen nenne." Seine Stirn in Falten gelegt, sah er mich verwundert an.

„Prue hat es erwähnt, als sie mir erzählt hat, wie ihr euch kennengelernt habt", gestand ich.

Er nickte verstehend und antwortete: „Am Rande von London."

Ich riss entsetzt die Augen auf. „Aber das ist doch mindestens zwei Autostunden von hier entfernt. Dann bist du ja mehr im Auto unterwegs, als am Arbeiten."

Luke lächelte und erwiderte: „Es sind nur knapp eineinhalb Stunden und dazu hast du wohl vergessen, dass auch Vampire gewisse Fähigkeiten haben."

„Nein, das habe ich nicht, aber welche deiner Fähig-keiten soll dir dabei denn von Nutzen sein? So viele Fähigkeiten besitzt ihr doch gar nicht?!"

Luke warf mir ein gewinnendes Lächeln zu, als würde er genießen, was nun kommen würde.

„Abgesehen von dem Blut, das wir benötigen, um unse-ren extrem hohen Energiebedarf abzudecken, besitzen wir eine enorme Stärke, extrem ausgeprägte Sinne, sind unsterblich und können uns allein durch Gedankenkraft teleportieren", zählte er mir auf.

„Ihr könnt was?", keuchte ich überrascht.

Er grinste zufrieden und bestätigte erneut: „Wir können

uns durch Gedankenkraft teleportieren."

„Wow, das ist ...wow", stammelte ich verblüfft. „Und ich dachte immer, ich könnte coole Dinge."

Luke lachte.

„Darf ich dich noch etwas Fragen?", fuhr ich fort, nahm meinen Löffel wieder auf und aß nebenbei zu Ende.

„Natürlich!"

„Wer weiß darüber Bescheid, was du bist?"

„Nur meine engsten Vertrauten und meine Mutter, die ebenfalls ein Vampir ist."

„Kannst du das personalisieren?"

„Alle die hier im Haus leben, Mia ausgenommen, und mein Stellvertreter in der Firma, der auch ein Vampir ist."

Dass alle im Haus Bescheid wussten, es aber mit keinem Wort erwähnt hatten, war nicht sonderlich verwunderlich. Es zeigte mir nur, wie Loyal sie sich gegenüber Luke und seinem Geheimnis verhielten. Eine Sache wunderte mich aber dennoch. „Mia weiß es nicht?", meinte ich verdutzt. „Sollte nicht eine Tochter wissen wer beziehungsweise was ihr Vater ist?"

Luke strich sich durchs Haar und seufzte. „Das ist nicht so einfach. Mia ist nicht meine leibliche Tochter, auch wenn ich so für sie empfinde."

„Was? Aber wie..."

Luke unterbrach mich. „Vampire sind zeugungsunfähig. Als ich Abigail, Mias Mutter, das erste Mal traf, wurde sie gerade in einer dunklen abgelegenen Gasse, in der Nähe meiner Blutbank, brutal vergewaltigt. Ich hörte ihre Schreie, doch als ich am Ort des Geschehens eintraf, hatte sie schon das Bewusstsein verloren. Ich griff ein und brachte den Typen zur Strecke..."

„Du hast ihn umgebracht?", unterbrach ich ihn entsetzt, woraufhin er nur nickte und fortfuhr.

„....und nahm Abigail mit. Ich brachte sie in dieses Haus, ließ sie ärztlich versorgen und pflegte sie gesund."

„Du willst mir also damit sagen, dass Mia das Ergebnis dieser Vergewaltigung ist?"

„Ja! Als Abigail erkannte, dass sie schwanger war, war sie völlig außer sich. Deshalb brachte ich es auch nicht über mich, sie wegzuschicken und ließ sie weiter hier wohnen. Sie wollte das Kind nicht, sagte sie würde es hassen, doch für eine Abtreibung war es schon zu spät. Darum wollte ich ihr zu Seite stehen. Allerdings nur aus Mitleid, nicht aus Liebe. Über all die Monate versuchte sie mich für sich zu gewinnen, nur mit dem Problem, dass ich nichts für sie empfand. Dumm wie ich war, ging ich trotzdem mit ihr ins Bett, allerdings nur zur sexuellen Befriedigung. Sie fasste das anders auf und war wie besessen von mir. Als dann die Kleine auf die Welt kam, verliebte ich mich sofort in Mia. Ich sah sie nicht als das Ergebnis einer Vergewaltigung, sondern als das süßeste kleine Wunder der Welt, das ich bis dahin in meinem Leben gesehen hatte. Abigail wollte aber nichts von ihr wissen, weshalb ich mich um sie kümmerte, ihr einen Namen gab und alles was sonst notwendig war. Doch Abigail ließ nicht locker. Sie wollte mich und zwar alleine, ohne Mia, und sprach ständig davon, sie zur Adoption freizugeben. Ich verbot ihr das und drohte ihr, sie aus dem Haus zu werfen und aus meinem Leben zu verbannen, sollte sie diesen Schritt wagen. Dann kam der Tag des Unfalls. Ich hatte das Haus verlassen, weil wir zu dem Zeitpunkt eine tragende Stute hatten. Mit

Linus ging ich zum Stall, um nach ihr zu sehen, als ich durch das Babyphone seltsame Geräusche hörte. Sofort ging ich zurück und fand Abigail mit Mia im Bad, die versuchte die Kleine in der Badewanne zu ertränken. Ich stürzte, ohne einen Moment zu zögern, auf sie zu und wollte ihr Mia entreißen. Bei dem Handgemenge versetzte ich ihr einen so starken Stoß, - ich hatte aus Angst um Mia meine Kraft einfach nicht unter Kontrolle - dass sie ausrutschte und mit voller Wucht mit dem Kopf gegen die Duschtür knallte. Sie war auf der Stelle tot. Mia kam unbeschadet davon."

Als Luke seine Geschichte beendet hatte, stellte ich fest, dass sie sich mit der von Prue deckte. Dazu hatte ich nun erfahren, wie er zu Mia gekommen war. Einerseits war ich erschüttert, denn er hatte zugegeben einen Menschen kaltblütig ermordet zu haben und trotzdem hielt ich ihn für einen guten Mann. Zudem wüsste ich nicht, wie ich selbst handeln würde, wenn ich einem Vergewaltiger auf frischer Tat gegenüberstünde. Was Abigail anbelangt, empfand ich einfach nur Mitleid mit ihm. Er hatte es gut mit ihr gemeint und wollte ihr helfen, was in einem Unglück endete.

Ich streckte meine Hände aus, die er sogleich in seine schloss und erwiderte: „Du hast nichts falsch gemacht - na ja, außer vielleicht, mit der blöden Kuh ins Bett zu steigen." Gott, war ich jetzt etwa schon eifersüchtig auf eine Unbekannte? Prima, das ging ja schon gut los, schoss es durch meine Gedanken, bevor ich fortfuhr. „Zudem solltest du die ganze Geschichte von ihrer guten Seite betrachten. Wäre das alles nicht passiert, hättest du heute keine so wunderbare Tochter. Alles im Leben und sei es manchmal noch so schrecklich, hat seinen Grund. Es ist der Lauf der Dinge mit dem wir fertig werden müssen und das Beste daraus machen."

„Und das sagst gerade du, die von vornherein schon Probleme auflistet, wo noch keine sind", piesackte er mich, wofür ich ihm einen Klaps auf den Handrücken gab.

Er lachte und bat: „Komm her."

Ich erhob mich und ging zu ihm, um auf seinem Schoß wieder Platz zu nehmen.

„Du hast recht und ich habe selbst lange gebraucht, bis ich zu dieser Einsicht kam. Nachdem der Unfall geschehen war, habe ich Nachforschungen angestellt, weil ich nicht wusste, ob sie Verwandte hatte, die ich benachrichtigen müsse. Sie hatte nie etwas in die Richtung erwähnt. Wenn ich sie darauf ansprach wich sie mir aus, weshalb ich völlig unwissend war. Was dabei ans Tageslicht kam, schockierte mich zutiefst. Abigail war eine Prostituierte."

„Moment mal", unterbrach ich ihn. „Mias Mutter war eine Hure?"

Luke nickte.

„Und du hast mit ihr..." Ich brach ab. Das war einfach zu heftig.

„Hör zu, Chloé, ich wusste es nicht."

„Tut mir leid Luke, es ist nur...", ich brach wieder ab. Ich wollte Luke nicht kränken, nur weil er aus Unwissenheit mit einer Prostituierten geschlafen hatte. Zudem musste man froh sein, dass es solche Frauen gab, denn vermutlich würde es ohne sie noch viel mehr Sexualstraftäter geben. Doch eins wollte ich trotzdem von ihm wissen. „Hast du dich danach testen lassen?

Du weißt schon, auf Krankheiten."

„Nein."

Ich riss entsetzt die Augen auf und wollte schon loswettern, als er seinen Finger auf meinen Mund presste und meinte: „Du hast vergessen, dass ich ein Vampir bin. Wir können uns keinerlei Krankheiten einfangen. Du brauchst also keine Angst haben, dass ich dich mit irgendetwas infiziert haben könnte."

Erleichtert stieß ich die Luft aus. „Entschuldige, daran habe ich vor lauter Schreck nicht gedacht."

„Schon okay."

„Hast du noch mehr herausgefunden?", nahm ich das Thema wieder auf.

„Ja", erzählte Luke weiter. „Sie hatte keine Verwandten, zumindest fand ich keine. Dafür konnte ich eine Kollegin ausfindig machen, mit der sie im gleichen Abschnitt auf der Straße stand. Diese war sehr aufrichtig und erzählte mir, dass Abigail aus dem Milieu wegwollte und sie dafür alles getan hätte. Dass das der Wahrheit entsprach, hatte mir Abigail durch den Mordversuch an Mia bewiesen. Ich hatte mich immer gewundert, wie eine Frau, die eine Vergewaltigung hinter sich hatte, sich sofort an den Hals des nächsten Mannes wirft. Natürlich schob ich ihr Verhalten darauf, dass sie mich als ihren Beschützer sah. Mit Skrupellosigkeit habe ich nicht einen Moment gerechnet. Ob ihr Handeln mir gegenüber aus Liebe oder nur Mittel zum Zweck war, werde ich wohl auch nicht mehr erfahren. Aber es ist mir auch egal. Ihr gesamtes Verhalten spricht eigentlich für sich."

„Du lieber Himmel!", keuchte ich, legte als tröstende Geste meine Arme um seinen Hals und strich sanft mit dem Daumen über die Haut in seinem Nacken. „Aber eins verstehe ich trotzdem nicht. Wenn sie als Prostituierte gearbeitet hat, muss sie sich doch geschützt haben. Wie konnte dann Mia entstehen?"

„Na ja, der Vergewaltiger hatte sich nicht die Mühe gemacht ein Kondom überzustreifen und sie gehörte, laut Aussage des Arztes, zu dem einen Prozent der Menschheit, die trotz der Pille schwanger werden. Es ist eigentlich auch egal, denn trotz, dass ich sie für ihr Handeln verabscheue, werde ich Abigail für eines immer dankbar sein. Und das ist Mia! Wäre sie nicht gewesen, hätte ich heute keine wunderbare Tochter."

Mit einem Lächeln legte ich meine Hand auf seine Wange und flüsterte: „Da gebe ich dir Recht." Meine Worte unterstrich ich mit einem zärtlichen Kuss, den er sofort erwiderte. Erst genauso zärtlich, dann immer stürmischer.

Luke schob seine Arme unter mich, hob mich auf seine Arme, stand auf und trug mich in sein Schlafzimmer. Ein Lächeln legte sich auf meine Züge, da ich wusste, was nun kommen würde. Im Schlafzimmer stellte er mich auf meine Füße und machte das Licht an.

Nun hatte ich endlich Gelegenheit mich umzusehen. Seine Möbel, die aus einem verdammt großen Bett, mit dem ich letzten Abend schon Bekanntschaft geschlossen hatte, einem großen Kleiderschrank und einer Kommode bestanden, glänzten alle in dunklem Ebenholz. Auf dem Nachttisch stand eine Lampe und ein gerahmtes Foto von Mia, das aus der Zeit stammte, als sie noch ein Baby gewesen war. Der Boden war mit beigefarbenem Teppich ausgelegt, der mit der gleichfarbigen Seidentapete harmonierte, die die Wände schmückte. An der Decke entdeckte ich Stuck und einen verhältnismäßig schlichten Hängeleuchter aus Messing. Auch in Lukes Schlafzimmer gab es einen offenen, steinernen Kamin, der aber im Vergleich zu den anderen im Haus eher klein und schlicht wirkte. Luke ging darauf zu und entzündete das vorbereitete Holz, welches darin aufgestapelt war.

„Du hast ein wirklich wunderschönes Haus und alles ist so geschmackvoll eingerichtet", lobte ich ihn.

„Danke. Schön, wenn es dir gefällt. Es ist schon sehr lange in Familienbesitz", erwiderte er. Luke versicherte sich, dass das Feuer auch richtig brannte, löschte das Deckenlicht und trat auf mich zu. „Allerdings wollte ich jetzt nicht über die Inneneirichtung des Hauses diskutieren, sondern meine Drohung wahrmachen."

„Welche Drohung?", fragte ich und tat so, als sei ich völlig unwissend. Dabei studierte ich meine Fingernägel, als seien sie plötzlich das Interessanteste der Welt.

„Soll ich dich in etwa auch noch daran erinnern, wie du mich vorhin genannt hast?"

Ich begann zu kichern und ging langsam Rückwärts. „Ach, das meinst du. Hey, was ist so verkehrt an *Raffzahn?!* Schließlich hast du ganz schön lange Beisserchen", neckte ich ihn.

„Na warte, jetzt bist du dran", rief er und stürzte auf mich zu. Um es ihm nicht zu leicht zu machen, nutzte ich die Luft im Raum und schuf eine unsichtbare Wand, in die er ungebremst hineinrannte. Fluchend trat er einen Schritt zurück und tippte mit einem Finger dagegen.

„Du freches Hexlein, wenn ich dich in die Finger bekomme", schwor er, während ich mit erhobener Hand auf der anderen Seite der Luftbarriere stand und so tat, als würde ich gelangweilt gähnen.

„Ja, ja, ich habe ja so eine Angst vor meinem großen und bösen Vampir", sagte ich mit monotoner Stimme und tat so, als würde ich mich schrecklich fürchten.

Und dann war er plötzlich weg. Bevor ich reagieren konnte, packten mich von hinten zwei starke Arme und umschlungen mich wie ein festes Band. Die Barriere erstarb und ich spürte Lukes heißen Atem an meinem Hals. Jäh wurde mir bewusst, dass er mich nun beißen könnte, weshalb ich nervös wurde.

„Was wirst du jetzt tun, Luke?", wollte ich mit leiser Stimme von ihm wissen.

„Mir eine angebrachte Strafe für dich ausdenken. Schließlich warst du eine ziemlich aufmüpfige Hexe, was ich nicht durchgehen lassen kann."

Langsam drehte ich mich in seinen Armen, sodass ich ihm ins Gesicht sehen konnte. „Wirst du mich jemals beißen?", fragte ich direkt drauf zu, weil ich die Antwort darauf hören wollte.

Überrascht riss er die Augen auf, lockerte seine Umarmung und hielt mit seinem Blick den meinen gefangen. „Ich habe schon sehr lange nicht mehr von einem Menschen getrunken", gestand er.

„Wie lange?", hakte ich nach.

„Seit etlichen Jahrzehnten."

„Wirklich?"

„Wirklich! Ich ernähre mich wegen Mia weiterhin normal, damit sie keinen Verdacht schöpft, und nehme heimlich Blutkonserven zu mir." Er entließ mich aus seiner Umarmung, nahm meine Hand und zog mich zum Bett. „Früher habe ich mich eine Zeit lang von Tieren ernährt, was auch funktioniert hat, allerdings nicht ganz nach meinem Geschmack war."

„Das ist interessant, beantwortet jedoch nicht meine Frage."

„Als ich gestern Abend mit dir geschlafen habe, kam der Drang in mir auf. Ich würde jedoch niemals von dir trinken ohne deine Erlaubnis." Er nahm auf der Bettkannte Platz und klopfte auffordernd neben sich.

Ich dachte einen Augenblick darüber nach. Wollte ich es? Einerseits war da schon eine gewisse Neugierde, zu fühlen, wie er von mir trank. Andererseits war da auch eine Unsicherheit, gerade weil ich nicht wusste, wie es sein würde.

„Willst du es denn?", holte Luke mich aus meinen Gedanken zurück.

„Ich weiß es nicht", gab ich zu. „Tut es denn weh?"

„Nein. Meine Zähne sondern eine Art Enzym ab, welches deine Haut sofort beim ersten Kontakt betäubt. Vom Biss selbst spürst du also nichts oder zumindest nur den angenehmen Teil."

„Du überrascht mich immer wieder. Ich denke, wir Hexen sollten unsere Lehrbücher überarbeiten. Bis zum heutigen Tag war ich in der Annahme, alles über Vampire zu wissen. Dass ihr zum Beispiel unsterblich seid, auch normale Nahrung zu euch nehmen könnt, in der Sonne nicht verkohlt oder wie wir unauffällig unter den Menschen lebt. Aber es gibt so vieles, was ich eben nicht wusste und das mit dem Enzym gehört genauso dazu wie das mit dem teleportieren."

Er lächelte und erwiderte: „Wir Vampire wissen mit

Sicherheit auch nicht alles über euch Hexen."

„Beruhigend!"

„Lass es mich einfach wissen, wenn du es willst. Dann bin ich gerne zu einer Schandtat bereit", versicherte er mit einem frechen Zwinkern. Mit den Fingern fuhr er die Kontur meines Kiefers nach, immer weiter, bis seine Hand meinen Nacken erreichte. „Und jetzt werde ich meine Bestrafung in die Tat umsetzen", raunte er und legte seine Lippen sanft auf meine. Seine Zungenspitze strich leicht über meine Unterlippe und forderte mich auf, ihn ins Innere zu lassen.

Ich öffnete mich bereitwillig und hieß ihn willkommen. Unsere Zungen begrüßten sich leidenschaftlich. Luke schob mich in die Mitte des Bettes und begann damit, mich aus meiner Kleidung zu schälen. Stück für Stück landete achtlos auf dem Boden. Ich tat es ihm gleich bis wir beide völlig nackt waren. Im Raum war es angenehm warm. Das Kaminfeuer knackte leise und hüllte unsere Körper in warmes, romantisches Licht.

„Spreize deine Beine für mich und halte dich mit deinen Händen an den Längsstreben des Kopfteils fest", forderte Luke mich auf.

Ich schluckte, tat aber, was er von mir verlangte und griff nach dem Kopfteil des Bettes, um meine Hände um die Streben zu legen.

Vor mir kniend begann er die Innenseite meiner Schenkel zu küssen und zärtlich daran zu saugen. Auf diese Weise arbeitete er sich immer weiter nach oben, bis er die Stelle erreichte, die vor Verlangen pochte. Genüsslich leckte er mit der Zunge darüber, was mich aufstöhnen ließ.

„Du schmeckst so gut", flüsterte er und ich spürte die Vibration seiner Stimme zwischen meinen Beinen. Ohne Hast begann er mich mit seiner Zunge zu verwöhnen. Tauchte zärtlich in mich ein oder leckte über meine Klit, was mich schon kurze Zeit später in den Wahnsinn trieb.

Ich wollte ihn spüren, ihn in mir haben, weshalb ich mich unruhig wand. Ich löste meine Hände und wollte ihn auf mich ziehen, was er jedoch nicht zuließ.

Luke wich zurück und schüttelte den Kopf. „Na, na, na, wenn du deine Hände nicht dort lässt, wo sie hingehören, muss ich sie festbinden", drohte er mir.

„Das wagst du nicht", erwiderte ich, woraufhin er gehässig grinste.

„Wollen wir wetten? Strafe muss sein", konterte er.

Zögerlich griff ich wieder nach den Streben, überlegte mir aber dennoch, ob ich es darauf anlegen sollte.

Auf direktem Weg schickte Luke seinen Mund erneut auf Wanderschaft. Als ich jedoch erneut nach ihm greifen wollte, weil ich es einfach nicht länger aushielt, stand er wortlos auf, lief zu seinem Schrank und zog zwei schwarze Tücher heraus. Entschlossen kam er zu mir zurück und meinte: „Gib mir dein Handgelenk."

Ich war bereits so erregt, dass mich die Vorstellung, ihm hilflos ausgeliefert zu sein, lustvoll erschaudern ließ. Vorsichtig legte er den glatten Soff um meine Haut und knotete ihn gerade so fest zu, dass er mir nicht mein Blut abschnürte, ich mich aber auch nicht daraus befreien konnte. Kurz darauf lag ich, meine Hände links und rechts über meinem Kopf festgebunden, wie eine Opfergabe vor ihm.

Zufrieden sah er auf mich herab und begann damit

mit seinen Fingern meine Brüste nachzuzeichnen. Mit der anderen Hand neckte er mich zwischen den Beinen, allerdings immer nur so lange, bis ich kurz vor meinem Höhepunkt stand. Dann ließ er wieder von mir ab und widmete sich einer anderen Körperstelle. Seine Zunge glitt über meinen Hals, hinab bis zu meinen Brüsten, wo sein Mund meine Brustwarze liebkoste. Bald schon hatte er mich genau da wo er mich haben wollte und wie er es mir prophezeit hatte. Und zwar vor Lust windend und bettelnd auf seinem Bett.

„Bitte Luke, tu es endlich", bettelte ich atemlos und bog mich ihm auffordernd entgegen, dabei spreizte ich meine Beine noch weiter, in der Hoffnung, er würde sich endlich in mir versenken.

„Was soll ich tun?", wollte er wissen.

„Du weißt, was ich meine", murrte ich und stöhnte im nächsten Moment laut auf, weil sein Finger über meine Klitoris strich.

„Ich will es aber hören", stellte er klar und sah erhaben auf mich herab.

„Bitte Luke, nimm mich endlich. Ich will dich in mir spüren. Ich brauche es und zwar auf der Stelle."

Als hätte er nur auf diese Bitte gewartet, versenkte er sich in mir und begann sich mit tiefen Stößen in mir zu bewegen. Wir steuerten in Rekordgeschwindigkeit auf unseren ersten Höhepunkt zu, von dem ich mich mit lustvollen Schreien mitreisen ließ. Ohne zu pausieren stieß Luke weiter in mich, küsste mich und knetete mit seiner Hand meine Brust, die vor Verlangen spannte. Der Duft von Kaminfeuer gemischt mit dem Geruch von Sex lag in der Luft. Erotisches Stöhnen erfüllte den Raum und katapultierte uns ein weiteres Mal über den Rand und ließ uns in einem Strudel aus Sinnlichkeit versinken.

Wir lagen noch eine Weile schwer atmend aufeinander, bevor Luke meine Fesseln löste und mich in seine Arme zog. „Das mit uns ist unglaublich", raunte er und setzte einen Kuss auf meine Stirn.

Mein Kopf ruhte an seiner Brust und ich lauschte seinem Herzschlag, der allmählich wieder ein normales Tempo hatte.

„Ja, das ist es", stimmte ich zu. „Nur leider wird es Zeit, dass ich in mein eigenes Bett gehe."

„Vergiss es!", erwiderte er prompt. „Du wirst ab sofort bei mir schlafen. Morgen wirst du deine Sachen aus deinem Zimmer in meins bringen. Ich werde keine weitere Nacht mehr ohne dich verbringen."

„Und Mia?"

„Die wird es morgen ohnehin erfahren. Zudem sind wir vor ihr wach und werden sie somit nicht vor den Kopf stoßen."

Das ergab Sinn, weshalb ich die Augen schloss, mich noch enger an ihn schmiegte und mich meinem Schlaf hingab, den ich nach diesem Tag dringend benötigte.

KAPITEL 11

Es tat so gut, neben Luke aufzuwachen. Zu fühlen wie er sich an meinen Körper presste. Seine Arme, die mich umschlungen hielten. Das war alles was ich in diesem Moment zum Glücklich sein brauchte. Nach dem Austausch von ein paar Zärtlichkeiten, standen wir gemeinsam auf, auch wenn ich viel lieber den Tag mit Luke im Bett verbracht hätte. Ich huschte in mein Zimmer und machte mich fertig für den Tag. Kurz darauf weckte ich Mia und half ihr sich ebenfalls anzuziehen, damit wir schneller fertig wurden. Gemeinsam gingen wir nach unten, wo mich Luke mit ins Speisezimmer zog, mit dem Hinweis, dass er dafür gesorgt hätte, dass ich von nun an mit ihnen gemeinsam essen würde. Mia war freudig überrascht über diese Veränderung, was mich den Mut aufbringen ließ, beim Frühstück mit Mia noch über eine weitere Veränderung zu sprechen.

„Mia, dein Papa und ich müssen mit dir über etwas Wichtiges reden."

Sie sah mich an, schluckte ihr Brötchen hinunter und fragte: „Was denn?"

Ich schaute zu Luke, denn ich war der Meinung, dass es zum größten Teil seine Aufgabe war, seiner Tochter reinen Wein einzuschenken.

„Mia, wie würdest du es finden, wenn ich wieder eine Frau hätte? Eine die für immer bei uns wohnt", begann er vorsichtig.

Unsicher blickte Mia ihren Vater an. „Ich weiß nicht?

Müsste Chloé dann gehen und was, wenn ich die Frau nicht mag?", wollte sie wissen.

„Das ist natürlich eine ernstzunehmende Frage", erwiderte Luke mit einem leichten Grinsen im Gesicht. „Aber was, wenn ich dir versichere, dass Chloé bleibt und ich mir ganz sicher bin, dass du die Frau sogar sehr magst?"

Mia sah verwirrt zu mir, als wollte sie mich fragen, ob ich das Gerede ihres Vaters verstehen würde. Als ich ihr daraufhin ein liebevolles Lächeln schenkte, schien sie die Anspielung ihres Vaters endlich zu verstehen. Ihre Augen wurden groß und leuchteten regelrecht, als sie rief: „Wirklich, Papa? Du und Chloé?"

„Na ja, gehen wir mal von einem Ja aus, wie würdest du das finden?"

Mia sprang von ihrem Stuhl auf, lief zu ihrem Vater und fiel ihm um den Hals. „Toll, toll, toll", beantwortete sie die gestellte Frage.

„Dann bin ich aber beruhigt, denn Chloé und ich mögen uns sehr." Bei diesen Worten warf er mir einen liebevollen Blick zu und streckte die Hand nach mir aus, die ich lächelnd in die meine nahm.

Mia löste sich von ihrem Vater und kam zu mir, um mich ebenfalls zu umarmen. „Dann bleibst du jetzt für immer und immer bei uns?"; hakte sie nach und kletterte auf meinen Schoß.

„Ja, das habe ich vor", antwortete ich wahrheitsgemäß, denn die Würfel des Schicksals waren ohnehin gefallen.

Noch einige Male waren meine Gedanken an diesem Morgen um dieses Thema gekreist und es war mir inzwischen klar, dass ich vor meinem Schicksal nicht davonlaufen konnte. Zudem hätte ich es weitaus schlechter treffen können. Luke war ein toller Mann, der alles besaß, was mir bei einem Partner wichtig war. Er hatte Humor, stand mit beiden Beinen im Leben, liebte seine Tochter, war gefühlvoll, wusste wann er für jemanden Verständnis zeigen musste und war bereit um das zu kämpfen, was er wollte. Dazu war er unglaublich sexy, männlich, und – wie meine Tante Louanne so schön gesagt hätte – ein ultimativer Sexgott. Kurz gesagt, von einer Skala von eins bis zehn war er eine glatte Zehn. Deshalb hatte ich für mich beschlossen, das Beste aus dieser Sache zu machen, denn in gewisser Weise hatte Luke in zwei Dingen recht. Zum einen hätte ich mich wohl auch ohne Magie für ihn entschieden und zum anderen sollte ich mir wirklich nicht über gewisse Eventualitäten den Kopf zerbrechen, solange es keine Probleme zwischen uns gab.

Mias Reaktion rundete die ganze Sache noch ab, wodurch ich endlich das Gefühl hatte, dass Luke und ich alle Hürden meistern konnten, egal wie schwierig sie auch sein mochten. Zwar standen wir erst ganz am Anfang unseres Weges, doch das hielt mich nicht davon ab, wenigstens zu hoffen, dass wir es schaffen konnten.

Nach dem Frühstück verabschiedete Luke sich von uns und ging zur Arbeit, mit dem Hinweis, dass er heute früher nach Hause kommen würde. Mir war klar auf was er anspielte, sprach es aber in Mias Gegenwart nicht aus.

Ich verbrachte den Vormittag mit Mia in ihrem Zimmer. Wir spielten ein wenig und als sie malen wollte, holte ich meine Häkelsachen und arbeitete an ihrem Einhorn weiter. Erst am frühen Nachmittag spürte ich die ersten

Anzeichen von Müdigkeit und schon kurze Zeit später stand Luke in der Tür, der etwas angespannt aussah. Er begrüßte erst Mia und dann mich. In meinem Fall bestand die Begrüßung aus einem innigen Kuss, den Mia mit einem Kichern kommentierte. Recht schnell war seine Anspannung sowie meine Müdigkeit verflogen, was wieder einmal mehr bewies, dass wir ohne einander nicht auskommen konnten.

Den Nachmittag nutzten wir dazu, die anderen Mitbewohner des Hauses über die neuste Veränderung in Kenntnis zu setzen. Wie schon von Luke vermutet, hatten alle im Haus schon Verdacht geschöpft, dass zwischen ihm und mir etwas mehr als nur ein Angestelltenverhältnis bestand. Wir saßen zusammen im Salon und tranken gemeinsam eine Tasse Kaffee, als wir ihnen die Wahrheit erzählten.

„Wow, das ist unglaublich", murmelte Prue. „Ihr seid also wie durch eine Art Zauber miteinander verbunden und könnt euch nie wieder trennen? Euer ganzes Leben lang nicht?"

„Nennen wir es eher Magie, aber ja, das trifft es auf den Punkt."

Ich hörte Mias kichern, die im Wintergarten war und den Schmetterlingen Nektar füttern durfte, damit sie von unserem Gespräch nichts mitbekam.

„Und du bist eine echte Hexe", hakte Elena nach.

Da ich bereits wusste, wie Loyal die hier anwesenden waren und es nötig war, dass sie über die Umstände Bescheid wussten, hatte ich kein Problem damit, sie in mein Geheimnis einzuweihen. Schließlich wussten sie ja auch, was Luke war. „Ja, eine Elementarhexe."

„Das heißt du kannst die Elemente gebieten, oder?", bohrte Anna weiter.

„Korrekt."

„Unglaublich", sagte Barry und strich sich über seinen Dreitagebart. „Wer kann schon von sich behaupten, dass er für einen Vampir arbeitet, der mit einer Hexe zusammen ist."

„Da gebe ich dir Recht", stimmte Cher ihm zu, die mich immer noch fassungslos anstarrte.

„Boss, sie sind echt immer wieder für neue Überraschungen gut", meinte Jack und grinste. „Aber ich freue mich für Sie und Chloé. Vor allem scheint damit der ständige Wechsel an Kindermädchen erledigt zu sein."

Lachen erfüllte den Raum.

„Da hast du nicht ganz unrecht, Jack", erwiderte Luke und lächelte mich liebevoll an. Er saß neben mir auf dem Sofa und hatte den Arm um mich gelegt. „Aber ich bitte euch auch in diesem Fall um Stillschweigen, denn niemand sonst soll wissen was Chloé ist. Nicht einmal Mia weiß es."

„Ich denke, ich spreche im Namen aller Anwesenden, wenn ich sage, dass auch Chloés Geheimnis gut bei uns aufgehoben ist und dass wir alle Ihnen und Chloé alles Gute für eine glückliche Beziehung wünschen", meinte Nora und erhob ihre Kaffeetasse. „Auf die Liebenden", rief sie, worauf die anderen einstimmten.

Na ja, alle bis auf Linus. Er sah mich wütend an, stand schweigend auf und verließ ohne ein weiteres Wort den Salon. Mir war auf der Stelle klar, dass er verletzt war. Doch was hätte ich denn tun sollen? Ich hatte ihm von Anfang an gesagt, dass ich für ihn nicht mehr empfinden würde als Freundschaft, doch er hatte es einfach nicht hören wollen. Aber andererseits verstand ich sein Verhalten auch. Schließlich musste ihm mit der Bekanntgabe unserer Beziehung klar geworden sein, dass er ohnehin nie eine faire Chance hatte. Schließlich war hier auch Magie im Spiel. Vielleicht fühlte er sich aber auch übertrumpft, weil Luke mehr zu bieten hatte, was natürlich völliger Quatsch war. Letztendlich suchte ich mir meinen Partner anhand meines Herzen und nicht aufgrund materiellen Dingen aus. Das wusste ich, doch ich konnte mir nur annähernd vorstellen, was nun alles durch Linus Kopf spuckte und das tat mir schrecklich leid. Ich hatte schließlich niemals vor ihn auf irgendeine Art zu verletzen.

Ich blickte hilfesuchend zu Prue, da sie wusste, dass Linus Gefühle für mich hegte, doch sie schüttelte nur langsam den Kopf, als wolle sie mir sagen: *Lass ihm erst mal die Zeit die er braucht, um es zu verarbeiten, bevor du mit ihm redest.* Darum lief ich Linus nicht hinterher. Ich ließ ihm die Zeit und den Abstand, der von Tag zu Tag größer zu werden schien. Ab diesem Nachmittag ging er mir konsequent aus dem Weg, vermied es mit mir im selben Raum zu sein und sprach kein Wort mehr mit mir, was mich sehr traurig stimmte. Schließlich mochte ich ihn dennoch als Freund, konnte ihn aber auch nicht dazu zwingen mit mir befreundet zu sein. Oder besser gesagt, ich wollte ihn nicht zwingen. Er war ein erwachsener Mann, der selbst entscheiden musste, was gut für ihn war oder was nicht.

Am Abend, nachdem Mia im Bett war und schlief, räumte ich noch meine ganzen Sachen in Lukes Schlafzimmer. Schließlich bestand er darauf, von nun an jede Nacht das Bett mit mir zu teilen, wogegen ich nichts einzuwenden hatte. Zudem verständigte ich in einem kurzen Telefonat meine Tante Louanne, dass es mir trotz der außergewöhnlichen Situation gut ging und sie sich keine Sorgen um mich machen brauchte. Ich versprach ihr, sie regelmäßig anzurufen und auf dem Laufenden zu halten. Sie war sehr erleichtert, das zu hören und ich konnte ihrer Stimme entnehmen, dass ihr wohl ein ziemlich großer Stein vom Herzen fiel. Schließlich hatte sie fast zwei Tage mit der Unwissenheit leben müssen, bis ich sie von ihrem Leiden erlösen konnte.

„Warum hat deine Tante eigentlich den gleichen Nachnamen wie du?" wollte Luke wissen, als ich das Telefon zurück auf die Station legte. „Deine Mutter war doch verheiratet. Müsstest du dann nicht einen anderen Nachnamen haben?"

„Was dir so alles auffällt", stellte ich lachend fest. „Ja und Nein. Meine Mutter und mein Vater waren verheiratet, aber mein Vater hat den Nachnamen meiner Mutter angenommen. Mein Vater wuchs in einem Waisenhaus auf und da es keine Geburtsurkunde gab, wurde ihm einfach ein Name verpasst. In dem Fall der Name des Waisenhauses. Ab da an hieß er Arthur St.Jones. Der Name erinnerte ihn immer an seine elternlose Kindheit. Als er meine Mutter und ihre Familie kennenlernte, hatte er endlich das Gefühl, eine Familie zu haben und dieser anzugehören. Darum nahm er ihren Namen an. Als Zeichen der Zugehörigkeit."

Luke erhob sich aus seinem Sessel und trat auf mich zu. „Das hat etwas Romantisches. Das gefällt mir", meinte er und schloss mich in seine Arme.

„Ja, das hat es wirklich. Mein Vater war aber auch ein echter Romantiker. Er brachte meiner Mutter bei jeder Gelegenheit Blumen mit, machte mit ihr lange Spaziergänge am Strand oder schickte ihr per Post Liebesbriefe, trotz, dass sie unter ein und demselben Dach lebten."

Luke senkte seine Lippen und ließ sie über meinen Hals gleiten. Dabei murmelte er: „Arthur Moreau scheint ein toller Ehemann und Vater gewesen zu sein."

„Ja, das war er", stöhnte ich unter seiner Berührung.

„Ich weiß nicht wie es dir geht, Chloé, aber ich habe das dringende Bedürfnis, jetzt ins Bett zu gehen."

„Bist du etwa schon müde?", piesackte ich ihn. „Das ist aber jammerschade. Dann will ich dich nicht aufhalten."

„Oh, du kleine Hexe. Glaube nicht, dass ich alleine ins Bett gehe, ich werde dich mitnehmen, ob du nun willst oder nicht." Mit diesen Worten schnappte er mich und legte mich wie ein Mehlsack über seine Schulter.

„Hey", protestierte ich. „Du kannst mich doch nicht wie ein Höhlenmensch in deine Höhle schleppen."

Er lief in den Flur und löschte im Vorbeigehen das Licht im Wohnzimmer. „Ach, kann ich nicht? Tue ich aber gerade."

Ich kicherte. „Du solltest dich was schämen, Luke Williams, sowas tut ein englischer Gentleman nicht mit einer Frau."

„Oh, keine Sorge, kleine Hexe. Ich werde dir gleich zeigen, was ein Gentleman mit einer Frau so alles tut."

Ein lustvoller Schauer ergriff unter seiner Androhung von mir Besitz, während er mich ins Schlafzimmer brachte, die Tür hinter uns schloss und mich aufs Bett warf, wo er über mich herfiel und mir eine weitere unbeschreiblich schöne Nacht bescherte.

***

Die Wochen vergingen und ich passte mich immer mehr an meine neuen Lebensumstände an. Luke und ich fanden heraus, dass wir einige Stunden ohne einander auskamen, wodurch Luke zumindest immer bis zum frühen Nachmittag arbeiten konnte, doch spätestens nach fünf Stunden traten die ersten Anzeichen auf und verstärkten sich peu á peu. Deshalb passte er seine Arbeitszeiten wie geplant an uns an und sorgte so dafür, dass wir erst gar keine Entzugserscheinungen bekamen.

Ich hatte mich allmählich an die erotische Hitze, die Luke bei jeder Berührung in mir auslöste, gewöhnt, was nicht hieß, dass sie mich weniger wahnsinnig machte. Nach wie vor schaffte er es, mich völlig um den Verstand zu bringen. Doch ich hatte gelernt, besser damit umzugehen. Unserer Lust und diesen unbändigen Gefühlen ließen wir immer dann erst freien Lauf, wenn wir für uns waren. Diese Stunden fielen grundsätzlich sehr lasziv aus, brachten aber unsere Körper und Seelen wieder ins Gleichgewicht. Die Zeit zwischen diesen Stunden füllten wir mit harmlosen Zärtlichkeiten, die ausreichten um uns gegenseitig so viel Kraft zu schenken, damit wir problemlos über den Tag kamen und nicht vor lauter Lust die Beherrschung verloren. Das hatte uns zu einem halbwegs normalen Tagesablauf verholfen.

Wenn Luke den Vormittag beruflich unterwegs war,

kümmerte ich mich weiterhin um Mia. Nachmittags verbrachte er etwas Zeit mit Mia und mir, um im Anschluss noch eine Weile in seinem Arbeitszimmer zu verschwinden, bis es Zeit für das Abendessen war. Wir waren schon fast wie eine ganz normale, glückliche Familie, wenn man davon absah, dass ich eine Hexe und Luke ein Vampir war.

Eines mittags holten Mia und ich uns ein Sandwich und etwas Obst fürs Mittagessen aus der Küche, was wir heute allerdings in einen kleinen Korb packten, in dem schon eine Decke lag, um im Freien ein kleines Picknick zu veranstalten. Es war ein wunderschöner Herbsttag. Die Sonne schien warm vom Himmel und ließ das verfärbte Laub in seinen Rot- und Gelbtönen erstrahlen. Ich lief mit Mia zu der nahegelegenen Weide, die ich schon mit Prue besucht hatte und breitete darunter die Decke aus. Mia beförderte unser Essen ans Tageslicht, über das wir genüsslich herfielen.

„Mia, ich hätte mal eine Frage an dich", begann ich zwischen zwei Bissen.

„Mh?", murmelte sie mit vollem Mund.

„Warum hast du die vorherigen Kindermädchen alle in den Wahnsinn getrieben? Du bist doch ein so liebes Mädchen, weshalb ich das nicht ganz nachvollziehen kann."

Mia schluckte und erwiderte: „Die waren alt und blöd. Papa hat immer welche ausgesucht die voll streng waren und ich mochte keine von denen. Deshalb habe ich einfach nicht auf sie gehört, weil ich wollte, dass sie verschwinden. Manchmal habe ich ihnen sogar Streiche gespielt. Der Letzten habe ich, als sie gerade nicht aufgepasst hat, in alle ihre Socken Löcher geschnitten."

Ich begann zu Lachen. „Oh, Mia, du böses Mädchen."

Sie zuckte nur grinsend mit den Schultern und sagte: „Sie hatte es verdient. Sie wollte mich zwingen, weil es kalt war, Hosen anzuziehen. Und dabei tragen Prinzessinnen keine Hosen."

„Also, wirklich!", rief ich mit gespielter Empörung, griff nach der Wasserflasche, die wir eingepackt hatten, und nahm einen großen Schluck daraus.

„Du darfst es aber Papa nicht verraten. Ich habe immer gesagt, dass ich es nicht war."

Mit einem Grinsen im Gesicht schwor ich: „Großes Indianer-Ehrenwort!" Ich war mir sicher, dass es Luke durchaus bewusst war, was Mia getan hatte und was nicht. Und selbst wenn nicht, war es jetzt sowieso nicht mehr von Belang.

Wir hatten aufgegessen und die leeren Kunststoffdosen, in denen alles verpackt gewesen war, wieder zurück in den Korb gestellt. Mia kam zu mir, um es sich auf meinem Schoß bequem zu machen. Dazu lehnte ich mich mit dem Rücken gegen den Stamm der Weide und umschloss sie mit meinen Armen, sodass sie sich gemütlich an mich schmiegen konnte. Doch nicht lange und sie wurde unruhig und quengelte: „Mir ist langweilig. Können wir was spielen gehen?"

Es war so schön unter der Weide. Ich konnte die Kraft der Erde unter mir spüren, der leichte Wind, der die bunten Blätter von den Zweigen wehte, und die Sonne, die meine Haut sanft erwärmte. Ein kleiner Vogel hüpfte über uns durchs Geäst und sang ein Lied.

Da ich eine Elementarhexe war, genoss ich solche

Momente, in denen ich in Frieden und Einklang meine Zeit mit den Elementen verbrachte, ohne sie zu nutzen, und konnte mich nur schwer wieder davon losreißen.

„Sch", machte ich deshalb und fügte hinzu: „Du musst leise sein, sonst erschreckst du den Wind und er kann dir nichts vortanzen."

„Was?", fragte Mia überrascht.

„Ja, das macht er nur, wenn man still ist und er würdige Zuschauer hat."

Unauffällig hob ich meine Hand und ließ den Wind durch die Äste wehen, zur einer kleinen Spirale werden, die dann vor Mias Füssen hin und her tanzte und dabei die bunten Blätter aufwirbelte.

„Boah, Chloé, schau mal. Du hattest recht", flüsterte sie und sah gespannt zu, wie die kleine Windböe die Blätter durch die herabhängenden Zweige trieb und um Mia herumhuschte, als wolle der Wind mit ihr spielen. Sie lachte, sprang auf und versuchte ihn einzufangen.

„Mia, du kannst den Wind nicht fangen", erklärte ich ihr, stand ebenfalls auf, schüttelte die Decke aus und faltete sie zusammen.

„Das macht nichts. Es macht auch Spaß, ihm einfach hinterherzurennen."

Aus diesem Grund ließ ich die Böe einfach weiter in Richtung Haus tanzen, wodurch sich Mia ebenfalls in diese Richtung bewegte.

Ein Stück entfernt sah ich Jack und Gordon bei der Arbeit. Gordon rechte das herabgefallene Laub von den Wegen, während Jack in den Blumenbeeten stand und mit einer Rebschere fachmännisch die verblühten Rosenköpfe abschnitt. Ich hob meine Hand und winkte ihnen zu.

Erst kurz vor dem Eingang entließ ich den Wind aus meiner Macht und die Blätter fielen still zu Boden, als hätten sie nie in der Luft geschwebt.

„Oh!", machte Mia und blieb enttäuscht stehen. „Er ist weg."

„Vermutlich hatte er Angst, dass jemand anderes außer uns ihn sehen könnte."

„Schade! Tschüss, lieber Wind", rief sie und lief die steinerne Treppe zur Haustür hinauf.

Es war ein wunderschönes Gefühl, sie so unbeschwert, wie Kinder in diesem Alter nun mal waren, zu sehen. Das Wissen, dass ich sie für immer um mich haben würde, sie aufwachsen sehen würde, machte mich glücklich. Die letzten Wochen mit Luke waren so gut verlaufen, dass ich all meine Zweifel über Bord geworfen hatte. Wir harmonierten nicht nur beim Sex, sondern genossen auch sonst all die gemeinsame Zeit, die wir zusammen verbrachten. Allmählich schaffte ich es sogar, ihn aus seinem schützenden Schneckenhaus zu locken. So waren wir vergangenes Wochenende mit Mia im Wildwood Discovery Park gewesen und hatten uns dort die Tiere angesehen. Mia war von den vielen Eindrücken völlig aus dem Häuschen gewesen und abends wie ein Stein ins Bett gefallen.

Selbst zu einem romantischen Abendessen in Canterbury konnte ich ihn vor Kurzem überreden. In dem kleinen, italienischen Restaurant, in dem Luke einen Tisch reservierte, ernteten wir zwar einige verblüffte Blicke, aber ich erklärte ihm, dass sich das und auch das blöde Gerede nur dann legen würde, wenn er den Leuten keinen Grund mehr zum Reden gab und sich der

Öffentlichkeit zeigen würde. Schließlich gab es keinen Grund sich zu verstecken. Er verstand, was ich meinte, und gab mir sogar recht, weshalb er mir versprach etwas an seinem Lebensstil zu ändern, vorausgesetzt ich würde ihn bei seinem Vorhaben unterstützen, was ich mit Freuden tat.

Ich lief mit Mia nach drinnen und wollte gerade die Treppe hinauf, als es an der Tür klopfte. „Mia, geh doch schon mal nach oben und sieh nach, ob dein Vater schon da ist. Ich komme gleich nach", bat ich sie und sah zu, wie sie die Treppe hinaufflitzte. Nichtsahnend machte ich kehrt und öffnete die Tür, vor der eine sehr hübsche Frau stand. Ihr schwarzes, glattes Haar reichte ihr bis zur Hüfte und trotz ihres dunkelblauen Hosenanzugs sah sie eher sexy als bieder aus. Ihre Lippen glänzten in auffälligem Rot und die dunklen Augen musterten mich ungeduldig.

„Guten Tag, was kann ich für Sie tun", wollte ich wissen.

„Hallo, ich werde von Luke erwartet", entgegnete sie, griff nach dem kleinen Koffer, den ich erst jetzt entdeckte, schob mich zur Seite und kam ohne auf meine Aufforderung zu warten einfach herein. Sie stapfte einfach an mir vorbei zur Treppe, als wäre sie hier zu Hause.

„Entschuldigen Sie bitte, aber was soll das werden? Ich kenne Sie nicht und mir gegenüber wurde nichts erwähnt, dass wir Besuch erwarten", meinte ich pampig und fing an mich zu fragen, wer diese Frau war. Vielleicht eine seiner unzähligen Frauen vor mir, die er mal am Rande erwähnt hatte. Eifersucht keimte in mir auf und ich schwor mir, diese Tussi im hohen Bogen vor die Tür zu setzen, sollte sich meine Vermutung bewahrheiten. Und danach wäre mir Luke eine Erklärung schuldig, denn ich wüsste nicht, was eine seiner Verflossenen jetzt noch hier verloren hätte.

Sie schien nicht im Geringsten von mir oder meinen Worten beeindruckt, ließ mich einfach stehen und bog oben um die Ecke, sodass sie aus meinem Sichtfeld verschwand.

„Das kann ja wohl nicht wahr sein", fluchte ich und lief ihr wütend hinterher.

***

Luke hatte eben seine Tochter begrüßt, die ihm aufgeregt von einem tanzenden Wind erzählte, als er Chloés wütende Stimme durch den unteren Stock hallen hörte.

„Sagen Sie mal, was fällt Ihnen eigentlich ein. Wenn Sie nicht sofort stehen bleiben, schwör ich Ihnen, dass es Ihnen leidtun wird", rief sie.

„Ach, jetzt wird es aber interessant", vernahm er eine zweite Stimme, die er sofort erkannte und schimpfte sich im Stillen selbst, wie er das vergessen konnte.

„Warte kurz!", bat er Mia und rannte den Stimmen entgegen, um die Situation zu retten.

Im Flur des ersten Stocks, entdeckte er Chloé, die wutschnaubend und mit in die Hüften gestemmten Fäusten vor einer schwarzhaarigen Frau stand, die Luke den Rücken zugedreht hatte. Er musste zugeben, dass ihm der Anblick gefiel, denn Chloé stand das Wort Eifersucht regelrecht auf der Stirn. Was immer sie glaubte, wer dort vor ihr stand, sie lag völlig falsch.

„Mutter, du bist ja schon da", begrüßte Luke die Frau und lief zügig auf sie zu, um sie angemessen zu begrüßen.

„Mutter?", keuchte Chloé und Luke musste an sich halten, um nicht in schallendes Gelächter auszubrechen.

„Hallo, mein Lieber. Könntest du deinem minderbemittelten Hausmädchen mal Benehmen beibringen", schimpfte Reeva Williams und gab ihrem Sohn einen herzhaften Kuss auf die Wange.

„Mutter, das ist kein Hausmädchen", erklärte er und drehte sie in Chloés Richtung, die immer noch völlig verwirrt das Wort Mutter vor sich hin stammelte. „Darf ich dir Chloé Moreau vorstellen. Chloé, das ist meine Mutter Reeva. Tut mir leid, aber ich schätze, ich habe vergessen, dir von ihrem geplanten Besuch zu erzählen."

Chloé fing sich als erstes, straffte die Schultern und machte einen Schritt auf Reeva zu, um ihr die Hand zu reichen. „Ich schätze, ich sollte mich für mein Benehmen entschuldigen, Mrs. Williams. Ich habe Sie nicht erwartet und Sie für jemand anderen gehalten."

So, so, dachte Luke und konnte sich ein Grinsen nicht verkneifen.

„Macht nichts, Schätzchen, das war ja nicht deine Schuld. Zudem habe ich dich ja ebenfalls für jemand anderen gehalten. Daher sind wir wohl quitt", erwiderte Reeva völlig gelassen, ignorierte Chloés gereichte Hand und zog sie in ihre Arme. „Willkommen in der Familie und sei nicht so förmlich. Nenn mich einfach Reeva."

***

„Vielen Dank!", bedankte ich mich bei Reeva und war immer noch fassungslos, dass diese Frau Lukes Mutter war. Natürlich erkannte ich jetzt die Ähnlichkeit mit Luke und auch die der Steinskulptur an der Hauswand, die von ihr gemeißelt worden war. Aber wer dachte denn daran, wenn plötzlich eine völlig fremde Frau einfach so ins Haus stürmte. Zudem sah sie nicht älter aus als Anfang vierzig und ich fragte mich, wie das sein konnte.

„Wir sollten nach oben gehen und einen Willkommens-drink zu uns nehmen", schlug Luke vor und unterbrach somit meine Gedanken. Er wandte sich ab, weshalb wir ihm folgten.

„Oma", rief Mia, als sie Reeva entdeckte und rannte auf sie zu.

„Da ist ja mein kleines Mäuschen. Du bist, seit meinem letzten Besuch, ganz schön groß geworden", stellte sie fest und nahm sie für einen Augenblick in die Arme.

„Hast du mir etwas Schönes aus Amerika mitge-bracht?", fragte Mia direkt drauf zu.

„Aber natürlich!", antwortete Reeva, richtete sich wieder zu ihrer vollen Größe auf und ging mit Mia an der Hand ins Wohnzimmer.

„Ich hole den Wein", verkündete ich und lief in die Küche.

„Warte, ich helfe dir", hörte ich Lukes Stimme hinter mir, reagierte aber nicht darauf, weil ich es unmöglich von ihm fand, mich so auflaufen zu lassen.

Ich kam mir albern vor, weil ich mich seiner Mutter gegenüber so unmöglich verhalten hatte und auch noch eifersüchtig auf sie gewesen war. Deshalb ignorierte ich ihn und kehrte ihm ohne ein Wort den Rücken zu.

„Sei nicht böse. Ich habe es wirklich vergessen. Es liegt bestimmt schon vier Wochen zurück, als meine Mutter angedeutet hat, dass sie uns besuchen kommen möchte, um dich kennenzulernen. Ich war so von dir abgelenkt, dass ich es komplett vergessen habe", setzte er zu einer Entschuldigung an, als er die Küche betrat.

„Super, Luke, dann bin ich jetzt auch noch schuld daran, dass du es vergessen hast?! Sonst geht es dir aber noch ganz gut?!", schimpfte ich und holte drei Weingläser aus dem Schrank.

„Ehrlich gesagt, geht es mir nicht so gut, denn du hast mir noch nicht einmal einen Begrüßungskuss gegeben", jammerte er.

„Auch das ist mit Sicherheit nicht mein Verschulden", knurrte ich, drehte mich um und sah mich ihm direkt gegenüber. Vorsichtig nahm er mir die Gläser ab, stellte sie zur Seite, nahm mein Gesicht in seine Hände und küsste mich leidenschaftlich.

„Ich hasse dich", seufzte ich, nachdem er von mir abließ und musste mir sein selbstgefälliges Grinsen ansehen.

„Das macht nichts", säuselte er. „Wenn du mich hasst, bist du nur noch erotischer."

Nun konnte ich mir ein Lachen nicht mehr verkneifen, versetzte ihm dabei einen spielerischen Hieb auf die Schulter und antwortete: „Du bist einfach unmöglich."

„Ich weiß!", gab er zu. „Aber ich weiß auch, dass du darauf stehst."

„Ein ganz schön großes Selbstbewusstsein hast du da, Raffzahn."

Nun war er es der lachte. „Ich schlage vor, wir verlegen unsere Diskussion auf später, bevor sich meine Mutter noch wundert, wo wir bleiben."

„Ich werde dich später daran erinnern, damit du es nicht wieder vergisst", meinte ich keck, schnappte mir die Weingläser und flitzte zur Küche hinaus, und rief über meine Schulter zurück: „Vergiss den Wein nicht."

Sein Gesichtsausdruck war einfach zu göttlich. Wäre es ihm möglich gewesen, hätte er mich auf der Stelle ins Schlafzimmer gezerrt, um mir die Leviten zu lesen, wovon wir beide wussten, wie das enden würde. Doch die Anwesenheit seiner Mutter verbot ihm das, was mich köstlich amüsierte.

***

Zu später Stunde, als Mia bereits im Land der Träume verweilte, entspannten wir uns noch ein wenig im Kaminzimmer. Luke hatte für sich und seine Mutter Blut mit heruntergebracht, das er in zwei Weinkelche füllte. Ich bevorzugte den Sherry. Der Anblick, wenn Luke in meiner Anwesenheit Blut trank, war immer noch verstörend, doch wahrscheinlich würde ich mich irgendwann daran gewöhnen. Immerhin nahm er so viel Rücksicht, dass er mich währenddessen nicht küsste und sich nach seiner Blutmahlzeit die Beisserchen putzte.

Das Feuer im Kamin knisterte leise vor sich hin und strahlte eine angenehme Wärme ab. Wir hatten bereits Ende Oktober und die Außentemperaturen sanken stetig ab. Vor allem nachts spürte man, dass der Herbst uns im Griff hatte und der Winter nicht mehr weit entfernt war.

Jetzt wo wir endlich unter uns waren, konnten wir auch ungehemmt sprechen, was zuvor in Mias Beisein nicht möglich gewesen war.

„Luke hat mir erzählt", begann Reeva, „dass du eine Elementarhexe bist. Um ehrlich zu sein, bin ich noch nie einer begegnet."

„Das liegt vermutlich daran, dass es nicht allzu viele Elementarhexen gibt. Nur Hexen, die am einunddreißigsten Oktober geboren werden, haben das Privileg die Elemente beherrschen zu können", antwortete ich wahrheitsgetreu.

„Das hast du mir nie erzählt", meinte Luke beiläufig, der neben mir saß und seine Finger mit meinen verschränkt hatte.

„Interessant. Würdest du mir eine Kostprobe von deinem Können geben?", forderte mich Reeva auf und sah mich gespannt an.

Ohne lang zu überlegen, machte ich mir das Feuer im Kamin zu nutzen und hatte binnen eines Wimpernschlags einen lodernden Feuerball in der Hand.

„Erstaunlich!", murmelte Reeva fasziniert.

Ich ließ das Feuer wieder verschwinden und erkundigte mich bei ihr: „Wie lange wirst du bei uns bleiben? Ich weiß zwar von Luke, dass ihr in Sachen reisen keinen Stress habt und euch einfach überallhin teleportieren könnt, aber du wirst doch hoffentlich trotzdem länger als einen Tag bleiben, oder?"

„Natürlich, schließlich hast du in zwei Tagen Geburtstag und das will ich auf keinen Fall verpassen. Sie richtete ihre Aufmerksamkeit auf Luke und fügte hinzu: „George wird morgen ebenfalls noch zu uns stoßen. Er hatte noch so viel zu erledigen und kommt deshalb morgen nach."

Luke nickte, wohingegen ich wissen wollte: „Wer ist George?"

„George ist mein Gefährte", erklärte Reeva.

Ich nickte verstehend.

„Wenn wir gerade schon bei dem Thema Partnerschaften sind, ich wollte da noch über etwas Bestimmtes mit euch sprechen", fuhr Reeva unbeirrt fort.

„Und das wäre, Mutter?", hakte Luke nach.

„Nachdem du mir von euch erzählt hast und dass ihr auf magische Weise miteinander verbunden seid, habe ich mir so meine Gedanken gemacht. Dabei stieß ich auf ein Problem, das mir wirklich große Sorge bereitet."

Ich sah zu Luke, der meinen Blick erwiderte und ebenso verwirrt dreinschaute wie ich es tat.

„Habt ihr mal daran gedacht, dass Chloé altern und irgendwann sterben wird? Mir ist zwar bekannt, dass Hexen im Gegensatz zu Menschen, ein paar Jahrzehnte länger leben, aber ihr seid nicht unsterblich wie wir Vampire."

Sofort dämmerte mir, auf was Reeva hinauswollte und ich sah entsetzt zu Luke.

„Oh mein Gott! Mal davon abgesehen, dass du dein Bett irgendwann mit einer alten runzligen Hexe teilen müsstest, wirst du elendig zugrunde gehen, wenn ich sterbe. Du kannst ohne mich nicht existieren. Du wirst einen grausamen Tod sterben, wenn ich nicht mehr bin." Während ich zu ihm sprach hielt ich seine Hand so fest, dass meine Fingerknöchel weiß hervortraten

„Verdammt!", fluchte Luke. „Warum haben wir nicht selbst daran gedacht?!"

„Ihr wart in letzter Zeit ohnehin mit der neuen Situation beschäftigt, da kann man nicht an alles denken", meinte Reeva mit ruhiger Stimme.

„Luke, das müssen wir verhindern. Es muss doch eine Lösung für dieses Problem geben. Ich will nicht, dass du wegen mir auf so qualvolle Weise stirbst. Zudem, was ist, wenn ich aus irgendwelchen Gründen vorzeitig den Löffel abgebe?", rief ich völlig aufgewühlt und sah ihn von der Seite an.

„Versuche ruhig zu bleiben. Wir finden eine Lösung", meinte er, ließ meine Hand los und legte seinen Arm um mich. Ganz eng zog er mich an seine Seite und nahm einen großen Schluck aus seinem Glas, welches er die ganze Zeit über in der Hand hielt.

„Mutter, gehe ich richtig in der Annahme, dass du keinen blassen Schimmer hast, wie wir unser Problem lösen können?"

„Bis jetzt leider nicht. Erst dachte ich, du könntest sie einfach wandeln, aber da sie eine Hexe ist, wissen wir nicht, was das für Auswirkungen haben könnte. Aber da ich meinen einzigen Sohn nicht verlieren möchte, habe ich Hubertus eine Nachricht zukommen lassen und ihn um Hilfe gebeten. Er hat sich umgehend bei mir gemeldet und mir versprochen, dass er versuchen würde, eine Lösung zu finden."

„Hubertus!", spie Luke den Namen geradezu aus und seine Miene verfinsterte sich.

„Wer ist dieser Hubertus?", erkundigte ich mich.

„Er ist ein sehr alter und sehr mächtiger Vampir und obendrein der Vampir, der mich und Luke gewandelt hat", erklärte Reeva.

„Aber du scheinst einen Groll auf ihn zu haben. Warum?", wandte ich mich an Luke.

„Weil er ein verdammter Feigling ist", knurrte Luke.

„Das tut jetzt nichts zu Sache. Die Hauptsache ist, dass wir eine Lösung für euer Problem finden und wenn Hubertus bereit ist uns zu helfen, werde ich einen Teufel tun und diese Hilfe mit Sicherheit nicht ablehnen", mischte sich Reeva ein und warf ihrem Sohn einen strengen Blick zu. „Lasst uns jetzt schlafen gehen. Es war ein langer Tag und ich bin müde."

Ich hatte zwar keine Ahnung, wie ich mit all diesen neuen Informationen im Kopf ein Auge zu bekommen sollte, folgte aber dennoch Reevas Aufforderung.

Da ich nun schon seit geraumer Zeit bei Luke schlief, hatte Reeva mein altes Zimmer bezogen, das in der Vergangenheit einst ihr Zimmer gewesen war. Mit einem Kuss auf die Wange verabschiedete sie sich von uns und wünschte uns eine gute Nacht, bevor sie darin verschwand. Wir zogen uns ebenfalls zurück, um endlich für uns zu sein.

Kaum hatten wir das Schlafzimmer betreten und ich die Tür hinter uns geschlossen, riss Luke mich in seine Arme und presste mich mit seinem Körper gegen das kalte Holz der Tür. Ich keuchte vor Überraschung auf, weil ich nicht einen Moment mit einem solchen Angriff gerechnet hatte.

„Ich werde dich nicht sterben lassen", knurrte er aufgebracht. Dabei klang seine Stimme bedrohlich. So, als müsse er sich vor dem Tod selbst behaupten und ihm die Stirn bieten.

Im Beisein seiner Mutter war er so gefasst gewesen,

doch jetzt bröckelte diese Fassade und zeigte mir den verängstigten und verzweifelten Mann darunter, der um seine Partnerin bangte. Er küsste mich gierig und griff mit seinen Händen nach meiner Bluse, die er mit einem geräuschvollem *ratsch* zerriss. Überrascht schrie ich auf, doch der Laut wurde durch seinen Mund gedämpft. Seine Lippen arbeiteten sich zu meinem Hals vor, während er mir die Hose vom Leib riss, als sei sie nicht das geringste Hindernis.

So hatte ich ihn noch nie erlebt. Das Gefühlschaos in seinem Innern schien ihn beinahe zu zerfetzen. Es war eine Mischung aus Wut, Verzweiflung und tiefer Leidenschaft. Zudem war da noch etwas anderes, was ich nicht zu benennen wagte, bevor ich es nicht aus seinem Mund gehört hatte.

„Versprich mir, dass du mich nie verlässt", forderte er mich auf.

Seine Stimme vibrierte förmlich und seine animalische Art, die er an den Tag legte, erregte mich so stark, dass ich aufstöhnte.

„Sag es", verlangte er erneut, griff zwischen meine Beine, schob mein Höschen zur Seite und tauchte mit seinen Fingern in mich ein.

„Ich werde dich nicht verlassen", stöhnte ich.

Während er mich erneut küsste, zog er seine Finger aus mir zurück und schälte sich selbst aus seiner Kleidung, bist er völlig nackt vor mir aufragte. Seine Augen blitzten im seichten Licht, das durch die Fenster fiel, und verschlangen mich förmlich. Ich fühlte mich ein wenig wie Rotkäppchen, das dem bösem Wolf gegenüberstand. Nur mit dem Unterschied, dass ich mich von diesem Wolf gerne mit Haut und Haaren verschlingen ließ.

Mit einer ruckartigen Bewegung riss er mir auch die letzten Stückchen Stoff vom Leib und somit meine schwarze Spitzenwäsche in zwei, die sich zum Rest dazugesellte, der verstreut um mich herumlag.

Seine Hände legten sich auf meine Brüste, strichen darüber und griffen lustvoll zu. Mein Stöhnen erfüllte den Raum. Gierig auf mehr zog ich ihn an mich, spürte seine erhitzte Haut an meinem Körper und durchwühlte mit meinen Fingern sein Haar. Als er mich packte und herumdrehte, sodass ich mit dem Gesicht der Tür zugewandt war, schrie ich erneut auf.

„Ich werde dich jetzt nehmen", grollte er an meinem Ohr und sein heißer Atem streifte meinen Hals. „Ich muss dich spüren. Jetzt sofort."

Mehr als ein Wimmern brachte ich nicht zustande. Seine Hand griff nach vorn, strich über meinen flachen Bauch abwärts, über meinen Venushügel hinweg, bis zu meiner Klitoris. Von hinten drängte er sich an mich, positionierte sich an meinem Eingang und schob sich mit einer machtvollen Bewegung in mich. Ich hatte die Hände gegen die Tür gepresst, um seinen kraftvollen Stößen standhalten zu können. Seine Lippen glitten über meine Schulter, während er wie von Sinnen in mich stieß und meinem Höhepunkt entgegentrieb. Seine Finger neckten mich unaufhörlich und brachten mich beinahe um den Verstand. Die andere Hand wanderte über meinen Körper. Streichelte und reizte jedes Körperteil, das sich in ihrer Obhut befand.

Und dann war es plötzlich da, dieses unbändige Verlangen, dass er von mir trank. Dass er einen Teil von mir für immer in sich trug. Vielleicht war die Angst, ob wir eine Lösung für unser Problem finden würden, der Auslöser dafür, aber was auch immer der Grund war, ich wollte es.

Ich stand kurz davor, den Gipfel der Lust zu erreichen als ich stöhnte: „Trink von mir!"

Für einen Augenblick hielt er inne.

„Bist du dir sicher?", hauchte er an meinem Ohr und zog mein Ohrläppchen zwischen seine Zähne, während er wieder seinen Rhythmus aufnahm und weiter in mich stieß. Dabei spürte ich, wie sich seine Reißzähne aus dem Kiefer drängten.

„Tu es. Jetzt!", schrie ich und erreichte meinen Höhepunkt.

Luke biss sofort und ohne zu zögern zu. Es war unglaublich. So erotisch und erregend, dass mein Orgasmus noch an Stärke gewann und sich immer weiter in die Länge zog. Als auch er kam, musste er mich aus seinem Biss entlassen, warf den Kopf zurück und erfüllte den Raum mit einem animalischen Brüllen, wie ich es bis heute noch nicht von ihm gehört hatte. Seine Atmung ging unregelmäßig, sein Herz klopfte so schnell und heftig, dass ich es an meinem Rücken spüren konnte, als er sich gegen mich lehnte und mich auf die Schulter küsste. Das kalte Holz der Tür, das sich immer noch gegen meine Vorderseite drängte, kühlte dabei meinen erhitzten Körper.

„Ich liebe dich!", murmelte Luke und schlang seine Arme um mich, als er langsam aus mir glitt.

„Was?", fragte ich verblüfft, weil er das bis heute noch kein einziges Mal zu mir gesagt hatte, und drehte mich in seinem Armen herum, sodass ich ihm in die Augen sehen konnte.

„Ich liebe dich!", wiederholte er und fügte hinzu: „Ich habe noch nie so sehr geliebt wie ich dich liebe. Wusste nicht mal, dass das möglich ist. Doch seit mir meine Mutter vor Augen geführt hat, dass ich dich verlieren könnte, habe ich das Gefühl, mein Herz würde bei dem Gedanken daran in tausend Scherben zerbrechen. Sie hat recht, ich kann ohne dich nicht leben. Aber nicht nur wegen unserer magischen Verbindung, sondern weil ich dich von ganzem Herzen liebe, Chloé Moreau."

Ich hatte mich also nicht getäuscht. Das war es, was ich vorhin in seinen Augen gesehen hatte und nicht benennen wollte. Er liebte mich tatsächlich. In meiner Brust breitete sich ein unbeschreibliches Glücksgefühl aus und in dem Moment war mir klar, dass ich die ganze Zeit nur darauf gewartet hatte. Dass ich meine eigene Liebe, die ich für ihn empfand, versteckt gehalten hatte, aus Angst, er könnte sie nicht so erwidern wie ich es mir wünschte. Doch das musste ich nun nicht mehr. Deshalb schlang ich meine Arme um seinen Hals, sah ihm tief in die Augen und flüsterte: „Ich liebe dich auch!", und zog ihn an meine Lippen, um ihn leidenschaftlich zu küssen.

KAPITEL 12

Als kleine Vorabüberraschung, erzählte mir Luke am nächsten Tag, dass er zu meinem Geburtstag meine Familie eingeladen hatte. Ich war völlig aus dem Häuschen und konnte es kaum erwarten sie nach den vielen Wochen endlich wiederzusehen.

Natürlich hatten wir die ganze Zeit regen Telefonkontakt, wodurch ich sie auch immer auf dem Laufenden hielt, - na ja, von unserem aktuellen Problem wussten sie noch nichts – das änderte aber nichts daran, dass ich sie sehr vermisste und mich wahnsinnig auf ein Wiedersehen freute. Ich muss jedoch zugeben, dass ich andererseits auch froh darüber war, sie nicht direkt vor meiner Nase gehabt zu haben, als ich meiner Tante Louanne grünes Licht gegeben hatte, um die anderen Familienmitglieder in die neuesten Veränderungen einzuweihen, was meinen Beziehungsstatus anging. Meine Mutter war im ersten Moment völlig außer sich gewesen und auch mein jüngerer Bruder Gabriel stand der ganzen Geschichte mit Skepsis gegenüber. Erst nachdem Louanne allen die Situation ausführlich erklärt hatte und ihnen versicherte, dass es mir gut ginge und ich glücklich sei, herrschte wieder Ruhe und Frieden im Hause Moreau. Sie riefen mich sogar an, um mir alles Gute zu wünschen, was mich wirklich freute.

Die Zeit bis zu ihrer Ankunft verbrachte ich damit eine große Party vorzubereiten. Schließlich war nicht nur mein Geburtstag, sondern auch Halloween, was bei uns

Hexen gebührend gefeiert wurde. Zusammen mit Mia, Prue und Reeva höhlte ich etliche Kürbisse aus, die wir an einem Straßenstand, nicht weit vom Anwesen entfernt, erstanden hatten. Wir versahen sie mit gruseligen Fratzen und statteten jeden mit einer Kerze aus. Zudem besorgte ich zusammen mit Luke am Nachmittag noch ein paar Girlanden, Lampions und andere Dekoration, in einem Kaufhaus in Canterbury, was ich nutzte, um über ein Anliegen mit ihm zu sprechen, jenes mir auf der Seele brannte.

Wir hatten soeben das Kaufhaus verlassen und steuerten den Wagen an, den wir immer dann benutzten, wenn die Gefahr zu groß war beim Teleportieren gesehen zu werden oder wenn wir es ohnehin nicht weit hatten und etwas Zeit für uns haben wollten.

„Meinst du nicht, dass dieses Fest der richtige Anlass wäre, deiner Tochter die Wahrheit über uns zu sagen?", begann ich vorsichtig.

„Wie meinst du das?", wollte er mit verwirrter Miene wissen und zog den Autoschlüssel aus der Jackentasche seines schwarzen Tweed-Mantels.

„Na, was wir wirklich sind", ergänzte ich.

Abrupt blieb er stehen, sah sich um, um sicher zu gehen, dass ihn niemand hörte und erwiderte dann: „Wie stellst du dir das vor? Wie soll ich ihr das bitte erklären? Sie ist noch ein Kind", erinnerte er mich, was völlig überflüssig war.

„Das ist mir bewusst und soll ich dir noch was verraten?! Ich war auch eins, als mir klar wurde, dass ich anders bin als andere. Mag sein, dass ich damit aufgewachsen bin und es daher vielleicht leichter hatte, aber sie muss es irgendwann erfahren. Hast du vergessen, dass du nicht alterst? Meinst du nicht, dass es schlimmer ist, wenn sie irgendwann von alleine dahinterkommt und begreift, dass ihr eigener Vater sie über viele Jahre belogen hat?"

Er seufzte, nahm mich am Arm und führte mich die letzten Meter über den Gehweg zum Auto. Dort verstaute er schweigend die Tüten im Kofferraum, ließ mich auf der Beifahrerseite einsteigen und umrundete anschließend den Wagen, um selbst hinter dem Steuer Platz zu nehmen. Statt den Motor zu starten, starrte er mit leerem Blick noch einen Moment aus der Frontscheibe.

Der Himmel war heute grau und wolkenverhangen. Die ersten Regentropfen fielen herab und prasselten leise gegen die Scheibe, wo sie sich in kleinen Rinnsalen sammelten, um gemeinsam am Glas hinabzuperlen. Menschen rannten die Straße entlang und suchten Schutz in den nahegelegenen Geschäften und Cafés.

„Daran habe ich selbst auch schon gedacht. Doch wie soll ich einem fünf Jahre altem Kind erklären, dass es Vampire, Hexen, Feen, Werwölfe und noch vieles mehr auf dieser Welt gibt und dass ich selbst zu solch einer Art gehöre?"

„Kinder sind leicht zu faszinieren und so wie ich Mia einschätze, wird sie es mit ebenso einer Faszination aufnehmen. Außerdem ist meine Familie zu diesem Zeitpunkt anwesend. Sie werden uns sicher dabei helfen. Vertrau mir", bat ich und hoffte auf seine Zustimmung.

Schweigend startete er den Motor und fädelte sich in den Verkehr ein. Die Stille im Wagen war erdrückend, doch ich wusste, dass er diesen Kampf in seinem Inneren, den er während der gesamten Fahrt nach Hause mit sich ausfocht, alleine bewältigen musste. Ich konnte ihm nur Kraft schenken, indem ich meine Hand auf seinem Oberschenkel ruhen ließ, damit er spüren konnte, dass ich für ihn da war.

Erst als er den Wagen vor dem Haus abstellte und der Motor verstummte, wandte er sich mir zu und meinte: „Und du bist dir ganz sicher, dass Mia keinen Schock davontragen wird?"

„Du machst dir viel zu viele Gedanken. Mia ist ein toughes Mädchen. Daher bin ich mir sogar sehr sicher, dass sie gelassen und mit Neugierde reagieren wird. Aber um dich zu beruhigen, mache ich dir einen Vorschlag. Wie ich dir ja schon erzählt habe, ist meine Tante Louanne eine Meisterin in Sachen Zaubersprüchen. Wenn Mia also anders reagieren sollte wie vermutet und wir merken, dass sie mit dieser neuen Erkenntnis noch nicht umgehen kann, dann bitte ich Louanne bei Mia einen Vergessenszauber anzuwenden."

„Das würde gehen?", meinte er verblüfft.

„Ja!"

„Und das würde Mia nicht schaden?", hakte er besorgt nach.

„Nein. Es hätte nur den Nachteil, dass du die Wahrheit, die du deiner Tochter nicht ewig vorenthalten kannst, weiter vor dir herschiebst. Mia hat jetzt ein Alter erreicht, wo sie Dinge, die man ihr vernünftig erklärt, mit spielerischer Leichtigkeit aufnimmt und verarbeitet. Sobald sie begreift, wie normal das für uns ist, wird es für sie genauso normal sein und sie wird ebenso alltäglich damit umgehen", versicherte ich ihm. Ich lehnte mich zu ihm, sah ihm in die Augen und fügte hinzu: „Vertrau mir, Luke. Ich habe Mia in den letzten Wochen in mein Herz geschlossen und würde nie etwas tun, was ihr in irgendeiner Weise schaden könnte."

Luke legte seine Hand auf meine Wange, kam mir näher und flüsterte: „Ich weiß", bevor er mich liebevoll küsste. Als er sich von mir löste, lehnte er sich mit seiner Stirn gegen meine und ergänzte: „Also gut, wir sagen ihr die Wahrheit. Aber versprich mir, behutsam zu sein und lass uns den richtigen Zeitpunkt abwarten."

Ich nickte und küsste ihn zum Dank für sein Vertrauen erneut.

***

Am Abend kam George an und ich hätte nicht erwartet Reeva so ausgelassen, verliebt und glücklich zu sehen. Kaum hatte er die Türschwelle übertreten, ließ sie sich in seine Arme sinken und leidenschaftlich von ihm küssen. Dabei störte sie sich auch nicht an den Zuschauern die sie hatte.

Kein Wunder hatte sie mit keinem Sterbenswörtchen die etwas zu laute Nummer am vergangenen Abend erwähnt, die Luke und ich miteinander gehabt hatten. Im Nachhinein war mir klar geworden, dass sie mit Sicherheit alles gehört hatte, da wir nicht einmal annähernd leise gewesen waren. Dazu war sie eine Vampirin mit einem ausgezeichneten Gehör. Trotzdem hatte sie sich diskret verhalten und mir auch keinen Grund dafür gegeben, mich für mein ungezügeltes Verhalten schämen zu müssen. Jetzt wo ich sah, wie sie mit George umging, war mir klar, dass sie vermutlich vollstes Verständnis für uns hatte und nachvollziehen konnte, wie wir uns nach dieser Hiobsbotschaft gefühlt hatten. Manchmal war in solchen Gefühlslagen Sex die beste Medizin.

George war ein großgewachsener, blonder und muskelbepackter Hüne. Er überragte selbst Luke noch um einen ganzen Kopf. Ein bisschen erinnerte er mich an die alten Wikinger. Nur mit dem Unterschied, dass er jugendlicher wirkte, keinen Bart trug und sein Haar nur bis knapp übers Ohr reichte. Luke schätzte George sehr, wie er mir vorab erzählte, und war froh, dass seine Mutter ihn als Gefährten hatte. Er kümmerte sich seit einigen Jahrzehnten rührend um Reeva, die, laut Lukes Erzählungen, in der Vergangenheit sehr unter dem Ableben ihres geliebten Ehemannes gelitten hatte. Nach dem Tod meines eigenen Vaters konnte ich das gut nachvollziehen. Es war niemals einfach zu verkraften, wenn man ein geliebtes Familienmitglied verlor. Nach ihrer Wandlung brauchte sie wohl sehr lange, bis sie wieder eine gewisse Intimität zulassen konnte. Heute hatte sie in George einen liebevollen Gefährten gefunden und teilte ihr unsterbliches Leben mit ihm. Zwar war er nicht die einzig wahre Liebe, - diesen Platz hatte wohl für immer ihr verstorbener Ehemann eingenommen - aber das wusste George, respektierte es und kam problemlos damit zurecht. Man spürte förmlich, wie er Reeva vergötterte und dass es ihm ein großes Anliegen war, sie glücklich zu machen.

Den restlichen Abend verbrachten wir bei einem guten Glas Wein. Reeva erzählte uns von Florida und lud uns ein, sie bald mal besuchen zu kommen. Dazu erfuhr ich, dass George von Beruf Goldschmied war.

Über einen Onlinehandel vertrieb er weltweit seinen exklusiven, handgefertigten Schmuck und das wohl sehr erfolgreich. Verhältnismäßig früh zogen wir uns an diesem Abend in unsere Zimmer zurück, um für den nächsten Tag ausgeruht zu sein. Schließlich stand noch einiges an Arbeit für die große Feier an, die vermutlich die ganze Nacht gehen würde.

KAPITEL 13

Ich wurde am Morgen meines Geburtstags mit einem Frühstück im Bett überrascht. Luke und Mia brachten es mir auf einem silbernen Tablett. Dazu überreichten sie mir einen Strauß aus dreißig langstieligen, roten Rosen und ein gemaltes Bild von Mia, auf dem wir drei zu sehen waren, wie wir uns an den Händen hielten. Mir war klar, was sie mir damit sagen wollte, weshalb ich so gerührt war, dass ich sie fest in meine Arme schloss. Nach dem herrlichen Frühstück, das ich mit Luke und Mia teilte, zog ich mich an und stürzte mich voller Vorfreude, auf meine Familie und das Fest, in die Arbeit.

Mia war schon ganz aufgeregt, weil es ihr erstes richtiges Halloweenfest sein würde, welches sie miterlebte, und wuselte deshalb nonstop um uns herum, als hätte sie Hummeln im Hintern. Darum ließ ich sie die künstlichen Spinnennetze mit kleinen Plastikspinnen versehen. Luke half mir dabei, die Girlanden und Lampion aufzuhängen, die wir kreuz und quer unter der Decke befestigten. Auch im Salon, der der größte Raum im Haus war, gab es einen Kamin der jedoch so groß war, dass man problemlos ein Spanferkel darin hätte braten können. Die Sitzmöbel hatten wir etwas Abseits geschoben, um auf dem edlen Parkett genügend Platz zum Tanzen zu haben. Dazu hatten wir vor den deckenhohen Fenstern ein paar Tische aneinandergereiht, damit die vielen Snacks und Getränke, die Nora und Prue gerade in der Küche zauberten, darauf Platz finden konnten.

Alle freuten sich auf das Fest, das am Abend stattfinden und womit wir meinen dreißigsten Geburtstag genauso wie Halloween gebührend feiern würden.

***

Luke war gerade dabei zusammen mit George das letzte Papierskelett an der Wand zu befestigen, als es an der Haustür klopfte. Da Chloé und Reeva eben mit Mia in die Küche gelaufen waren, um zu sehen, ob dort Hilfe benötigt wurde, stieg er selbst von der kleinen Trittleiter, um die Tür zu öffnen. „Kannst du kurz ohne mich weitermachen, George? Ich bin gleich zurück."

„Klar, lass dir ruhig Zeit, ich bekomme den knochigen Kerl auch ohne dich an die Wand genagelt", erwiderte George grinsend und widmete sich wieder dem Skelett.

Luke lief zur Tür, öffnete sie und wusste sofort wem er gegenüberstand. „Herzlich willkommen! Es freut mich, Sie endlich kennenzulernen", begrüßte er Chloés Familie und forderte sie mit einer Handbewegung auf einzutreten.

„Wir freuen uns ebenso", entgegnete eine Frau, die Chloé wie aus dem Gesicht geschnitten war.

„Sie müssen Chloés Mutter sein", erkannte er sofort und reichte ihr die Hand.

„Ja, die bin ich", bestätigte sie lächelnd. „Darf ich Ihnen den Rest meiner Familie vorstellen?"

„Ich bitte darum, Mrs. Moreau."

„Um Himmels willen, nennen Sie mich einfach Emma", bat sie.

„Gut, aber nur wenn du mich auch Luke nennst", forderte Luke sie auf.

„Gerne! Also dann, Luke, das sind meine Schwestern Zoé und Louanne, mein Bruder Hugo und der letzte in der Reihe ist mein Sohn Gabriel, Chloés jüngerer Bruder", stellte Emma ihm jeden der Reihe nach vor.

Luke trat von Person zu Person und reichte jedem einzelnen zur Begrüßung die Hand. Zoé sah mit ihren roten, kurzen Haaren ihrer Nichte ebenfalls ähnlich, wobei sie blaue Augen hatte genauso wie der Rest der Familie Moreau. Louanne, Hugo und Gabriel hatten dagegen blondes Haar, jedoch ähnliche Gesichtszüge, sodass man auf Anhieb sah, dass sie alle zusammengehörten.

Der letzte in der Reihe war Chloés Bruder, der noch sehr jung aussah und ihn kritisch musterte. Als Luke ihm die Hand reichte, schrie Emma plötzlich laut auf: „Gabriel nicht!", doch was immer sie zu verhindern versuchte, es schien zu spät dafür. Gabriel ließ entsetzt Lukes Hand los und wich vor ihm zurück.

„Du verdammter Bastard! Und mit so einem Monster wie dir vögelt meine Schwester?!"

***

Ich hörte Geschrei aus der Eingangshalle, weshalb ich Reeva bat, ein Auge auf Mia zu haben und aus der Küche stürmte. Das Bild was sich mir dort bot, verwirrte mich. Meine ganze Familie war gekommen, doch statt Freude auf Erden schienen sie sich gleich alle gegenseitig an die Gurgel zu gehen, weshalb ich sofort dazwischen ging. „Was zum Teufel nochmal ist hier los?", schrie ich so laut, dass alle erschraken und sich zu mir umdrehten. „Könnt ihr euch nicht einmal in eurem Leben wie normale

Menschen verhalten?"

Während ich weiter auf sie zuging, fiel mir auf, dass Luke blass aussah, weshalb ich zu ihm ging und meine Hand auf seinen Arm legte. George stand hinter ihm und schien nicht im Geringsten über die Situation erfreut. Er hatte sich bedrohlich aufgebaut, als wäre er zum Kampf bereit. „Ist alles in Ordnung", wollte ich von Luke wissen, doch er kam zu keiner Antwort, weil mein Bruder sich befehligt fühlte, das zu übernehmen.

„Dass du dich nicht schämst mit so einem wie dem da ins Bett zu steigen", spie er mir entgegen.

„Ach, hallo Bruderherz, schön dich zu sehen. Toll, dass du mich zu meinem Geburtstag besuchen kommst." Während ich ihm meine vor Sarkasmus triefenden Worte entgegenschmetterte, musterte ich ihn ausführlich. Mein Blick blieb an seinen Händen hängen und mir fiel auf, dass er nur einen Handschuh trug. Sofort war mir klar, was hier passiert sein musste. „Du verdammter Idiot! Was fällt dir ein in Lukes Vergangenheit zu blicken. Wer gibt dir das Recht dazu?", schrie ich ihn an.

„Ich!", bellte er zurück. „Schließlich will ich wissen, ob meine Schwester in guten Händen ist. Doch davon kann bei ihm keine Rede sein."

„Es geht dich einen Scheiß an, in wessen Hände ich mich begebe. Das ist ganz allein meine Entscheidung."

Meine Mutter trat neben mich, nahm mich in den Arm, gratulierte mir und drückte mir zu Begrüßung einen Kuss auf die Wange, bevor sie sich Gabriel zuwandte. „Du kennst die Regeln, die für dich gelten, Gabriel", ermahnte sie ihn. „Du hattest nicht das Recht das zu tun." Sie sah zu Louanne. „Louanne, er hat eine Strafe verdient. Verwandle ihn in ein Frettchen, dann kann er sich den Pelz sauberlecken, während er sich eine gute Entschuldigung überlegt."

Louanne rieb sich freudig die Hände und kam nun ebenfalls auf mich zu. Sie umarmte mich und meinte mit einem Lachen in der Stimme: „Hallo Chloé! Alles liebe zum Geburtstag. Mensch, ich hätte nicht gedacht, dass der Besuch bei dir so aufregend wird."

Nun kamen auch endlich Zoé und mein Onkel Hugo auf mich zu und folgten dem Beispiel ihrer Vorgänger, um mich zu begrüßen und mir zu gratulieren.

„Das ist nicht fair", schrie mein Bruder, der uns nun alleine gegenüberstand und die Hand hob, um mit dem Finger auf Luke zu zeigen. „Er ist der, den ihr verhexen müsst. Er hat gemordet."

Louanne begann eine Zauberformel zu flüstern, wobei ich sie unterbrach.

„Warte, Louanne", bat ich sie, löste meine Hand von Lukes Arm und ging einen Schritt auf meinen Bruder zu.

„Nur damit du es weißt, mir ist bekannt, dass er einen Menschen getötet hat. Einen Mann der eine Frau brutal vergewaltigt hat. Was hättest du in seiner Situation getan?"

„Davon rede ich nicht. Ich rede von den vielen unschuldigen Menschen, Hexen und anderen Wesen, die seinetwegen sterben mussten", erwiderte Gabriel nun etwas ruhiger und sah mich traurig an.

Ich wollte nicht glauben, was er da sagte, aber ich war mit der Gabe meines Bruders vertraut. Wenn er jemanden mit der Hand berührte, konnte er in dessen Vergangenheit sehen und alles abrufen, was er wollte. Da diese Gabe so besonders war und er damit in die Privatsphäre anderer eingriff, hatten wir, die Familie Moreau, entschlossen, dass er seine Gabe nur in absoluten Notfällen einsetzen durfte. Dass er in Lukes Vergangenheit geschnüffelt hatte, war kein Notfall. Doch was er jetzt sagte machte mich stutzig und ließ mir einen kalten Schauer über den Rücken laufen. Was hatte das zu bedeuten? Was hatte Gabriel gesehen, von dem ich angeblich nichts wusste?

Langsam lief ich einen Schritt rückwärts und gesellte mich wieder zwischen Luke und Louanne. „Louanne, du darfst", sagte ich knapp, woraufhin sie ihre Zauberformel murmelte.

Gabriel protestierte, verstummte aber einen Wimpernschlag später, als er nur noch als muckerndes Frettchen vor uns auf dem Boden saß.

Meine Mutter lief zu ihm, nahm ihn auf den Arm und meinte: „So, jetzt hast du Zeit, um dir über dein Handeln Gedanken zu machen."

Ich wandte mich langsam Luke zu und stellte fest, dass er mich traurig ansah. George stand immer noch hinter Luke und hatte ihm die Hand auf die Schulter gelegt, als wollte er ihm Halt geben. Ich fragte mich im Stillen, was George über Luke wusste und ich nicht?

„Hast du mir irgendwas zu sagen", wollte ich von Luke wissen.

„Chloé, wir lassen euch mal lieber allein", meinte Louanne von der Seite, doch ich schüttelte den Kopf.

„Wir sind eine Familie und egal was Luke mir zu sagen hat, könnt ihr genauso erfahren. Schließlich hat man vor seiner Familie keine Geheimnisse", spie ich Luke entgegen, denn er hatte einmal zu mir gesagt, er wolle, dass wir eine Familie seien. „Also, Luke, stimmt das, was mein Bruder gesagt hat?"

Luke holte tief Luft und versuchte nach meiner Hand zu greifen, die ich augenblicklich zurückzog. „Ja, Chloé, es ist wahr, was dein Bruder sagt, aber bitte lass es mich erklären."

Ich schnappte entsetzt nach Luft und wich einen Schritt zurück. „Du hast Hexen getötet?", flüsterte ich fassungslos und wich noch einen Schritt zurück.

„Ich wusste nicht was ich tat", beteuerte er.

Reeva kam aus der Küche und lief auf mich zu. „Chloé, hör ihn an. Es waren damals harte Zeiten und wir alle waren unwissend."

„Damals? Luke, wie alt bist du?", wollte ich wissen und erst jetzt begriff ich, dass ich ihn nie nach seinem wahren Alter gefragt hatte.

„Fast fünfhundert Jahre", gab er zu.

„Oh mein Gott, die Hexenverfolgung", keuchte ich. „Du hast ihnen geholfen", begriff ich plötzlich und mir wurde schlagartig so übel, dass ich glaubte mich jeden Moment übergeben zu müssen. Deshalb drehte ich mich um, rannte zur Eingangstür, riss sie auf und stürmte hinaus.

Das erste Mal übergab ich mich neben einen Busch, als ich um die Hausecke bog. Das zweite Mal auf den Rasen kurz vor dem Stall. Tränen liefen über meine Wangen und augenblicklich fiel Regen aus dem ohnehin wolkenverhangenen Himmel. Der Wind frischte auf, wohingegen Blitz und Donner ausblieben. Ich fühlte mich so unglaublich leer. Da war keine Wut in mir, sondern nur tiefe Enttäuschung, die wie ein schwarzes Loch alle anderen Empfindungen in mir aufsog.

Luke hätte mir davon erzählen müssen. Das war ein Punkt seiner Vergangenheit, den man nicht einfach so unter den Tisch fallen ließ und doch hatte er es nie mit einem Wort erwähnt.

Über die ganzen letzten Wochen, hatte sich das Band zwischen Luke und mir immer mehr gefestigt, indem ich ihm mein Vertrauen schenkte und dachte, er würde dies ebenso tun. Wir hatten die Zeit genutzt, um uns besser kennenzulernen und uns gegenseitig alles erzählt, was uns wichtig erschien. Das, was ich eben erfahren hatte, wurde von ihm unter Verschluss gehalten, was mich zutiefst verletzte. Mal ganz davon abgesehen, dass er damals meine eigenen Leute... Ich brach den Gedanken ab, weil sich mir bei der Vorstellung erneut der Magen umdrehte, der jedoch außer lauten Würgegeräuschen nichts mehr von sich gab.

Mein Weg hatte mich zum Stall geführt, dessen Tür ich entriegelte und hineinging. Darin würde ich Schutz vor dem Regen finden und wäre alleine, als ich auch schon mit Linus zusammenstieß.

„Oh, Verzeihung", schniefte ich. „Ich wusste nicht, dass du hier bist. Ich suche mir einen anderen Platz, wo ich mich verkriechen kann." Ich drehte mich schon herum, um wieder nach draußen zu laufen, als Linus mich am Arm packte und zurückhielt.

„Chloé, warte. Was hat er dir angetan?", wollte er wissen und sah mich aus seinen grauen Augen mitleidig an. Bevor ich überhaupt wusste, wie mir geschah, zog er mich an seine Brust.

Das war das erste Mal seit Wochen, dass mich ein Mann

umarmte, ohne, dass mir die Sicherung durchbrannte. Diese Erkenntnis brachte den Rest meiner Selbstbeherrschung zum Einsturz. Bitterlich weinend schmiegte ich mich an Linus, genoss die tröstende Geste und ließ meinen Tränen freien Lauf. Man hörte das Prasseln der Regentropfen, die auf das Stalldach fielen und an Stärke gewannen, während mein Schluchzen sich mit dem Schnauben und Wiehern der Pferde vermischte.

Linus reichte mir ein Taschentuch, führte mich zu den Heuballen und nahm mit mir zusammen darauf Platz. Immer noch tröstend hielt er mich im Arm und strich mir mit der anderen Hand das Haar aus dem Gesicht, um mich ansehen zu können. Er hielt mir einen silbernen Flachmann entgegen, von dem ich nicht wusste, woher er ihn plötzlich hatte. „Nimm einen Schluck. Das wird dich ein wenig beruhigen."

Schweigend nahm ich den Flachmann entgegen und nahm einen großen Schluck. Der Whisky darin brannte sich den Weg durch meinen Hals bis hinab in meinen Bauch und nahm den säuerlichen Geschmack mit sich, den ich noch vom Erbrechen im Mund hatte.

„Chloé, rede mit mir. Was ist geschehen?", wollte er erneut wissen, nahm mir den Flachmann wieder ab und legte ihn neben sich auf den Heuballen.

Da Linus wusste, was Luke war, sah ich keinen Grund darin ihm nicht zu erzählen, was mir auf der Seele lag. Darum berichtete ich ihm von dem, was ich eben erst erfahren hatte, wie ich mich fühlte und davon, dass ich nicht wusste, wie ich damit umgehen sollte. Linus hörte mir aufmerksam und schweigsam zu. Erst als ich selbst in tiefes Schweigen verfiel, begann er zu reden.

„Ach Chloé, ich wünschte ich könnte mich mit dir auf ein Pferd schwingen und auf und davon reiten. Doch das ist aus vielerlei Gründen nicht möglich, die du ja selbst kennst. Es tut mir so leid, dich in so einem Zustand zu sehen und ich befürchte, das einzige was ich dir raten kann ist zurückzugehen und mit ihm zu reden. Ihr könnt euch nicht trennen, deshalb bleibt euch nichts anderes übrig, als euren Disput gemeinsam aus der Welt zu schaffen. Mal davon abgesehen, dass dieser Mann mir mein Mädchen vor der Nase weggeschnappt hat, weiß ich, wie herzensgut er ist. Was immer ihn damals dazu veranlasst hat, zu tun was er getan hat, war wahrscheinlich nicht in böser Absicht. Glaube mir, es fällt mir nicht leicht das zu sagen und dich zurück in seine Arme zu spielen, doch es ist der einzige und beste Weg für dich."

„Mir ist selbst klar, dass ich das tun muss, aber es fällt mir so schwer. Ich habe ihm vertraut und er enthält mir so etwas vor."

„Vielleicht wusste er nicht wie er es dir sagen soll. Das ist nicht gerade ein Gesprächsthema für einen Kaffeeklatsch."

„Aber eine prima Geburtstagsüberraschung", meinte ich ironisch.

Linus lachte kurz über meine Feststellung auf und meinte dann: „Apropos Geburtstagsüberraschung...", dabei zog er ein kleines Päckchen aus der Jackentasche seiner braunen Wildlederjacke. „Das hier ist für dich. Alles Gute zum Geburtstag, Chloé", sagte er und drückte mir ganz sanft einen Kuss auf die Lippen, der sich warm, weich und zärtlich anfühlte, ging aber sofort wieder auf Abstand.

„Danke, Linus, ich weiß gar nicht was ich sagen soll. Du hast mich so lange gemieden, dass ich dachte, du würdest mich hassen. Und nun sitzen wir hier und ich schütte dir mein Herz aus. Manchmal ist das Leben schon seltsam."

„Ach, Chloé, ich hasse dich doch nicht. Im Gegenteil. Mit jedem Tag wo ich dich sah und ich mich mit dir unterhielt, wusste ich, dass du etwas ganz Besonderes bist. Nicht so wie die typischen Frauen. Und wie sich herausstellte, lag ich damit nicht mal so falsch, kleine Hexe. Doch dann hast du Luke gewählt und ich konnte einfach nicht mit ansehen, wie du ihn anlächelst, weil ich mir immer noch gewünscht habe, dass ich an seiner Stelle sein könnte. Darum habe ich dich gemieden. Ich habe den Anblick einfach nicht ertragen und dachte, wenn ich auf Abstand gehe, verfliegt dieses Gefühl vielleicht. Du weißt doch, aus den Augen aus dem Sinn."

„Und, hat es funktioniert?"

„Nein, nicht wirklich", gab er zu.

„Oh Linus, es tut mir so leid. Ich dachte, ich wäre für dich nur eine Schwärmerei die vergeht. Dass du so tiefe Gefühle für mich hast, war mir nicht bewusst."

Er zuckte mit den Schultern und erwiderte: „Selbst, wenn du es gewusst hättest, es hätte ohnehin nichts geändert. Mach dir um mich keine Gedanken, ich komme schon klar. Aber ich möchte, dass du weißt, dass ich immer für dich da bin. Hast du das verstanden?"

Ich nickte und schlang meine Arme um ihn. „Danke, Linus! Vielen lieben Dank!"

„Schon gut. Jetzt pack dein Geschenk aus."

Ich folgte seiner Aufforderung, wickelte das kleine Päckchen aus dem roten Papier aus, öffnete die kleine, braune Schachtel, die zum Vorschein kam und fand im Innern ein Lederarmband mit einem Glückskleeanhänger aus Silber.

„Danke, das ist wunderschön."

„Na ja, es ist nichts Besonderes, aber es soll dir immer Glück bringen und ich hoffe für dich, dass es heute Abend schon damit anfängt."

Er nahm das Armband aus der Schachtel und legte es um mein Handgelenk, um es dort zu befestigen.

„Es ist perfekt!", stellte ich klar, umarmte ihn erneut und drückte ihm einen Kuss auf die Wange.

„Störe ich?", fragte eine weiblich Stimme, die mich aufschrecken ließ.

Meine Mutter stand in der Stalltür und sah uns abwartend an.

„Mama, nein, komm rein."

Sie kam herein, schloss die Stalltür und lief zu uns.

„Linus, das ist meine Mutter Emma Moreau. Mama, das ist Linus. Er kümmert sich hier um die Pferde und ist ein guter Freund."

Sie reichten sich die Hände.

„Freut mich Sie kennenzulernen", meinte Linus und erhob sich.

„Die Freude ist ganz meinerseits, Linus. Es ist schön zu sehen, dass Chloé hier bereits Freunde gefunden hat."

Linus nickte zustimmend. „Dann lasse ich euch mal besser alleine."

„Sehe ich dich heute Abend auf meiner Feier", wollte ich noch von ihm wissen, als er an den Pferden vorbei in Richtung Tür lief.

„Ich weiß noch nicht", gab er zu.

„Ich würde mich sehr freuen", sagte ich und schenkte ihm ein Lächeln.

„Ich werde es mir überlegen", versprach er und verließ den Stall.

***

Als Linus nach draußen trat, fand er sich Luke gegenüber, der beunruhigt vor dem Stall auf und ab ging. Er schien nicht allzu überrascht, Linus hier zu sehen. Jedoch auch nicht sonderlich erfreut. Luke ging einen Schritt auf Linus zu und fragte: „Wie geht es ihr?"

„Wie soll es ihr schon gehen, nachdem Sie ihr wohl etwas sehr wichtiges verschwiegen haben." Linus war wütend und hatte keine Lust mehr sich zurückzuhalten. Er liebte Chloé und es zerriss ihm das Herz, sie so unglücklich zu sehen. „Wissen Sie, Mr. Williams, Sie mögen mein Boss sein, aber von Mann zu Mann will ich Ihnen eines sagen. Wenn Sie in Zukunft nicht besser mit Chloé umgehen, bekommen Sie es mit mir zu tun. Nur weil sie mit Ihnen verbunden ist, gibt das Ihnen nicht das Recht, sie immer wieder zu verletzen."

Luke starrte Linus fassungslos an. So hatte er ihn noch nie erlebt. In all den Jahren, in denen Linus für ihn arbeitete, hatte dieser noch nie die Stimme erhoben, ihm gedroht oder war im sonst irgendwie dumm gekommen. Als Luke klar wurde, was es damit auf sich hatte, musste er an sich halten, um sich nicht vor Eifersucht auf Linus zu stürzen. Eine körperliche Auseinandersetzung mit

Linus wäre bestimmt nicht förderlich, was die Situation zwischen Chloé und ihm betraf. Darum nickte er nur und sah zu wie Linus sich schon abwenden wollte, als er ihn mit einer kurzen und direkten Frage zurückhielt. „Du liebst sie?"

Linus blieb abrupt stehen, atmete tief durch und drehte sich seinem Boss wieder zu. „Ja, das tue ich", antwortete er wahrheitsgemäß.

„Und Chloé, liebt sie dich auch?", bohrte Luke weiter.

Linus lachte bitter auf und erwiderte dann: „Da sie auf meinen Kuss nicht reagiert hat, kann ich diese Frage wohl mit einem Nein beantworten. Für Chloé war ich von Anfang an nur ein Freund. Nicht mehr und nicht weniger."

„Du hast Chloé geküsst?!", knurrte er und ballte seine Hände zu Fäusten, die er an seinen Körper presste, um nicht die Fassung zu verlieren.

Linus nickte und machte sich darauf gefasst, dass ihm sein Boss gleich an die Gurgel springen würde. Doch stattdessen machte er nur einen Schritt auf ihn zu und warnte ihn mit bedrohlicher Stimme: „Fass noch einmal meine Frau an und wir werden sehen, wer es mit wem zu tun bekommt."

„Keine Sorge", konterte Linus, „ich weiß, wann ich verloren habe." Mit diesen Worten wandte er sich endgültig ab und ließ Luke alleine vor dem Stall zurück.

Luke versuchte sich wieder zu beruhigen, was ihm äußerst schwerfiel. Bei dem Gedanken, dass ein anderer die Lippen seiner Frau berührt hatte, stieg so viel Wut in ihm hoch, dass er Linus am liebsten hinterhergegangen wäre, um ihm für sein unverfrorenes Handeln eine

Lektion zu erteilen. Doch ihm war auch bewusst, dass Chloé dies nicht gutheißen würde. Im Gegenteil, es würde die Situation vermutlich noch verschlimmern, in die er sich selbst gebracht hatte, nur weil er ihr einen wichtigen Teil aus seinem Leben verschwiegen hatte.

Luke seufzte. In einem Punkt hatte Linus recht. Er hatte Chloé verletzt, auch wenn das nie seine Absicht gewesen war, was er versuchen musste ihr klarzumachen. Er liebte sie und es lag ihm nichts ferner, als die Frau, für die er sein Leben geben würde zu verletzen. Darum hoffte er, dass sie ihm zuhören würde und ihm eine Chance gäbe, sich zu erklären.

***

„Ein netter, junger Mann", meinte meine Mutter und setzte sich neben mich.

„Ja, das ist er."

„Wie geht es dir?"

„Na ja, es ging mir schon besser, aber zumindest habe ich keinen Monsun heraufbeschworen."

„Hör zu, meine Kleine, es tut mir leid, was dein Bruder für ein Chaos angerichtet hat."

„Es ist nicht deine Schuld", erinnerte ich sie und schmiegte mich in ihren Arm, den sie um mich legte.

„Luke steht draußen vor der Tür und möchte mit dir reden. Ich habe ihn jedoch gebeten zu warten, bis ich mit dir gesprochen habe."

Ich seufzte, denn diese Hürde erschien mir unendlich schwer und dennoch unumgänglich.

„Hör zu, Chloé. Es ist völlig verständlich, dass du

nach so einem Vorfall verletzt und verstört bist. Aber nachdem du gegangen warst, hat er vor der ganzen Familie Stellung bezogen. Er hat uns allen erzählt, was sich damals zugetragen hat und wir alle sind der Meinung, dass wir ihm nichts nachtragen sollten, was vor so vielen Jahrhunderten geschehen ist."

„Aber er hat...", setzte ich an, wurde aber rüde von meiner Mutter unterbrochen.

„Ja, mein Kind, er hat aus Unwissenheit einen schrecklichen Fehler begangen, den er bis heute zutiefst bereut. Aber er hat seine Strafe erhalten, denn er muss bereits seit fast fünfhundert Jahren mit der Last leben, diesen Fehler nicht mehr bereinigen zu können."

„Ich...er..." Ich wollte etwas erwidern, fand aber keine Worte.

„Ich stelle dir jetzt eine Frage und möchte eine ehrliche Antwort von dir. Mal abgesehen von eurer magischen Verbindung, liebst du Luke?"

Mit einem weiteren Seufzen antwortete ich: „Ja, das tue ich!"

„Gut, dann werde ich jetzt gehen und dir Luke hereinschicken. Denn, wenn du ihn wirklich liebst, wirst du ihn verstehen, sobald du ihm zugehört hast."

„Warum, stehst du auf einmal hinter ihm? Ich meine, als du von unserer ungewöhnlichen Verbindung erfahren hast, warst du außer dir und jetzt lässt dich so eine Info kalt. Das verstehe ich nicht."

„Ja, Chloé, das war ich und zwar aus Sorge um dich. Doch ich habe mir die Zeit genommen, selbst die Bücher zu wälzen, von denen mir Louanne erzählt hatte. Mir wurde bald klar, dass es euer Schicksal ist, zusammen zu sein. Zudem sollte ich glücklich sein, wenn es meine Tochter ebenfalls ist, was du ja bis eben auch warst. Mich lässt sein Handeln mit Sicherheit nicht kalt. Ich bin genauso erschüttert wie du. Schließlich sind damals so viele Unschuldige gestorben. Nichtsdestotrotz hat er unter falschem Wissen gehandelt, weshalb er nichts dafür kann. Doch das soll er dir selbst erzählen."

Sie umarmte mich noch einmal, erhob sich und verließ den Stall, den Luke im gleichen Atemzug betrat. Er blickte mir reumütig in die Augen, während er langsam auf mich zulief. Vor mir blieb er stehen und ging in die Hocke, um mit mir auf gleicher Augenhöhe zu sein.

„Chloé, es tut mir so leid, dass ich dir nicht schon früher davon erzählt habe. Ich hatte Angst davor, es dir zu erzählen. Ich habe immer auf einen passenden Zeitpunkt gehofft, doch dieser kam nicht.

„Dann wäre dieser jetzt wohl passend", meinte ich mit müder Stimme.

„Das denke ich auch", stimmte er mir zu. „Darf ich mich zu dir setzen?"

Ich nickte

Er setzte sich neben mich und begann zu erzählen. „Ich bin im Jahre 1518 als einziger Sohn von Reeva und Nikolas Williams geboren. Meine Kindheit war unbeschwert. Ich bin in diesem Haus aufgewachsen, das damals nur aus dem Hauptgebäude bestand. Mein Vater war ein wohlhabender Kaufmann, der meiner Mutter und mir ein gutes Leben ermöglichte. Als ich alt genug war, entschloss ich mich Soldat zu werden und meinem Land zu dienen, was zu damaligen Zeiten ein ehrenhafter Weg war. Nach vielen Jahren treuem Dienst wurde ich bei einem Kampf schwer verletzt. Ich wurde durch einen Schuss ins Knie unbrauchbar und deshalb nach Hause geschickt. Nach einer langen Zeit der Genesung, wollte ich wieder etwas Nützliches tun. Mein Vater hatte viele Kontakte und erzählte mir, dass er einen Mann kennen würde, der junge und fähige Männer suche, die in der Lage seien Diebe, Verbrecher und Unruhestifter dingfest zu machen, damit man sie wegsperren könnte." Luke seufzte und zog einen trockenen Grashalm aus dem Heuballen, auf dem wir saßen, an dem er unruhig herumzupfte. „Meine Familie und ich dachten, es wäre etwas Gutes, dafür zu sorgen, dass die Straßen sicherer wären und ich nahm die Arbeit an. Am Anfang hielt ich noch alles für normal, doch nach und nach wunderte ich mich, weil von mir und den anderen Männern verlangt wurde, neben Männern auch Frauen und Kinder festzunehmen, die beteuerten unschuldig zu sein und auch nicht den Eindruck vermittelten, als würden sie lügen. Doch wir waren zur Treue und Stillschweigen verpflichtet worden. Wer sich nicht daran hielt, wurde exekutiert. Darum machten wir weiter und taten, was von uns verlangt wurde. Eines Tages wurde ich zu einem Einsatz geschickt, der für mich alles änderte und mir die Augen öffnete. Ich musste eine alte Schulfreundin aus ihrem Zuhause holen, festnehmen und einsperren. Eine Frau, die ich bis dahin schon fast mein ganzes Leben kannte und von der ich wusste, dass sie keiner Menschenseele was zu leide tun würde. Sie flehte mich an ihr zu helfen, doch ich wusste nicht wie. Deshalb ging ich zu meinen Eltern und brach mein Schweigen. Mein Vater versuchte durch seine Kontakte sein Bestes, um mir zu helfen, diese Frau aus dieser Misere zu befreien. Leider machte das alles nur noch schlimmer. Als ich eines Morgens zu Dienstantritt erschien, hatten sie Julie bereits im Hof an einen Holzpfahl gebunden und Holz um sie herum aufgeschichtet. Mein Vorgesetzter meinte nur noch, ich solle mir das nächste Mal überlegen, ob ich eine Hexe verteidigen wolle und steckte das Holz in Brand. Es war grauenvoll! Ich höre heute noch ihre Schreie und habe den beißenden Geruch von Rauch und verbranntem Fleisch in der Nase. Sie hielten mich fest und zwangen mich bis zum Schluss dabei zuzusehen, wie Julie qualvoll verbrannte."

Luke ließ den Grashalm fallen und wischte sich über die Augen. Ich war so geschockt, von dem was er da erzählte, dass ich wie von selbst seine Hand in meine nahm, um ihm Trost zu spenden. Ich kannte genügend dieser grausigen Geschichten von damals. Sie jedoch von jemandem zu hören der live dabei gewesen war und sich diese Grausamkeiten mit ansehen musste, ging mir selbst sehr nahe.

„Nach diesem Vorfall wurde ich erneut aus meinem Dienst entlassen, worüber ich einerseits froh war, mir aber andererseits wünschte, etwas gegen diese Unge-rechtigkeit tun zu können. Es wurde mir mit dem Tod gedroht, würde ich nochmal den Mund aufmachen oder jemandem von dem erzählen, was sie mit Julie gemacht hatten, weshalb ich schwieg. Einige Wochen später, es war das Jahr 1551, brach die fünfte Epidemie des Englischen Schweißes über unser Land ein. Dieses Mal erwischte es meinen Vater. Er lag schwer krank in seinem Bett und sichte Stunde um Stunde immer weiter dahin. Wir riefen einen Freund zu Hilfe, Hubertus. Er war ein anerkannter Arzt und wir hofften, er könnte meinen Vater retten. An diesem Tag erfuhren wir was Hubertus wirklich war und dass es Hexen, Vampire und andere Wesen tatsächlich gab. Er erklärte uns, dass es nur eine sichere Möglichkeit gäbe meinem Vater zu helfen. Die Wandlung. Doch mein Vater weigerte sich vehement dagegen, sich von Hubertus wandeln zu lassen. Kurz darauf fiel er ins Koma. Als wir den ersten Schock von Hubertus Offenbarung verdaut hatten, flehten wir in an, meinen Vater gegen seinen Willen zu wandeln, um ihn zu retten, doch er weigerte sich einen Menschen gegen seinen Willen in einen Vampir zu verwandeln. Zwei Stunden später starb Nikolas Williams, liebender Vater und Ehemann, am Englischen Schweiß. Auch ich und meine Mutter erkrankten kurze Zeit später, waren aber beide nicht bereit abzuwarten, ob wir es überleben würden. Hubertus machte uns zu Vampiren und sicherte so unser Überleben. Ich brauchte eine Weile, um mit den neuen Lebensumständen klar zu kommen, doch bald erkannte ich einen Vorteil darin. Ich wollte mich an all denen rächen, die unschuldigen Menschen und anderen Geschöpfen Leid angetan hatten. Hubertus und meine Mutter hielten mich jedoch davon ab. Sie waren der Auffassung, dass wir gegen so viele nicht ankommen würden und man uns dann ebenso bedingungslos jagen und töten würde. Ich versprach mich bedeckt zu halten und hasste mich jeden Tag mehr dafür. Hubertus bestand darauf, dass ich mit meiner Mutter für einige Jahrzehnte das Land verließ, bis Gras über die Sache gewachsen war. Er kümmerte sich solange um unser Anwesen und hielt uns auf dem Laufenden. Als wir zurückkamen erinnerte sich niemand mehr an uns und wir konnten hier in Frieden weiterleben. Doch das, was ich damals getan habe, konnte ich mir nie verzeihen."

„Oh Luke, ich wusste ja nicht...Es tut mir so leid", meinte ich aufrichtig und schmiegte mich an ihn.

„Nein, dir muss nichts leidtun. Ich hätte es dir früher erzählen sollen. Erinnerst du dich daran, als wir uns das erste Mal im Kaminzimmer geküsst haben und du im Anschluss zu Mia geflüchtet bis?"

„Wie könnte ich das vergessen", gestand ich.

„Damals hast du Mia ein Lied vorgesungen. Ich wusste, dass ich es kannte, doch erst als du mir zum ersten Mal mit einem Feuerball in der Hand gegenüber standest und mir klar wurde, was du bist, erinnerte ich mich daran, wo ich dieses Lied schon einmal gehört hatte. Einige der Gefangenen sangen es hin und wieder, wenn andere Mitinsassen weinten oder verzweifelt waren. Wenn ich an die Zeit zurückdenke und mir vorstelle du hättest dort..."

„Nicht!", unterbrach ich ihn. „Tu dir das nicht an. Ich verstehe es jetzt und werde dich nicht länger deshalb verurteilen. Du hast getan, was damals in deiner Macht stand und hast dich dabei sogar selbst in Gefahr gebracht. Sie hätten dich damals dafür töten können, als du mit deinen Eltern darüber gesprochen hast."

„Es gab Tage, an denen ich mir das sogar gewünscht habe. Dann hätte ich diese Last nicht mit mir herumtragen müssen."

„Nein, Luke, sag sowas nicht", bat ich ihn, stand auf und setzte mich rittlings auf seinen Schoß. Seine dunklen

Augen waren von den stillen Tränen, die er geweint hatte, gerötet und er sah immer noch blass aus. „Hätten sie dich damals getötet, wärst du heute nicht bei mir und ich bin mehr als dankbar dafür, dass du es bist", flüsterte ich und senkte meine Lippen auf seinen Mund.

Er erwiderte meinen Kuss und murmelte zwischen den einzelnen Küssen: „Ich habe dich gar nicht verdient."

Ich löste mich von ihm, stand auf und zog ihn an den Händen ebenfalls auf die Füße. „Doch, das hast du!", beharrte ich. „Denn so kannst du einer waschechten Hexe beweisen, dass du ein liebevoller Vampir mit den besten Absichten bist."

Ein Lächeln zuckte über seine Lippen und er schloss mich fest in seine Arme.

„Ist das mit deinem Vater auch der Grund, warum du auf Hubertus einen Groll hegst?", hakte ich nach.

„Ja, hätte er ihn damals gewandelt, wären wir heute alle noch glücklich vereint", bestätigte er meine Vermutung.

„Aber dein Vater wollte das nicht. Er wollte nicht als Vampir leben und Hubertus hat nichts anderes getan, als seinen Wunsch zu respektieren. Du hast deinen Vater geliebt und es ist mir bewusst, dass du alles getan hättest, um ihn zu retten. Doch er wollte nicht gerettet werden und das musst du akzeptieren. Es ist nicht Hubertus, der Schuld an dem Tod deines Vaters trägt. Dein Vater hat sich ganz allein dafür endschieden", versuchte ich ihm klar zu machen.

Luke schmiegte seine Wange in mein Haar und schwieg. Wahrscheinlich musste er selbst erst über meine Worte nachdenken. Dazu lag es auch nicht in meiner Macht zu entscheiden, wie er Hubertus in Zukunft gegenübertreten würde. Ich löste mich leicht von Luke, nahm seine Hände in die meinen und sah ihm in die Augen. Dabei bemerkte ich, dass er auf mein Handgelenk starrte, an dem Linus das Armband befestigt hatte.

„Von ihm?", wollte er wissen.

„Ja!", erwiderte ich.

Luke reagierte nur mit einem müden Nicken und zog mich erneut an sich, um mich liebevoll zu küssen. Er war so zärtlich, dass es mir schwerfiel, mich von ihm zu lösen. Doch wir hatten heute noch einiges vor. Zudem wartete drinnen meine Familie auf mich, von der ich noch nicht allzu viel gesehen hatte. Deshalb schlug ich vor: „Jetzt sorgen wir erst einmal dafür, dass du wieder zu Kräften kommst. Du siehst aus, als würdest du demnächst aus den Latschen kippen. So hältst du keine Party mit sechs partywütigen Hexen durch." Ich strich mein Haar zur Seite und hielt ihm auffordernd meinen Hals entgegen. „Trink, Raffzahn."

„Du bist die verrückteste, begehrenswerteste und zauberhafteste Hexe, die mir je untergekommen ist", lachte er. „Ich liebe dich." Mit diesen Worten versenkte er seine Zähne in meinem Hals und tat sich an mir gütlich.

KAPITEL 14

Als wir zurück ins Haus kamen, war es schon später Nachmittag. Der Duft von Kaffee und Kuchen lag in der Luft. Den Grund dafür fanden wir im Speisezimmer, wo Prue meine Familie inklusive Reeva, George und Mia mit allerlei Leckereien verköstigte.

„Alles in Ordnung?", wollte Reeva von mir wissen, als sie mich entdeckte.

Luke der nun endlich wieder Farbe im Gesicht hatte, hatte seine Hand an meinen unteren Rücken gelegt und schob mich sanft auf zwei Stühle zu, auf denen wir uns niederließen.

„Ja, alles Bestens", erwiderte ich mit einem Lächeln und griff nach Lukes Hand, um ihr zu zeigen, dass das nicht nur leere Worte waren.

Meine Mutter griff nach der Kaffeekanne und goss uns welchen in die weiß-goldenen Porzellantassen, die vor uns auf dem Tisch standen.

„Reeva hat während eurer Abwesenheit das Problem erwähnt, was euch Sorgen bereitet", meinte Louanne und reichte mir den Zucker. „Ich wollte euch wissen lassen, dass wir alle nach einer Lösung suchen werden."

„Danke, Louanne, ich weiß eure Hilfe sehr zu schätzen", antwortete Luke kurz und knapp, da Mia im Raum war, die meinen Bruder, der immer noch die Gestalt eines Frettchens besaß, im Arm hielt und liebevoll an sich drückte.

Etwas Mitleid beschlich mich, denn ich wusste, dass

mein Bruder nur aus Sorge um mich in Lukes Vergangenheit gewühlt hatte. Ich konnte es zwar dennoch nicht gutheißen, aber zumindest auf eine gewisse Art verstehen. Doch das Dasein als Frettchen schien mir weniger angenehm. Vor allem dann nicht, wenn man als Kuscheltier für ein fünfjähriges Mädchen herhalten musste, obwohl man im wahren Leben ein fünfundzwanzigjähriger junger Mann war. Zwar ging Mia vorbildlich mit ihm um, aber mein Bruder konnte sich mit Sicherheit etwas Angenehmeres vorstellen, als ständig von kleinen Kinderhänden gekrabbelt zu werden. Da kam mir eine blendende Idee.

„Mama, Louanne, Zoé und Hugo", meinte ich, um ihre Aufmerksamkeit auf mich zu lenken. „Ich bräuchte von euch allen mal ein wenig Unterstützung, denn ich möchte Mia in unser kleines Geheimnis einweihen", bat ich und goss einen Schluck Milch in meinen Kaffee.

Meine Familie wusste sofort worauf ich anspielte und nickte einstimmig.

Kaum hatte ich das Wort Geheimnis gesagt, war Mia auch schon hellhörig geworden und wollte wissen: „Was für ein Geheimnis?"

Ich rührte kurz durch meinen Kaffee, nahm einen großen Schluck davon und winkte sie mit den Worten: „Komm mal her", zu mir. Meine Tasse stellte ich auf ihren Unterteller zurück und hob Mia, als sie vor mir stand, mitsamt Frettchen auf meinen Schoß.

Ich bemerkte zwar Lukes Blick, der mich verunsichert ansah, wusste aber auch, dass er mir so viel Vertrauen entgegenbrachte, um mich das jetzt durchziehen zu lassen. Mir war klar, dass seine größte Angst sich auf

Mias bevorstehende Reaktion bezog. Aber ich würde mit Hilfe meiner Familie versuchen, Mia alles so schonend wie möglich beizubringen. Schließlich wollte ich auf keinen Fall erreichen, dass Mia sich vor uns fürchtete. Die jetzige Situation schien mir daher passend, denn ich würde sie dazu nutzen, meinen Bruder aus seinem Dasein als Frettchen zu befreien.

„Hast du schon das Frettchen gesehen? Das ist voll süß. Ich will es gerne behalten, aber deine Mama hat gesagt, das würde nicht gehen", erzählte sie geknickt.

„Ja, das habe ich. Ich kenne es sogar persönlich. Manchmal ist es sogar ziemlich ungezogen und man würde es am liebsten verschenken. Aber das geht leider wirklich nicht, denn es gehört meiner Mama und sie hat es trotz allem sehr lieb. Doch das erkläre ich dir gleich. Kommen wir zurück zu dem großen Geheimnis, das ich dir anvertrauen will. Erinnerst du dich an den tanzenden Wind, den wir vor zwei Tagen im Garten gesehen haben?"

„Ja! Der war toll, aber leider habe ich seither keinen mehr gesehen. Ich glaube, ich habe ihn erschreckt, als ich hinter ihm hergelaufen bin."

„Nein, meine Süße, das hast du nicht", beteuerte ich und strich ihr übers offene Haar. „Er war nur nicht hier, weil ich ihn nicht gerufen habe."

„Das verstehe ich nicht", meinte sie und zog die Stirn kraus.

„Ich zeige es dir an einem anderen Beispiel. Schau her."

Vor uns auf dem großen Esstisch stand eine Vase mit frischen Blumen, die ich heranzog. Ich nahm die Blumen heraus, legte sie vorsichtig zur Seite und hob meine Hand.

Binnen von Sekunden hob sich das Wasser aus der Vase und galoppierte in Form eines Einhorns über den Tisch. Mia bekam große Augen und sah fasziniert zu, wie das durchsichtige Wesen über den Kuchen hinwegsprang.

„Wow, Papa, schau mal was Chloé kann", rief sie aufgeregt.

Ich ließ das Wasser zurück in die Vase gleiten und stellte die Blumen hinein, bevor ich beides wieder auf dem Tisch positionierte.

„Wie hast du das gemacht?", wollte Mia wissen.

„Ich kann Wasser, Luft, Erde und Feuer beherrschen und damit tun was ich will", gab ich zu.

„Boah, wie eine echte Zauberin?"

„Nicht wie eine Zauberin, Mia, sondern wie eine echte Hexe. Meine ganze Familie besteht aus Hexen und Hexern."

Mias Augen wurden immer größer. „Aber ihr seht gar nicht aus wie die Knusperhexe aus meinem Märchenbuch", stellte sie fest, weshalb wir alle zu lachen begannen.

„Nein, Mia, so sehen wir wirklich nicht aus. Da gebe ich dir recht, aber ich will, dass du weißt, was wir sind. Wichtig ist nur, dass du es niemanden verrätst, denn andere Menschen würden es nicht verstehen. Wir verraten unser Geheimnis auch nur ganz besonderen Menschen. Du bist so ein besonderer Mensch."

„Ich verrate euer Geheimnis nicht. Großes Indianerehrenwort", schwor sie, wie ich es vor zwei Tagen bei ihr getan hatte. „Und ihr könnt wirklich alle zaubern", hakte Mia nach und sah neugierig in die Runde.

„Eigentlich nennt man es bei uns hexen, da wir Hexen sind. Aber ja, wir können alle unterschiedliche

Dinge", erklärte ihr meine Mutter. „Ich bin zum Beispiel eine Heilerin und kann dich gesundmachen, wenn du krank wirst."

„Chloés Einhorn und den tanzenden Wind find ich besser", platzte es aus Mia heraus, was mich schmunzeln ließ.

„Ich habe die Gabe, Gegenstände beherrschen zu können", mischte sich nun Zoé ein und ließ ihren Kuchenteller wie eine fliegende Untertasse durchs Zimmer schweben, bevor sie wieder ihren Platz auf dem Tisch einnahm. Dann folgte ein Kuchenstück, das sich wie von Geisterhand von der Kuchenplatte erhob, zu ihrem Teller schwebte und sich darauf ablegte."

Mia klatschte vor Aufregung in die Hände. „Toll, toll, toll! Was kannst du denn?", fragte sie meinen Onkel.

„Ich kann Menschen beherrschen, was ich aber nur in Notfällen darf. Zum Beispiel um einen Bankräuber aufzuhalten, wenn er eine Bank ausrauben will", erklärte Hugo, als gerade Prue mit einer frischen Kanne Kaffee ins Zimmer kam. Er ließ sie für einen Moment wie eine Salzsäule erstarren, bevor sie im nächsten Moment weiterlief, als sei nichts gewesen.

„Cool!", flötete Mia und blickte zu Louanne, als wartet sie gespannt auf ihre Vorführung. Da diese aber gerade den Mund mit Kuchen voll hatte, übernahm ich die Erklärung zu Louannes Gabe.

„Meine Tante Louanne ist eine Meisterin in Sachen Zaubersprüche und an der Stelle kommen wir zu dem Frettchen auf deinem Schoß, das nämlich mein Bruder Gabriel ist", erklärte ich ihr.

„Du hast ein Frettchen als Bruder?", fragte sie verwirrt und hielt das Frettchen hoch, um es genauer zu mustern. „Das ist aber irgendwie komisch", meinte sie und runzelte verwundert die Stirn.

Ich lachte auf und erwiderte: „Nein, mein Bruder war unartig und hat etwas getan, was er nicht hätte tun dürfen. Deshalb hat meine Tante ihn zur Strafe in ein Frettchen verwandelt. Setz es mal auf den Tisch", bat ich sie und nickte meiner Tante zu. Sie murmelte ihren Zauberspruch und im nächsten Augenblick saß mein Bruder neben uns auf der Tischkante.

„Hey, als Frettchen fand ich ihn aber besser", rief Mia empört. Und erntete dafür von meinem Bruder einen entrüsteten Blick. „Kannst du auch was Cooles hexen?", fragte sie ihn prompt.

„Ich kann durch Berührung die Vergangenheit anderer Menschen sehen. Was ich aber auch nur im Notfall machen darf, so, wie mein Onkel Hugo", antwortete Gabriel und sah zu Luke. „Ich denke an dieser Stelle, ist eine Entschuldigung fällig", meinte er reumütig und reichte Luke die Hand, an der er dieses Mal seinen Handschuh trug.

„Schon vergessen", winkte Luke ab, erwiderte die Geste und küsste mich zur Untermalung auf die Wange.

Mein Bruder erhob sich von der Tischkante und ging zu dem letzten freien Stuhl neben Luke.

„Es tut mir trotzdem leid und ich will, dass ihr wisst, dass ich es nur aus Sorge um Chloé getan habe", fügte Gabriel hinzu und setzte sich.

„Vergiss es Bruderherz. Es ist alles gut und du weißt ja, dass wir innerhalb der Familie nicht nachtragend sind." Ich wandte mich wieder an Mia, die immer noch auf meinem Schoß saß. „Findest du es denn schlimm, dass wir Hexen sind?", wollte ich von ihr wissen.

„Nein, ich find es toll. Außerdem gibt es ja auch Prinzessinnen und Prinzen und Könige und so Sachen in echt", meinte sie völlig selbstverständlich, was ich wirklich süß fand.

„Freut mich, wenn du das so siehst. Dann ist jetzt wohl dein Papa an der Reihe."

„Warum, kann er auch hexen?", mutmaßte Mia überrascht.

„Nein, aber er würde es sicher gerne können", meinte ich keck in seine Richtung und sah ihn auffordernd an, damit er das Reden übernahm, was ihm aber sichtlich schwer zu fallen schien. Deshalb versuchte ich ihm weiter den Weg zu ebnen. „Weißt du Mia, es gibt noch viele andere Geschöpfe außer uns Hexen."

„Echt? Was denn für welche?"

„Feen, Gnome, Riesen, Zwerge, Meerjungfrauen, Vampire, Waldgeister, Gestaltwandler, zu denen Werwölfe, Drachen und so weiter gehören, und noch einige mehr."

„So viele? Und warum hab ich noch nie einen davon gesehen?", erkundigte sich Mia.

„Weil sie sich alle versteckt oder unauffällig verhalten, aus Angst, die Menschen könnten sie entdecken und Jagd auf sie machen."

„Das ist aber schade. Aber warum tun das die Menschen?", erwiderte sie traurig.

„Weil sie uns nicht verstehen. Sie haben Angst vor dem Unbekannten oder denken, wir wären Monster. Für sie ist es unbegreiflich hexen zu können oder sich vom einen zum anderen Moment in einen Drachen zu verwandeln. Sie würden uns jagen, wegsperren, uns zu Forschungszwecke in Labore stecken oder sogar töten."

„Boah, das ist ja voll gemein. Ihr seid doch so lieb. Sowas dürfen die nicht tun", rief sie wütend und schmiegte sich an mich.

Ich legte meine Arme um sie und hielt sie für einen Moment fest. „Deshalb ist es auch so wichtig, dass du niemandem verrätst, was wir sind."

„Das werde ich nicht. Ich habe es doch geschworen", versicherte mir Mia.

Ich lächelte, gab ihr einen Kuss aufs Haar und flüsterte: „Ich weiß, Süße."

„Gibt es auch Einhörner", erkundigte sie sich.

„Es gab mal welche, doch es wurde schon seit sehr, sehr lange Zeit keins mehr gesehen", erklärte ihr meine Mutter.

Mia wandte sich um, krabbelte von meinem Schoß auf Lukes und sah ihn gespannt an.

„Papa, was bist du denn nun?"

Luke atmete tief durch und antwortete: „Ich, deine Großmutter und auch George sind Vampire."

„Echt jetzt, so mit spitzen Zähnen und Blut? Aber du trinkst doch Kaffee." Sie zeigte auf Lukes Tasse, die hinter ihr auf dem Tisch stand.

„Wir müssen nicht ständig Blut trinken, nur ab und zu, um gesund zu bleiben."

„Igitt, das ist genauso ekelig wie eure Schnecken und Frösche, die ihr in Frankreich esst", sagte sie mit kraus gezogener Nase in meine Richtung, weshalb alle am Tisch laut lachten. „Aber du hast doch ganz normale Zähne", hakte Mia nach, als wieder Ruhe eingekehrt war und schob mit ihren Fingern Lukes Lippen auseinander. „Schau, da sind keine spitzen Vampirzähne", stellte sie fest.

Luke fing ihre kleinen Hände ein, hielt sie fest und öffnete einen Augenblick später seinen Mund und präsentierte Mia seine Zähne, die mit weit aufgerissenen Augen kurz zurückzuckte und mit dem Rücken gegen die Tischkante stieß.

Meine Tante Zoé reagierte sofort und begann unauffällig unser Lied zu summen, um ihr die Angst zu nehmen.

„Hab keine Angst Mia", bat Luke. „Ich würde dir niemals etwas antun." Langsam, um sie nicht noch mehr zu erschrecken, hob er die Hand an ihre Wange und streichelte sanft darüber. Mias Anspannung ließ nach und machte der Neugierde Platz, die schon zuvor von ihr Besitz ergriffen hatte. Meine Tante verstummte und wir sahen alle zu Luke und Mia, als sie plötzlich zu lächeln begann und vorschlug: „Papa, dann kannst du heute Abend zu Chloés Halloween- Geburtstagsparty als Dracula gehen und brauchst nicht mal falsche Zähne."

Mit dieser Reaktion hatte Luke wohl nicht gerechnet, denn er starrte sie völlig verblüfft an, bevor er seine Zähne wieder im Kiefer verschwinden ließ, sie liebevoll in seine Arme zog und flüsterte: „Das werde ich, meine kleine Prinzessin. Ich hab dich lieb."

Vor Freude und Erleichterung hätte ich am liebsten losgeheult. Nun wusste Mia endlich über uns Bescheid und wir mussten uns in ihrem Beisein nicht mehr vorsehen, dass sie etwas sehen oder aufschnappen könnte, was sie verwirrte oder gar verängstigte. Vermutlich würde sie uns zwar die nächsten Wochen noch mit jeder Menge

Fragen löchern, so, wie sie es gerade mit meiner Tante Louanne tat, doch das war in Ordnung. Nur so würde sie alles verstehen und unbeschwert damit umgehen können.

Wir saßen alle noch eine ganze Weile am Tisch, unterhielten uns, aßen von Noras leckerem Orange Cake und Schoko- Ingwerkuchen und tranken Kaffee, als Prue zur Tür hereinkam und unserer Aufmerksamkeit auf sich zog.

„Mr. Williams, da steht ein Mann vor der Tür, der zu ihnen möchte. Er sagt er heißt Hubertus Hill."

Luke sah von Prue zu seiner Mutter, dann zu mir und dann wieder zu Prue.

„Bring ihn zu uns und nimm dann bitte Mia mit. Geh mit ihr in ihrem Zimmer spielen, bis wir zu euch kommen."

Prue nickte, verschwand und kam kurz darauf mit einem gutaussehenden, großgewachsenen Mann wieder. Er hatte sein langes, braunes Haar im Nacken zusammengebunden und trug neben einer schwarzen Hose und schwarzen Lederschuhen, ein weißes Hemd mit Rüschen an Ärmeln und Kragen. Bei jedem anderen hätte ich zu lachen begonnen, doch zu ihm passte dieses Outfit. Es ließ ihn auf eine bestimmte Art mystisch erscheinen. Seine Gesichtszüge waren zu meiner Verwunderung jugendlicher als erwartet. Bei dem Namen Hubertus hätte ich mit einem älteren Herrn gerechnet, doch Hubertus schien bei seiner Verwandlung nicht älter als Ende dreißig gewesen zu sein. Seine moosgrünen Augen schienen alles und jeden im Raum binnen von Sekunden zu erfassen und standen in einem tollen Kontrast zu seiner karamellfarbenen Haut.

Wer glaubte, Vampire seien blass, so, wie sie in Filmen dargestellt wurden, hatte sich getäuscht. Da sie UV-Strahlen durchaus vertrugen, hatten sie auch die Möglichkeit sich von der Sonne bräunen zu lasse.

Prue nahm Mia, die gerade bei Zoé stand, an die Hand und verließ mit ihr den Raum. Luke erhob sich ebenfalls und ging auf Hubertus zu. Ich hielt unbewusst die Luft an, da ich nicht wusste, wie Luke sich ihm gegenüber verhalten würde, schließlich hegte er einen Groll auf diesen Mann, weil er ihm ursprünglich die Schuld für den Tod seines Vaters zugeschrieben hatte. Ich konnte nur hoffte, dass meine Worte zu ihm durchgedrungen waren. Falls nicht, hielt ihn hoffentlich die Anwesenheit der anderen davon ab etwas Dummes zu tun.

„Hubertus, alter Freund, schön dich zu sehen", hieß er ihn zu meiner Überraschung willkommen und schlug ihm mit einer Hand freundschaftlich auf die Schulter, während er ihm die andere zur Begrüßung reichte.

Hubertus war mindestens genauso überrascht von Lukes Reaktion, wie Lukes Mutter. Er sah ihn mit hochgezogener Augenbraue an und meinte: „Danke, dass du mich willkommen heißt. Ich habe Neuigkeiten bezüglich eures Problems und dachte, ich überbringe sie euch persönlich."

„Ich hoffe gute", hakte Luke nach, woraufhin Hubertus nickte.

Vor Freude über die gute Nachricht, hätte ich beinahe laut aufgeschrien, biss mir aber noch rechtzeitig auf die Lippe, schließlich wusste ich noch nicht, wie diese Lösung aussehen sollte.

Luke stellte Hubertus meiner Familie vor. Danach

begrüßte er Reeva und George wie zwei alte Freunde, um sich schlussendlich mit mir zu befassen. Ich hatte mich erhoben, um Hubertus zu begrüßen und stellte fest, dass er noch einen Tick größer war als Luke.

„Das ist also die Hexe, die dein Leben auf den Kopf gestellt hat. Wunderschön!", bemerkte er, hauchte mir, ganz die alte Schule, einen Kuss auf den Handrücken und fügte hinzu: „Du kannst dich wirklich glücklich schätzen, Luke. Nur wenige ereilt das Glück ihre Auserwählte zu finden. Du hast gleich doppeltes Glück und hast deine Auserwählte gefunden, die sogar auf magische Weise zu dir gehört. Ich habe in den achthundert Jahren, seitdem ich lebe, erst zwei Paare kennengelernt, bei denen es sich so zutrug. Dann kannst du dir wohl vorstellen wie selten dieser Fall eintritt." Er entließ meine Hand und lächelte mich freundlich an.

„Achthundert Jahre?", murmelte ich fassungslos.

„Dafür ist er aber noch ganz schön knackig!", entschlüpfte es Louanne, die sich sofort die Hand vor den Mund schlug, da ihr klar wurde, dass sie ihren Gedanken gerade jedem im Raum preisgegeben hatte, wofür sie erheiterte Blicke erntete.

„Danke, hübsche Lady. Das ist der Vorteil, wenn man nicht altert", bemerkte Hubertus in ihre Richtung und zwinkerte ihr zu.

Louanne schoss die Röte in ihre Wangen, weshalb sie nach ihrer Kaffeetasse griff, um sich dahinter zu verstecken, was nicht wirklich funktionierte.

„Das ist mir durchaus bewusst", unterbrach Luke das Geplänkel zwischen den beiden, um auf seine Bemerkung mich betreffend zurückzukommen, und lächelte mich liebevoll an. „Lasst uns Platz nehmen", schlug er vor und ließ sich auf meinem Stuhl nieder, während er mich auf seinen Schoß zog, damit es sich Hubertus auf Lukes Stuhl gemütlich machen konnte.

„Kann ich offen reden?", wollte er nach einem Blick durch die Runde von Luke wissen.

„Ja, alle Anwesenden sind eingeweiht", bejahte Luke.

„In Ordnung. Also ich muss zugeben, es war nicht ganz einfach eine Lösung zu finden. Als Reeva mich kontaktierte", er schenkte ihr einen Blick, „wusste ich zuerst selbst nicht, ob es mir gelingen würde, die Antwort auf ihre Frage zu finden. Doch wie du dich sicher erinnerst, Luke, tue ich, was in meiner Macht steht, um Freunden zu helfen." Er sah Luke eindringlich an und mir war sofort klar, auf was er anspielte, doch Luke reagierte nur mit einem Nicken, was Hubertus erneut zu verblüffen schien. „Nun, wie dem auch sei, ich zog los, um die zu finden, denen das gleiche Schicksal zu teil geworden war. Erst suchte ich die Nadel im Heuhaufen, doch dann bekam ich einen Hinweis von einem alten Freund. Letztendlich fand ich das Paar, das ich gesucht hatte und zuletzt vor dreihundertachtzig Jahren getroffen hatte. Dabei handelt es sich um eine Vampirin und einen Elf. Bei den beiden verhielt es sich haargenau gleich, wie bei euch. Es besteht die gleiche magische Verbindung und sie hatten das gleiche Problem. Wie ihr wisst, werden Elfen zwar sehr alt, sind aber nicht unsterblich. Die beiden haben jedoch einen Weg gefunden, die Zeit stillstehen zu lassen. Fermion, der Elf, sah noch genauso aus wie ich ihn in Erinnerung hatte. Er war nicht um einen Tag gealtert."

„Das heißt, du wusstest von vornherein, dass es diese Art von Verbindung gibt?", wollte Luke von ihm wissen.

„Ja, das tat ich."

„Warum hast du nie etwas davon erwähnt?"

„Ich hielt es nicht für wichtig", gab er zu, woraufhin Luke ein gereiztes Schnauben ausstieß.

Ich legte meine Hand auf seinen Arm und warf ihm einen verständnisvollen Blick zu. Selbst wenn wir von Anfang an davon gewusst hätten, wäre es trotzdem unvermeidlich gewesen. Das war mir heute viel bewusster als zu dem Zeitpunkt, wo es passierte. Wir hätten unser Schicksal nicht ändern können. Und um ehrlich zu sein, wöllte ich das auch gar nicht mehr. Ich liebte Luke mit all seinen Ecken und Kanten und war glücklich darüber, mit ihm zusammen sein zu können. Darum schüttelte ich kaum merklich meinen Kopf und hoffte, er würde verstehen, wie ich das meinte. Er schwieg, weshalb Hubertus fortfuhr.

„Ich erzählte ihnen von euch und eurem Problem. Bat sie um Hilfe. Unter einer kleinen Bedingung ließen sie sich darauf ein und verrieten mir ihr Geheimnis."

Er machte eine denkwürdige Pause und wir alle hielten die Luft an. Man hätte eine Stecknadel aufschlagen hören, so still und angespannt waren alle.

„Das Geheimnis ist dein Blut, Luke."

„Mein Blut?", meinte Luke überrascht.

„Ja! Chloé muss nur täglich ein paar Tropfen deines Blutes zu sich nehmen und nimmt somit deine Gabe der Unsterblichkeit auf. Das macht sie noch nicht zum Vampir, wird aber verhindern, dass sie altert. Zudem wird sie dadurch nicht mehr erkranken beziehungsweise schneller heilen, wenn sie sich einmal verletzen sollte, was wohl eine angenehme Nebenwirkung deines Blutes ist. Kurz gesagt, sie wird genauso unsterblich sein wie du es bist."

„Natürlich!", schrie Louanne plötzlich auf, wodurch ich vor Schreck zusammenzuckte. „Warum zum Teufel ist mir das noch nicht eingefallen. Schließlich tragen wir alle unsere Kraft im Blut und was passiert, wenn man uns unser Blut stiehlt?"

„Man beraubt uns unserer Gabe", murmelte ich und verstand allmählich, auf was sie hinauswollte.

„Moment mal", mischte sich Hugo ein. „Das würde ja bedeuten, dass sobald ich jemandem einen Schluck von meinem Blut gebe, dieser meine Gabe nutzen kann."

„Dieser Gedanke kam mir auch schon. Denn wir geben ja unseren Nachkömmlingen auf die gleiche Weise unsere Gaben mit. Ihr zwar durch die genetische Veranlagung und etwas Magie, wir hingegen durch aussaugen und einflößen unseres Blutes. Letztendlich ist es aber immer auf das Blut zurückzuführen, in dem der Code und somit die Macht dafür liegt. Was mir auch Fermion und Lael bestätigt haben."

„Ach du heiliger Strohsack!", krächzte meine Mutter entsetzt. „Wenn das die falschen Leute erfahren, könnte das uns mächtig in Gefahr bringen."

„Durchaus!", stimmte Hubertus ihr zu. „Jede Spezies auf dieser Welt wäre in großer Gefahr. Würde man einen Cocktail aus Blut von den verschiedenen Geschöpfen brauen und einer einzigen Person einflößen, könnte das verheerende Folgen haben. Es könnte sowas wie ein Überwesen entstehen. Natürlich sind das nur Spekulationen, doch rein theoretisch könnte das möglich sein."

„Moment mal", unterbrach ich Hubertus. „Luke hat erst von meinem Blut getrunken, hätte er da nicht etwas merken müssen?"

Hubertus sah Luke an und fragte: „Hast du einen Unterschied zu sonst bemerkt?"

Luke ließ sich mit seiner Antwort einen Augenblick Zeit, dachte nach und erwiderte: „Wenn du mich so fragst, ja. Jetzt wo du es sagst, fällt es mir auch auf. Ich habe mich stärker als sonst gefühlt und habe erst heute neues Blut zu mir nehmen müssen. Als würde es mich länger nähren."

„Und Chloés Gaben?", bohrte Hubertus weiter.

„Keine Ahnung. Woher soll ich wissen, wie man die einsetzt?", konterte Luke.

„Wie lange ist es her, dass du von ihr getrunken hast."

„Circa eineinhalb Stunden", antwortete Luke wahrheitsgemäß.

„Versuch es", forderte Hubertus prompt.

Luke sah mich hilfesuchend an, da er keine Ahnung hatte, was zu tun war. Ich zog erneut die Vase her, die mir schon für Mias Vorführungszwecken gedient hatte, nahm die Blumen heraus und wies Luke an: „Öffne deinen Geist und stell dir vor, du seist das Wasser, dann tu damit was immer es tun soll."

Luke starrte angestrengt auf die Vase, doch nichts geschah.

„Es tut sich nichts", meinte Hubertus, was wir alle selbst sehen konnten.

„Wartet noch einen Augenblick", bat ich und beugte mich an Lukes Ohr. „Entspann dich Luke", flüsterte ich.

„Du musst das Wasser nicht bezwingen, sondern ihr müsst nur zu einer Einheit verschmelzen. Stell dir vor, ich wäre das Wasser und du wolltest mit mir verschmelzen."

Kaum hatte ich die Worte ausgesprochen, schoss das Wasser aus der Vase und klatschte an die Decke, von der es in Form von Tropfen wieder auf uns herniederfiel. Die anderen keuchten auf, während ich nur lachend meinte: „So stellst du dir verschmelzen vor?! Das üben wir aber nochmal."

„Ich würde sagen, wir haben den Beweis, den wir haben wollten", sagte meine Mutter.

„Allerdings! Deshalb musste ich auch einen Blut-Eid schwören, dass ich und auch ihr niemandem davon erzählt. Nur unter dieser Bedingung gaben sie ihr Geheimnis preis."

„Das versteht sich von selbst", meinte mein Bruder und fuhr sich fassungslos durch sein ohnehin verwuscheltes, blondes Haar.

„Das reicht mir leider nicht", gestand Hubertus prompt. „Nehmt es mir nicht übel, aber das ist eine große Sache und ich kenne den größten Teil der Personen hier an diesem Tisch erst seit nicht einmal einer halben Stunde, weshalb mir euer Wort nicht genügt."

„Was soll das heißen", wollte Luke augenblicklich wissen und versteifte sich unter mir.

„Wir haben hier genügend Hexen am Tisch, wovon doch eine mit Sicherheit den Zaubersprüchen mächtig ist", erläuterte Hubertus.

„Ja, ich", gestand Louanne ohne mit der Wimper zu zucken und fixierte ihn mit ihrem Blick.

„Gut! Dann würde ich vorschlagen, du sprichst einen

unwiderruflichen Verschwiegenheitszauber aus, der uns alle einschließt und uns zum Stillschweigen zwingt, egal wie lange wir leben."

„Das ist verrückt!", meinte Luke und wollte aufspringen, doch da ich auf ihm saß, hinderte ich ihn daran.

„Warte Luke. So abwegig ist das gar nicht", erklärte ich ihm und sah über den Tisch, um den Blick jedes einzelnen meiner Familie zu suchen. „Was meint ihr? Es ist schließlich zum Wohle aller und tut uns nicht weh."

Mein Bruder nickte knapp.

„Ich bin auch einverstanden", schloss sich Hugo an.

„Bin dabei, wenn Louanne es nicht wieder vergeigt", meinte Zoé frech und versetzte ihrer Schwester einen neckenden Hieb mit dem Ellenbogen.

„Sehr witzig", konterte Louanne und murrte, „Könnt ihr es endlich mal lassen, mich wegen eines verpatzten Zaubers immer aufzuziehen?"

„Nein!", riefen alle Moreaus im Chor und lachten.

„Na toll", grummelte Louanne und fügte hinzu: „Bin auch einverstanden."

„Ich denke, es ist die einfachste und beste Art uns alle zu schützen. Daher bin ich ebenfalls einverstanden", schloss sich meine Mutter an.

„Gut, dann hängt es nur noch von den anwesenden Vampiren hier im Raum ab", meinte ich und sah zu Reeva und George.

„Moment!", rief Luke dazwischen. „Bevor wir uns entscheiden, wüsste ich gern, was es mit diesem Zauber auf sich hat. Wie äußert er sich?"

„Du hast doch wohl keine Angst vor einem Zauber, Raffzahn", piesackte ich ihn.

„Du freche, ungezogene Hexe", mahnte er mich und zog mich spielerisch an den Haaren.

Louanne konnte sich ein Lachen nicht verkneifen, als sie Lukes Spitznamen hörte und erklärte: „Keine Angst, Luke, der Zauber ist völlig harmlos. Er hindert dich nur daran, über dieses Thema mit jemand anderem als den hier Anwesenden zu sprechen. Du würdest nicht mal durch schlimmste Folter in der Lage sein, einem Fremden ein Wort darüber zu verraten. Es ist als könntest du, sobald du daran denkst, deine Gedanken nicht in Worte fassen."

„Siehst du, tut gar nicht weh", mobbte ich ihn.

Luke zog mich blitzartig an seine Brust und flüsterte in mein Ohr: „Auch wenn du heute Geburtstag hast, hält mich das nicht davon ab, dir eine gebührende Strafe für deine Frechheiten zukommen zu lassen."

„Mmh, ich bitte darum", säuselte ich zurück und löste mich wieder etwas von ihm.

„Unzüchtiges Ding", hörte ich ihn noch grummeln, was mir ein freches Grinsen entlockte.

„Also, gut", meinte Reeva und zog so meine Aufmerksamkeit auf sich, „George und ich sind auch einverstanden."

„Na schön", meinte Luke als Letzter. „Tut was ihr glaubt, tun zu müssen."

„Okay, dann bringen wir es hinter uns", beschloss Louanne ohne noch weiter Zeit zu verschwenden und verlangte von allen Anwesenden sich an den Händen zu halten, wodurch ein geschlossener Kreis entstand. Louanne schloss konzentriert die Augen und begann eine Zauberformel zu murmeln. In der Mitte des Kreises, der durch unsere körperliche Verbindung entstanden war, erschien ein weiterer Kreis aus gleißendem Licht, der über dem Tisch schwebte, um den wir saßen. Er wurde immer größer und formte sich zu einem Oval, wodurch er die gleiche Form wie der Tisch einnahm, bis er schließlich in zehn gleichgroße Stücke zerriss. Jedes Stück formte sich zu einer kleinen Kugel, um im Anschluss in die jeweilige Person einzutauchen, vor der sie in der Luft schwebte. Sowie in jedem von uns eine Kugel verschwunden war, erlosch auch das gleißende Licht. Louanne öffnete ihre Augen und verkündete zufrieden: „Das wars!"

KAPITEL 15

Nach so viel Aufregung an einem Tag, die locker für eine ganze Woche ausgereicht hätte, gönnten wir uns alle eine kurze Pause, bevor wir bei Anbruch der Dunkelheit mit der Party beginnen würden. Jeder zog sich in sein Zimmer zurück, um sich noch ein wenig auszuruhen und dann für das Fest umzuziehen, denn was war eine Halloweenparty ohne Kostüme.

Luke und ich liefen nach oben, um Prue von ihrer vorübergehenden Tätigkeit als Babysitter zu befreien. Sie saß mit Mia auf dem Boden ihres Zimmers, wo sie gemeinsam mit Barbiepuppen spielten.

„Hallo, ihr zwei", rief ich, um auf uns aufmerksam zu machen, als wir den Raum betraten. „Danke, Prue, dass du nach Mia gesehen hast."

„Habe ich gern gemacht", versicherte sie mir und legte die Puppe zur Seite, um aufzustehen. „Wir sehen uns dann nachher bei der Party", meinte sie beim Hinausgehen, was ich mit einem Nicken bestätigte.

„Wann gehen wir denn endlich zur Party?", wollte Mia wissen.

„Bald, mein Schatz!", erwiderte Luke, der neben mir stand und den Arm um meine Taille geschlungen hatte. „Spiel noch ein bisschen und dann ziehen wir uns um."

„Na schön. Spielt ihr mit?", fragte sie.

„Jetzt nicht. Chloé und ich müssen uns noch um etwas kümmern. Aber falls du uns brauchst, ruf uns einfach. Wir sind im Wohnzimmer", erklärte er ihr und ging mit mir nach nebenan.

„Um was müssen wir uns denn noch kümmern?", wollte ich auf dem Weg zum Wohnzimmer wissen.

„Das wirst du gleich sehen", meinte er knapp, zog mich zum Sofa und ließ sich mit mir darauf nieder.

Bevor mir klar wurde, was er vorhatte, fuhr er seine Zähne aus, biss sich ins Handgelenk und hob mir die tiefrote Flüssigkeit entgegen, die aus seiner Ader quoll. „Trink", forderte er.

„Was, jetzt?", meinte ich völlig überrascht.

„Ja, jetzt! Ich will nicht länger warten. Ich will dich in Sicherheit wissen und wenn du dafür mein Blut benötigst, gebe ich es dir mit Freuden. Also, Chloé, trink", bat er erneut.

Ich starrte auf das Blut und konnte mich einfach nicht überwinden meine Lippen auf Lukes Handgelenk zu pressen und davon zu trinken. Es war immerhin Blut und kein Champagner. Okay, Cola hätte mir auch genügt. Mir war klar, dass ich nur so unser Problem lösen konnte, aber so sehr ich mich auch bemühte, meinen inneren Schweinehund zu überwinden, ich schaffte es einfach nicht.

Ich hatte lange genug gebraucht, um mich daran zu gewöhnen, Luke beim Blut trinken zuzusehen, was nichts im Vergleich zu dem war, was er jetzt von mir erwartete. Die Vorstellung mir diesen dickflüssigen Saft einzuverleiben, war alles andere als verlockend.

„Luke, es tut mir leid, aber ich glaube, ich kann das nicht."

Luke seufzte und leckte das Blut von seiner Haut. Die Wunde, die er sich zugefügt hatte, war bereits wieder geschlossen und nur noch als leicht gerötete Punkte zu erkennen.

„Chloé, du musst. Eine andere Möglichkeit haben wir nicht."

„Ich weiß, aber das ist so...so..." Ich seufzte ebenfalls. „Gibt es nicht eine andere Methode, um mir das Zeug einzutrichtern? Eine die weniger offensichtlich ist und bei der ich vielleicht etwas mehr abgelenkt bin, wäre gut."

Luke lehnte sich auf dem Sofa zurück und rieb sich den Nacken. Sein Blick hing an der Zimmerdecke und er schien angestrengt zu überlegen. Dann sah er mich an und begann zu lächeln.

„Ich habe eine Idee", gab er kund

„Und die wäre?", hakte ich nach.

„Lass dich überraschen. Und jetzt komm her", forderte er, zog mich zu sich und begann mich zu küssen. Erst zögerlich und sanft, dann immer wilder und fordernder. Ich ließ mich in seinen Arm sinken und genoss die Hitze, die uns erfasste und plötzlich, bevor mir klar wurde, was Luke vorhatte, biss er sich selbst auf die Lippe und küsste mich einfach weiter. Ein leicht metallischer Geschmack breitete sich in meinem Mund aus, der bei weitem nicht so schlimm war, wie ich vermutet hatte.

Luke setzte seinen Angriff noch für einen Moment fort. Als er sich schwer atmend von mir löste, grinste er mich zufrieden an. „Das sollte genügen", meinte er und wischte mir mit dem Daumen über den Mundwinkel, wo vermutlich noch Blutspuren zu sehen waren.

Ich war so überrascht von seiner Aktion, dass ich ihn immer noch sprachlos anstarrte. Das war so schnell und einfach gegangen, dass ich keinen weiteren Gedanken darüber verschwenden konnte und es einfach geschehen lassen konnte. Jetzt, nachdem ich das erste Mal hinter mir hatte, wusste ich, dass es im Großen und Ganzen halb so wild war und nicht wirklich schlimm schmeckte. Es war damit zu vergleichen, wenn man sich beim Essen versehentlich auf die Wange biss und danach Blut schmeckte. Nicht super lecker, aber auch nicht absolut widerlich, sodass einen der Würgereiz heimsuchte.

„Und, war es schlimm?", fragte er.

„Ehrlich gesagt, nein. Ich würde sagen, so könnte es gehen. Bei noch mehr Ablenkung, könnte ich mich vielleicht sogar daran gewöhnen", gab ich zu.

Luke lachte auf. „Das sollte sich bewerkstelligen lassen, meine kleine, scharfe Hexe. Ich liebe dich, Chloé und bin einfach nur froh, mir keine Sorgen mehr um unsere Zukunft machen zu müssen. Ich will bis in alle Ewigkeit mit dir zusammen sein und ich hoffe, dass Mia, wenn sie erwachsen ist, sich von mir wandeln lässt, damit auch sie uns immer erhalten bleibt. Ihr seid meine Familie und ich brauche euch so sehr, wie das Blut, das mich am Leben erhält."

„Ich liebe dich auch und freue mich auf die Ewigkeit mit dir. Was Mia angeht, werden wir sehen, wie sie sich entscheidet, doch fürs Erste soll sie ihre Kindheit genießen und erwachsen werden."

Luke lächelte und erwiderte: „Ja, das soll sie", und küsste mich.

***

Pünktlich zum Einbruch der Dunkelheit versammelten wir uns alle im Salon. Luke hatte Hubertus eingeladen, ebenfalls bei unserem Fest anwesend zu sein, was er mit Freuden angenommen hatte. Unsere Familien waren da, alle Angestellten und sogar Linus entdeckte ich etwas abseits, wie er sich mit meiner Mutter unterhielt. Alle waren in ihren Kostümen erschienen. So waren alle Moreaus als Hexen verkleidet. Lukes Familie inklusive Hubertus glänzten als Vampire mit Ausnahme von Mia, die als kleine Fee, in dem Glitzerkleid das Reeva ihr mitgebracht hatte, mit Flügeln auf dem Rücken und einem Zauberstab in der Hand, durch den kleinen Saal hüpfte.

Des Weiteren gab es noch zwei Geisterkostüme, unter denen ich Barry und Charles vermutete, Jack mimte den Zombie und Gordon den toten Gärtner. Die Mädels hatten sich als sexy Krankenschwester, Nonne, Zombiebraut, sexy Teufel und tote Piratenbraut verkleidet. Linus hatte es als blutverschmierter Cowboy am schlichtesten gehalten, doch das war egal. Hauptsache er war da.

Die Musik dröhnte aus einer Anlage und die bunten Lampions, die wir mit batteriebetriebenen Lichterketten ausgestattet hatten, erhellten zusammen mit den Kürbissen und dem Feuer, das im Kamin brannte, den Raum. Das Buffet war gigantisch geworden und bestand aus zwei verschiedenen Sorten Bowle, aus unzählig verschiedenen kleinen Häppchen und etlichem Halloween-Süßkram. Die Stimmung war ausgelassen. Es wurde getanzt, geredet, gelacht und ich hatte endlich das Gefühl, mein Leben sei wieder im Lot.

Ich unterhielt mich gerade mit Zoé, die mir erklärte, warum Jacob, ihr Verlobter, nicht mitgekommen war. Dieser arbeitete als Rettungssanitäter und hatte leider Notdienst, weshalb er nicht freinehmen konnte. Ich nutzte die Gelegenheit, ihr nochmal persönlich zu ihrer Verlobung zu gratulieren. „Ich freue mich so für euch, Zoé. Habt ihr den Umzug gut über die Bühne gebracht?"

„Ja, alle haben geholfen und wir sind an einem Tag fertig geworden. Emma war erst etwas traurig, weil ich auszog, doch da ich nur einen Ort weiter wohne, hat sie schnell gemerkt, dass es halb so wild ist und wir uns immer noch sehr häufig sehen. Zudem mag sie Jacob ja sehr gern, da er bei den Menschen ein Heiler ist wie sie. Das hat ihm Pluspunkte eingebracht", scherzte sie.

„Ja, Mama ist berühmt dafür, schwer loslassen zu können", lachte ich ausgelassen, als Luke neben mich trat und unser Gespräch unterbrach.

„Entschuldige, Zoé, aber es wird Zeit unserem Geburtstagskind seine Geschenke zu überreichen."

Ein breites Grinsen erschien auf Zoés Gesicht, mit dem ich nichts anzufangen wusste.

„Aber du hast mir doch schon Blumen geschenkt", meinte ich verwirrt.

„Glaubst du, ich würde dich einfach mit einem Strauß Rosen abspeisen?", erwiderte er.

„Hey, die waren wunderschön und durchaus ausreichend", konterte ich.

Luke zog mich lachend in die Mitte des Raumes und die Musik wurde leiser gestellt. Alle Gespräche verstummten und die Blicke wurden auf mich gerichtet. Im Stillen fragte ich mich, was zum Teufel hier vor sich ging? Irgendwas war hier plötzlich faul.

Luke, der einen schwarzen Smoking trug, den er mit einem weißen Hemd und einer dunkelroten Fliege mit passendem Einstecktuch kombiniert hatte, drehte sich mir mit einem liebevollen Lächeln zu. Ich hatte ihn noch nie so rausgeputzt gesehen und muss zugeben, dass er einfach umwerfend gut aussah. Wäre ich mit ihm alleine gewesen, hätte ich mir extra viel Zeit gelassen, um ihn aus dieser hübschen Verpackung zu schälen.

Da ich zu meinem schwarzen Corsagenkleid und der Strumpfhose im Spinnennetzdesign, farblich abgestimmte High Heels trug, war ich, als er vor mir stand, fast mit ihm auf Augenhöhe.

Er winkte Mia zu sich, die eine kleine samtene Schachtel bei sich trug. Er nahm Mia auf den Arm, die mir die Schachtel mit einem breiten Lächeln entgegenstreckte. „Hier, Chloé, für dich. Alles Liebe zum Geburtstag", meinte Mia. Gleich darauf drückten mir jeder der beiden einen Kuss auf die Wange.

„Dankeschön!", erwiderte ich gerührt.

„Los mach es auf", drängte mich Mia und starrte gespannt auf die Schachtel.

Langsam klappte ich den Deckel der kleinen Schatulle zurück und entdeckte zwei wunderschöne Ringe aus Weißgold, in denen ein kleiner Smaragd eingefasst war. Doch das war noch nicht alles. Kaum hatte ich die Schachtel geöffnet und die Ringe entdeckt sagte Mia: „Chloé, willst du meine Mama werden?"

Ganz langsam hob ich meinen Blick, sah erst zu Mia und dann zu Luke.

„Schau nicht so fassungslos", bemerkte Luke mit

einem Lächeln im Gesicht. „Was hast du erwartet? Ich habe dir gesagt, ich möchte dich für alle Ewigkeit behalten und habe jedes Wort ernst gemeint. Heirate mich, Chloé Moreau, und zwar heute Nacht." Luke machte eine Handbewegung und ich sah über seine Schulter hinweg, wie Nora die Tür öffnete und ein Priester zur Tür hereinkam.

Mir fehlten die Worte. Damit hatte ich in keiner Weise gerechnet. Ich liebte Luke und wir würden ohnehin unser endloses Leben zusammen verbringen. Doch dass er mich bat, ihn im Beisein unserer Familien vor einem Geistlichen zu ehelichen, zeigte mir, wie ernst es ihm war. Dass er mir mit diesem letzten Schritt zeigen wollte, dass es nicht nur die Magie zwischen uns war, die uns verband, sondern auch eine tiefe Liebe, die von Herzen kam.

Ich spürte, wie sich Tränen in meinen Augen sammelten, die ich mühselig versuchte zu bändigen. Meine zittrige Hand legte ich auf Mias Wange und lächelte sie liebevoll an, als ich sagte: „Ja, Mia, ich will deine Mama sein! Es gäbe nichts was mich glücklicher machen würde, als dich meine Tochter nennen zu dürfen."

Sie schlang ihre kleinen Arme um mich und drückte mich fest. Als sie sich von mir löste, stellte Luke sie auf ihre Füße und zog mich in seine Arme. „Ich liebe dich, werde dich immer lieben und werde alles tun, um dich zur glücklichsten Hexe auf Erden zu machen."

Ich sah ihm tief in die Augen und flüsterte: „Das hast du bereits", und schenkte ihm einen tiefen und zärtlichen Kuss.

EPILOG

So wurde ich in der Nacht vom einunddreißigsten Oktober zu Mrs. Chloé Williams, Frau von Luke Williams und Mutter von Mia Williams. Alle hatten von Lukes Plan, mich in dieser Nacht zu heiraten, gewusst. Ja, sogar Linus, der es im stillen Beisein hingenommen hatte. Er reihte sich sogar in die Gratulanten des Abends ein und nutzte die Gelegenheit, um mir ins Ohr zu flüstern: „Siehst du, mein Armband wirkt", küsste mich auf die Wange und überließ mich dann wieder den anderen.

Ich freute mich sehr über seine freundschaftliche Reaktion, auch, wenn ich ihm ansah, dass ihm die ganze Situation nicht leichtfiel. Doch mit der Zeit würde es für ihn hoffentlich leichter werden und er sich irgendwann in eine andere Frau verlieben, die ihm das geben konnte, was er verdiente.

Die ganze Familie hatte sich beteiligt, damit diese Hochzeit perfekt wurde. Heimlich hatten sie alles vorbereitet und dafür gesorgt, dass es mir an diesem besonderen Abend an nichts fehlte. Es gab einen Brautstrauß, der Priester hielt eine schöne Rede, bevor er uns vermählte, und selbst an eine Hochzeitstorte im Halloweenstyle hatten sie gedacht, die der absolute Kracher war. Alles war so wie ich es mir gewünscht hätte, wenn ich es gewusst und selbst geplant hätte, was ich zum größten Teil meiner eigenen Familie zu verdanken hatte. Sie wussten, dass ich nichts von normalen, langweiligen, traditionellen Hochzeiten in weiß hielt. Als Hexe liebte ich es außergewöhnlich und ein bisschen schräg.

Prue, Nora und die anderen hatten zusammengelegt, um uns eine kleine Hochzeitsreise zu schenken. Fünf Tage Rom mit allem was dazugehörte, die wir gleich am nächsten Morgen antraten. Zu diesem Zweck blieben Reeva und George auf dem Anwesen, um sich während unserer Abwesenheit um Mia zu kümmern. Zudem erfuhr ich, dass Reeva und George uns die Eheringe als Hochzeitsgeschenk gesponsert hatten, die George eigens für uns angefertigt hatte.

Die Flitterwochen waren perfekt und wir genossen die Zeit in vollen Zügen und erkundeten jeden Winkel von Rom. Außerdem fällten wir in diesen Tagen eine weitere zukunftsorientierte Entscheidung. Wir beschlossen, da Luke zeugungsunfähig war, für Mia ein Geschwisterchen zu adoptieren, damit sie nicht mehr alleine sein würde. Was wir ein paar Wochen später angingen. Kurz vor Weihnachten adoptierten wir ein kleines, dreijähriges Mädchen, das von seinen drogenkranken Eltern weggeholt worden war. Wir stießen in dem Waisenhaus unserer Wahl auf das kleine, verschüchterte Mädchen mit den blonden Locken und wussten sofort, dass sie zu uns gehörte. Sie hieß Zaria und lebte sich gut bei uns ein. Schon wenige Wochen nach ihrem Einzug tobte sie mit Mia ausgelassen im Garten durch den frisch gefallenen Schnee und vergaß mit der Zeit immer mehr, was sie in den ersten drei Jahren ihres jungen Lebens hatte ertragen müssen. Langsam und mit viel Gefühl machten wir auch ihr klar, was wir waren und konnten sie durch Mias Hilfe auch davon überzeugen, dass sie sich nicht vor uns fürchten musste.

Mia wurde zu einer stolzen großen Schwester. Und Luke und ich, die glücklichsten Eltern, die man sich vorstellen konnte, die von nun an ihr unsterbliches Leben in allen Zügen genossen.

ENDE

Verführt Verliebt Verwandelt

Ein vampirisches Fantasy-Abenteuer!
Romantisch, erotisch, spannend!

LESEPROBE

„Hallo Mrs. Wilson, mein Name ist Amelia Black. Wir hatten vor einigen Tagen miteinander telefoniert."

Die freundlich dreinschauende alte Dame, die mir in der Tür gegenüberstand, trug einen braunen Strickpullover, eine graue Wollhose und darüber eine geblümte Küchenschürze. Ihre Haare waren so weiß wie der Schnee vor dem Haus und in Lockenwickler eingedreht.

„Mrs. Black! Schön, dass Sie da sind. Wir haben Sie bereits erwartet. Kommen Sie doch bitte herein.

Draußen ist es bitterkalt. Da holt man sich schnell mal eine Erkältung."

Mit einer einladenden Handbewegung trat Mrs. Wilson lächelnd zur Seite, während ich durch die Tür des schnuckeligen Landhauses ging. Der Flur war klein und die Wände geschmückt von eingerahmten Fotografien. Der alte, abgetretene Holzboden knarzte bei jedem Schritt unter meinen Füßen. Nur ein schmaler und bunt gemusterter Läufer dämpfte meine Schritte. In der Luft hing der Duft von frisch Gebackenem.

„Ich hoffe, Sie hatten eine angenehme Fahrt und konnten den Weg zu uns gut finden", sprach sie weiter.

Mrs. Wilson lief, nachdem sie die Haustür geschlossen hatte, an mir vorbei und führte mich durch den Flur in ein nettes, gemütliches Wohnzimmer, das über einen Kaminofen verfügte, in dem ein Feuer knisterte. Auch hier waren die Wände von Bildern geschmückt. Es war alles vertreten. Von Bleistiftzeichnungen, über Fotografien, bis hin zum edlen Ölgemälde. Vermutlich sammelte sich im Laufe eines Lebens so einiges an. Den Rest des Raumes nahmen schwere, rustikale, dunkle Holzmöbel ein. Der Boden war von einem Orientteppich bedeckt.

Ich schälte mich aus meiner dicken Daunenjacke.

„Ja! Danke der Nachfrage, aber bitte nennen Sie mich einfach Amelia", erwiderte ich.

Die alte Dame nickte.

„Gerne Amelia! Nimm doch bitte Platz. Ich habe einen Tee und Kuchen für uns gemacht. Nach der langen Fahrt, kannst du sicher eine Stärkung gebrauchen."

Nun war mir auch klar, woher dieser wunderbare Duft stammte, der mir seit Betreten des Hauses in die Nase gestiegen war. Bei dem Gedanken an ein Stück Kuchen, spürte ich wie mein Magen rumorte.

Sie hatte nicht ganz unrecht, denn ich war aus Fort Collins in Colorado angereist. Meinem letzten Wohnort, wo ich es gerade mal zwei Monate ausgehalten hatte. Ganze drei Tage war ich unterwegs, um meinem Ziel näher zu kommen. Nur zwei Stopps legte ich ein, um in kleinen Pensionen, die auf dem Weg lagen, zu übernachten. Doch letztendlich hatte ich Yellowknife im Norden Kanadas erreicht. Solche weiten Fahrten waren zwar anstrengend, doch das machte mir nichts aus. Im Gegenteil! Ich genoss es immer wieder etwas Neues zu sehen und mich nicht ständig am gleichen Ort aufhalten zu müssen.

„Danke, das ist sehr nett von Ihnen. Das Angebot nehme ich gerne an", entgegnete ich erfreut.

Mrs. Wilson füllte mir meine Tasse mit einem wohlriechenden Kräutertee, legte ein Stück frisch gebackenen Apfelkuchen auf dem Teller vor mir ab, während ich mich auf dem braunen und etwas abgewetzten Ledersofa niederließ.

„Was treibt eine so junge Frau wie dich so hoch in den Norden. Zudem noch alleine, zur kältesten Jahreszeit und für mehrere Monate?", erkundigte sich Mrs. Wilson.

„Ich bin Schriftstellerin", gab ich lächelnd zurück. „Ich reise gerne durch das Land, wohne mal hier mal da, und lasse mich von der Landschaft und den Menschen für meine Romane inspirieren."

Mrs. Wilsons Augen waren vor Staunen größer geworden, während ich gesprochen hatte. Fassungslos starrte sie mich an, bevor sie ihre Stimme wiederfand.

„Jetzt sag bloß, dass du die Amelia Black bist, die diese tollen Liebesromane schreibt", gab sie ihre Vermutung preis.

„Ja, die bin ich!"

Die alte Dame war plötzlich sehr aufgeregt. Sie sprang unerwartet auf und lief zu der Holzkommode, die in einer Ecke des Raumes stand. Einen Augenblick verbrachte sie damit in einer Schublade herumzukramen. Dann kam sie mit einem Stift und einem Buch in der Hand zurück und legte beides neben meinem weißen Porzellanteller mit Blumenmuster ab.

„Ich will nicht aufdringlich erscheinen, aber ich bin ein großer Fan von dir. Ich liebe deine Bücher und habe sie ausnahmslos alle gelesen. Würdest du mir vielleicht auf dieses hier ein Autogramm geben?", bat sie freundlich.

Sie zeigte auf das Exemplar das vor mir lag. Ich musste schmunzeln. Natürlich war ich es gewohnt ab und an von Fans erkannt zu werden, doch es war immer wieder ein Erlebnis zu sehen, wie gerne die Leute meine Bücher lasen. Das war das schönste Lob für einen Autor. Daher freute ich mich jedes Mal aufs Neue darüber.

„Selbstverständlich!", antwortete ich, griff nach dem Stift, setzte mein Autogramm auf den Roman und gab ihr dann beides zurück.

„Das hätte ich nie im Leben erwartet, dass du mal bei mir im Wohnzimmer sitzen würdest und ich mit dir Tee trinke. Dass ich das in meinem Alter noch erleben darf", sagte sie mit einem strahlenden Lächeln im Gesicht. Immer noch etwas zittrig vor Aufregung, nahm die alte Dame ihre Teetasse auf, um einen Schluck davon zu trinken, bevor sie weitersprach. „Mein Mann hat die Hütte für dich vorbereitet. Es ist alles dort was du brauchst. Du musst dich auf einen harten und langen Winter gefasst machen, was hier im Norden völlig normal ist. Am besten du deckst dich mit ausreichend Lebensmitteln ein. Es hat erst angefangen richtig zu schneien. Wenn es so weiter schneit, kommst du in ein paar Tagen von der Hütte nicht mehr so einfach weg, da der Weg dorthin nicht geräumt wird. Die Hütte liegt recht abgelegen, aber das weißt du ja aus dem Internet", gab sie mir zu verstehen.

„Aus genau diesem Grund habe ich Ihre Hütte gewählt. Ich möchte mich die nächsten Monate etwas zurückziehen, um mich aufs Schreiben konzentrieren zu können. Der Winter macht mir nichts aus. Ich liebe Schnee! Ich werde gleich morgen noch einen Großeinkauf tätigen. Außerdem habe ich einen Geländewagen, dem ich im Ernstfall Schneeketten aufziehen kann. Es wird schon gehen. Da mache ich mir keine Sorgen", beruhigte ich Mrs. Wilson und sie nickte zufrieden.

Sie erklärte mir noch, anhand einer kleinen Karte der Umgebung, wo alles zu finden war und wie ich fahren musste, damit ich zur Hütte fand. Nachdem ich meinen Kuchen gegessen hatte, erhob ich mich, um mich auf den Weg zu machen. Ich schnappte meine Jacke, die ich neben mir abgelegt hatte und nahm den Schlüssel entgegen, den mir Mrs. Wilson in dem Moment reichte.

„Das ist der Schlüssel für die Hütte. Dann wünsche ich dir eine schöne Zeit hier in Yellowknife. Und sollte irgendetwas sein, dann sag einfach Bescheid."

„Danke Mrs. Wilson! Die werde ich mit Sicherheit

haben", versicherte ich.

Ich reichte ihr zum Abschied die Hand. Dann lief ich durch den kleinen Flur zurück zu der weiß lackierten Haustür, öffnete sie und trat hinaus, in die kalte Winterluft. Schneeflocken fielen leise zu Boden und mein Atem war in Form von weißen Wölkchen sichtbar. Vor dem Haus, das auf der anderen Straßenseite lag, bauten Kinder einen Schneemann. Auf dem Gehweg führte ein Mann seinen Hund spazieren. Der Winter war hier schon in vollem Gange.

Herstellung und Verlag:
BoD- Books on Demand, Norderstedt

ISBN-978-3-7412-94181
Deutsche Erstausgabe 2016

Eine gefühlvolle Liebesgeschichte!
Herstellung und Verlag:
BoD- Books on Demand, Norderstedt
ISBN 978-3744-8176-08
Deutsche Erstausgabe 2017

Eine fesselnde Liebesgeschichte, voller Emotionen und Erotik!
Herstellung und Verlag:
BoD- Books on Demand, Norderstedt
ISBN 978-3-7412-24621
Deutsche Erstausgabe 2016

Zweiter Band der emotionalen und erotischen Liv Trilogie!
Herstellung und Verlag:
BoD- Books on Demand, Norderstedt
ISBN 978-3-7431-80208
Deutsche Erstausgabe 2017

Dritter Band der Liv Trilogie!
Herstellung und Verlag:
BoD- Books on Demand, Norderstedt
ISBN 978-3-7448-29458
Deutsche Erstausgabe 2016

ÜBER DIE AUTORIN

J. J. Schurr, geb. im Mai 1980, lebt mit ihrem Mann, ihrem Sohn und einigen Haustieren, in der Nähe von Pforzheim/Baden-Württemberg. Sie liebt Bücher, Tiere und Musik. Zudem unterstützt sie in ihrer Freizeit ein spanisches Tierheim.